逐梦蓝海

中国海油奉献者的足迹

中国海洋石油集团有限公司◎编著

中国工人出版社

图书在版编目（CIP）数据

逐梦蓝海：中国海油奉献者的足迹／中国海洋石油集团有限公司编著. —北京：中国工人出版社，2018.9

ISBN 978-7-5008-7070-8

Ⅰ.①逐… Ⅱ.①中… Ⅲ.①海上油气田—石油企业—先进工人—先进事迹—中国—通俗读物 Ⅳ.①K828.1-49

中国版本图书馆CIP数据核字（2018）第229523号

逐梦蓝海：中国海油奉献者的足迹

出 版 人	王娇萍
责任编辑	安 静 石钰艳
责任校对	赵贵芬
责任印制	栾征宇
出版发行	中国工人出版社
地 址	北京市东城区鼓楼外大街45号 邮编：100120
网 址	http://www.wp-china.com
电 话	（010）62005043（总编室）
	（010）62005039（出版物流部）
	（010）62382916（职工教育分社）
发行热线	（010）62005049 （010）62005042（传真）
经 销	各地书店
印 刷	北京美图印务有限公司
开 本	710毫米×1000毫米 1/16
印 张	19.5
字 数	200千字
版 次	2018年10月第1版 2019年7月第2次印刷
定 价	68.00元

本书如有破损、缺页、装订错误，请与本社出版物流部联系更换

关于中国海油

中国海洋石油集团有限公司是国务院国有资产监督管理委员会直属的特大型国有企业，是中国最大的海上油气生产运营商。公司成立于 1982 年，总部设在北京。作为国家第一个全方位对外开放的“海上特区”和“工业特行”，经过 30 多年的改革与发展，中国海油已经发展成主业突出、产业链完整、业务遍及 40 多个国家和地区的国际能源公司。公司形成了油气勘探开发、专业技术服务、炼化与销售、天然气及发电、金融服务等五大业务板块，可持续发展能力显著提升。截至 2017 年底，公司有在职员工近 10 万人，穆迪评级为 A1，标普评级为 A+，展望均为稳定。2018 年，公司连续 14 年获得中央企业经营业绩 A 级考评，在《财富》杂志“世界 500 强企业”中名列第 87 位。

人民对美好生活的向往
讲好中国故事系列丛书

编委会

《逐梦蓝海》编委会

图片摄影（排名不分先后）

茅亚林	杜鹏辉	米思承	马　亮	张永会	赵　亮
李佑坤	张远高	毛　颖	李浩玮	庄楚平	吴智毅
孙景克	肖思加	张茜铭	石　磊	李豫黔	刘春鹏
王　佳	刘梦涛	宫瑞卿	牟银滔	安　磊	林兴勃
王英楠	李彦昭	高　明	陈　蓉	于志超	陈　萌
方　凯	郭　琦	戴洪飞	龚元龙	李和佳	潘徐剑
刘建峰	崔建宁	韩　庆	姚贤康	唐振华	庞　斌
贾建波					

故事配图由受访者个人或团队提供

扫一扫，欣赏更多精彩图片

总 序

讲好中国故事　传播工会声音

习近平总书记指出，全党同志一定要永远与人民同呼吸、共命运、心连心，永远把人民对美好生活的向往作为奋斗目标。在党的十九大报告中，“人民美好生活”先后出现14次，关乎民生，亦关乎党的使命、宗旨与愿景。这样的大众化、平民化、生活化表述，让新思想、新战略和新蓝图变得生动而具体，承接地气、充满生气、富有底气，直抵人们内心，温暖你我，感动世界。

今天，中国改革开放的历史航船，正处在承前启后、继往开来的新起点。回顾40年来尤其是党的十八大以来发生在企业的巨大变化，梳理涌现在职工身边的先进事迹和感人故事，为即将开启的新的改革探索积累更多可供借鉴的典型经验，有助于激励广大职工群众努力奋斗，让劳模精神、劳动精神和工匠精神薪火相传。

进入新时代、踏上新征程，为中国工会赋予了新的使命和担当。各级工会组织要把学习贯彻习近平新时代中国特色社会主义思想和党的十九大精神作为首要政治任务，进一步团结动员广大职工拼搏奋进，为实现中华民族伟大复兴的中国梦不懈奋斗。

处大事贵乎明而能断。经过改革开放40年的发展，人民对美好生活的向往更加强烈，期盼有更好的教育、更稳定的工作、更满意的收入、更可靠的社会保障、更高水平的医疗卫生服务、更舒适的居住条件、更优美的环境、更丰富的精神文化生活。在这个展现新时代工人阶级新风采和工会工作新作为的关键时期，我们要牢牢把握人民群众对美好生活的向往，自觉践行人民对美好生活的向往就是我们的奋斗目标的承诺，一步步实现好以人民为中心的发展，确保如期建成得到人民认可、经得起历史检验的全面小康社会。

为了贯彻落实习近平新时代中国特色社会主义思想和党的十九大精神，坚定中国特色社会主义道路自信、理论自信、制度自信和文化自信，讲好中国故事，传播好中国工会声音，中国能源化学地质工会策划组织了《人民对美好生活的向往——讲好中国故事系列丛书》，并由中国工人出版社出版。这套丛书以我国能源化学地质系统劳动模范、大国工匠和普通职工为主人公，生动讲述生产一线劳动者创业、创效、创新、创优的故事，记录新时代产业工人生产生活在新时代发生的可喜变化，展现工会组织忠诚党的事业、服务职工群众的创新作为，弘扬好声音、传播正能量，引领广大职工形成价值共识。

我们相信，动员组织广大职工讲好中国故事、传播工会声音，让劳动最光荣、劳动最崇高、劳动最伟大、劳动最美丽的观念深入人心，让诚实劳动、勤勉工作蔚然成风，激励广大职工激情唱响新时代劳动者之歌，争做新时代的奋斗者，在各自平凡的岗位上，通过辛勤劳动、诚实劳动、创造性劳动，做出不平凡的业绩，实现对美好生活的向往！

《人民对美好生活的向往——讲好中国故事系列丛书》
编辑委员会
2018年5月21日

前言

马克思曾说，个人怎样表现自己的生命，他们自己就是怎样。按照此观点，正确评价一个人，要看他过着怎样的生活、做了什么事情。科学评价一家企业也是如此。一家企业存在的意义，在于她为国家和人民做了什么，为社会留下了什么。

自 1982 年成立以来，中国海油始终不忘“我为祖国献石油”的初心，时刻牢记对国家、对人民的使命和对社会的责任。从成立之初的“一无所有”到建成“海上大庆油田”，从籍籍无名到稳居世界 500 强，从引进国际同行开发国内油气田到走出国门成为“一带一路”建设的重要参与者，中国海油以能源报国的担当和敢闯新路的勇气，努力实现从浅水到深水、从国内到国外、从上游到上中下游一体化发展的“三大跨越”，在开发蓝色国土、贡献绿色能源的伟大征程中创造了中国海洋石油的发展奇迹。

作为国家第一个全方位对外开放的工业行业代表，中国海油在成立之初就是“海上特区”和“工业特行”。对于中国海油而言，改革开放的伟力不仅融入公司取得的辉煌成就里，更凝聚在数代海油人用青春、热血和生命谱写民族工业强盛之歌的奋斗足迹中。

奋斗和奇迹，是中国海油的价值和意义，也是海油人表现自己生命的独特方式。

摆在大家面前的这本书，记录了55个平凡的海油故事，用55朵浪花来呈现中国海油奉献者如何在逐梦蓝海的生动实践中写就自己的人生。

他们当中，有矢志能源报国、生命最后一刻仍心系美丽中国建设的“老黄牛”；有肩负建设海洋强国梦想、亮剑海外赢得尊重的“深水奇兵”；有几十年如一日潜心科研、为增储上产做出突出贡献的“修行者”；有几十年扎根一线、全心全意保障生产平稳运行的“钢铁脊梁”；有抛家离子、走出国门深耕“一带一路”的海外拓荒团队……

55个故事的主人公是无数海油人的代表。在他们身上，我们可以感受到海油人战天斗地、与海共舞，全力推进海洋油气生产的坚毅品格；在他们身上，我们可以读懂海油人不忘初心、坚守责任、勇闯新路、不断超越的文化特质；在他们身上，我们还可以汲取海油人矢志不渝推进绿色开发、奉献清洁能源、助力美丽中国建设的精神力量……

目标笃定、执着前行。进入新时代，中国海油将更加积极地承担责任和使命，与国家和人民一起画好追梦、筑梦的同心圆。十万海油人将在建设中国特色国际一流能源公司的新征程中，书写更多平凡而精彩的海油故事。海油人的人生，也将为实现中华民族伟大复兴的中国梦这一波澜壮阔的伟大事业而奔腾澎湃。

感谢中国能源化学地质工会对本书出版发行的关心和指导，感谢中国工人出版社的大力支持，感谢中国海洋石油集团有限公司新闻中心的帮助，感谢编写组同志的辛勤工作和全力付出。

目 录

|初 心 篇|

|责 任 篇|

| 创 新 篇 |

|超 越 篇|

扫一扫，欣赏更多精彩图片，感受艰苦创业的海洋石油

初心篇

初心，是上海兴业路 76 号楼里的依稀灯光，是嘉兴南湖红船舷外的缕缕朝霞。对于海油人而言，初心还是海 1 井吹响海洋石油工业的第一声号角，是追随“铁人”苦干实干的记忆与荣光。

从 1964 年莺歌海一簇跳起的油气苗映入公众视野，到 2010 年北部湾输油码头 1 吨油的上岸填补了当年 5000 万吨油气的最后差缺；从 1982 年没有鞭炮锣鼓声的公司挂牌仪式，到 2015 年提出建设中国特色国际一流能源公司的战略构想。半个多世纪时光穿行，面对莺歌海的狂涛、曹妃甸的海浪、渤海湾的冰潮、巴士海峡的飓风，不惧风雨如磐、筚路蓝缕的是那能源报国的初心；不坠青云之志、坚持到底的是那海洋强国的初心；不毁图南之意、书写奇迹的是那逐梦蓝海的初心。

不忘来时路，不负少年心。初心，让我们在艰苦创业时有了“长风破浪会有时，直挂云帆济沧海”的自信与豪迈；初心，让我们面对外界质疑时有了“任你风吹浪打，我自闲庭信步”的从容与平静；初心，让我们在油价寒冬中还能保持“大鹏一日同风起，扶摇直上九万里”的笃定与雄心。

海油初心，以启航程。

长使气龙绿人间

——追忆中国液化天然气行业拓路者屈长龙

屈长龙曾对父亲说："以前咱们大沙坎村不是这个样子，入冬就云遮雾绕，一年到头看不到几回蓝天。我的梦想是用中国人自主研发的 LNG 技术把绿水青山还给乡亲们。到时候冬天就没有雾霾了，您站在院子里，就能看见最美的蓝天。"

屈长龙是这样说的，也是这样做的。作为共产党员，他的梦想是给孩子蓝天白云，给祖国绿水青山，给世界美丽中国。父亲懂他，真的懂他。他耐心地等着，坐在村口的杨树下，等着自己心爱的儿子回来，带着他梦想中的绿水青山。他等啊等，等到儿子研发的技术在国际上斩获大奖，等到儿子长眠在村口的杨树下，再也不会离开。

2014 年，大沙坎村。

屈永华独自一人走到村口。36 年前，他和儿子屈长龙在这里种下了一棵杨树。如今，这棵寄托着父子理想的杨树早已郁郁葱葱。在屈长龙离家远行的日子里，每当想起儿子，屈永华就到杨树下坐坐，好像儿子还在身边。

屈长龙是村里仅有的三名大学生中最有出息的一个。村里人常说："老屈有福气，儿子在北京做大事。"每当此时，屈永华只是笑笑。他知道，儿子只是无数扎根城市的农家子弟中的一个，如果非要说有什么不同，就是他有一个梦想，关于绿水青山。

北风扬起老人的白发，只有头顶的白杨在沙沙作响。

此时，屈长龙正守在他人生重要的战场上。福州市湖东路 78 号院，两个风尘仆仆的旅人在大家探寻的目光中相顾无言。彭延建脸上有些挂不住了："师傅，咱回去吧。美国 CBI 就是英超，咱们顶多也就是个甲 A。我看就是中国足球能出线，咱们的竞标请求也不可能被接受。"

正午的大街上，阳光白得耀眼。

业主的车停在门口，屈长龙疾步跑了过去："我是中国海油的屈长龙，请给中国公司一个证明自己的机会，采用自主技术设计建造福建 LNG 二期项目。"

这不是屈长龙第一次向业主提出请求，在此之前，业主已经拒绝了他三次。作为中国 LNG 对外合作的前沿阵地，福建 LNG 一期项目由美国 CBI 公司建造，业主对 CBI 的技术和管理都非常认可。屈长龙在这种情况下提出竞标请求，可谓明知不可为而为之。

南方七月的热风里，彭延建看到师傅弓着腰站在车窗前，两鬓早生的华发白得刺眼。这场景是一个烙印，狠狠地烫在他记忆深处。他觉得那是一个起跑的姿势，是巨人将要顶天立地前蓄势待发的下蹲。

他听到师傅向业主诉说那些他早已烂熟于心的话，那是连月来他们在灯下苦吟的成果，因精心打磨而白得发亮。然而，横亘在双方之间的是偏见的鸿沟，中国人也不相信中国人可以造出精美绝伦的 LNG 技术产品。

可屈长龙不认输。他要为年轻的自主技术 CGTank 争取一个机会，一个与外国公司同台竞技的机会，一个向世界证明中国的机会。证明中国人有信心、有能力突破外国公司的技术封锁，靠自己研发的 LNG 核心技术建设美丽

中国。

良久，只剩下师徒二人孤零零地站在正午的骄阳里。在令人窒息的燥热中，屈长龙的目光平和而坚定。

彭延建知道，师傅又一次成功了，尽管在有些人看来，他的姿势或许有些艰难。为了给新生的 CGTank 争取机会，屈长龙付出了他所能付出的全部。

曾经那个腼腆沉默的技术专家不见了，取而代之的是一位锲而不舍的谈判者。他可以在一天之内把一个项目汇报四次，也可以在大雨滂沱的高速路上苦候业主。面对咄咄逼人的质疑，他晓之以理如钢铁般坚硬，动之以情化百炼钢为绕指柔。

心有理想者低到尘埃里，是因为坚信希望终将破土而出。

福建二期项目在莆田海边依山而建，项目开工后，项目组挤在一期留下的活动板房里办公，租下附近村民的茅屋当宿舍。现场条件艰苦，可屈长龙的状态特别好，用他自己的话说，“住在现场心里踏实，觉都睡得着了。”

在项目最困难、进度最慢的 2015 年底，屈长龙连续三个月泡在工地，吃住在山脚的老乡家里。老乡笑他：“天天开山挖石头，你这是要做愚公哦！”屈长龙笑答：“绿水青山是一辈子的事业，没点儿痴气哪能做成？没有愚公移山，哪有绿水青山？”

项目渐入正轨，又遇到了核心材料国产化问题。九镍钢也叫“不变钢”，是大型 LNG 储罐的核心材料。因为决策层不敢冒风险，国产化进程在层层报批中一再滞后。屈长龙一听就急了：核心材料不自主，还谈什么技术自主？“愚直”的屈长龙当即立下“军令状”：“九镍钢国产化带来的相关风险我来承担。”

屈长龙的“愚气”感动了大家，项目组负责和鞍钢接洽的杨亮博士常驻工厂监督生产，最终国产钢的价格不到进口钢的一半，项目总承包价格降低了 20%。与此同时，福建 LNG 二期项目还斩获了 50 余项专利授权，其中国际首创 3 项，国际领先 6 项，国内首创 12 项。CGTank 在业界打响了品牌，中国大型 LNG 全容储罐技术完成了从技术依赖到技术自主的彻底转变。

当我们读到这个故事的时候，屈长龙已经永远停下了自己在清洁能源领域探索的脚步。

2017 年 11 月 29 日，中国液化天然气行业拓路者、共产党员屈长龙因病去世，年仅 47 岁。他未尽的事业和纯粹的初心，将由无数与他志同道合的海油人继续完成。目前，江苏、浙江、上海等地已建成 9 个 LNG 接收站，在建的深圳、漳州、广西三站也即将投产。这些屈长龙曾以青春与热血共同浇筑的清洁能源项目，共同构成了生机勃勃的“中国沿海天然气大动脉”。

以绿水青山为己任的屈长龙，走完了自己问心无愧的一生。他已化为华北平原上一棵最普通的树，将象征着生命的绿色永远留在人间。

作者：张宗鹭

海油知识知多少

海 1 井——我国海上第一口工业油流井

摘自《海油 30 年》

1967 年 6 月，石油部海洋勘探指挥部 3206 钻井队用自己设计制造的 1 号固定式桩基钢钻井平台，首次在渤海西部海 1 构造断裂带钻成海 1 井，井深 2441 米，在 1615~1630 米井段测试，折算该井日产原油 35.2 吨，天然气 1941 立方米。这是渤海第一口发现井，也是我国海上第一口工业油流井，标志着中国海洋石油事业进入了工业化发展阶段，国务院对此发了贺信。

二十年只做一件事

——记渤海石油管理局勘探部经理徐长贵

人们常常高估一天或一周的力量，却低估一年或十年的力量。时间是挚友也是敌人，它打磨你的技艺，也能轻易击溃你的信心。有一种专注叫“二十年只做一件事”，他做到了。

时至今日，徐长贵依然清楚地记得十岁那年，他和玩伴在山里嬉闹时遇到的一群人。他们拿着放大镜、小铁锨，对着看似平常的石头来回“把玩”。从大人口中得知，他们是地质勘探队，是寻找矿石、石油的“先遣军”。从那时，徐长贵暗自许下心愿，长大后也要成为这样的地质队员，去探索平凡石头中的奥秘。

转眼间，几十年过去了，徐长贵已经在海洋石油勘探第一线工作了整整二十年。二十年来，他逐渐成长为一名海洋石油勘探专家，获得多项荣誉，是黄汲清青年地质科技奖获得者、中国青年地质科技金锤奖获得者、能源化学系统“五一”劳动奖章获得者、首届“加油中国·传承铁人”年度人物、2016 年度海洋人物、国务院政府特殊津贴专家……这些灼灼的荣誉称号每一个都极具分量，如今却不吝冠冕于徐长贵一人，无疑是对他极大的肯定和褒奖。

二十年来，始终有一种追求卓越、永远向前的信念伴随他前行，他用执着与坚持，用心做好在茫茫大海寻找石油这一件事。

用七年时间把冷板凳坐热

1998 年毕业后，徐长贵来到渤海石油研究院，被分配到储层地化室从事最基础的地质研究工作。当时渤海的勘探前景还不明朗，基础研究更是冷清，每天就是看看岩心、岩屑。在很多人眼里，这是“冷板凳”中的“冷板凳”。

有的年轻人在“冷板凳”上坐了数月就走了，更多人坚持个两三年也转行到项目队去了。目送着一拨又一拨人远去，徐长贵始终平静地与岩心库里那些来自大海深处的石头做伴。回忆起那些日子，徐长贵觉得很充实：“沉积学是最美的，在储层地化室我可以沉下心来做点儿事。”

“沉下心来做点事儿”不是说说而已，而是用尽了七年的灿烂光阴。在这七年中，徐长贵看遍了渤海几百口探井的岩心。为了得到翔实的资料，他还费尽周折地寻找退休多年的录井员。

徐长贵在储层地化室“面壁”的日子，也是渤海勘探由浅层转向深层的突破期。时任渤海油田总地质师的邓运华说：“深层储层问题解决不了，渤海勘探就只能束缚在浅层。”

作为当时渤海石油研究院最年轻的项目经理，徐长贵带领团队翻阅了数千篇国内外相关文献，解释了上万公里的地震剖面。在无数个灵感迸发的夜晚，他们笔耕不辍，图纸堆积如雪。最终，他创新提出了源 - 汇时空耦合富砂理论，并在勘探实践中指导渤海中深层储层预测，预测成功率由 40% 提高到 87%，发现多个大中型油田，探明石油地质储量超过 3 亿吨，掀起了渤海油田新一轮的勘探高潮。

从国外石油大鳄放弃的地方找到大油田

渤海海域辽东带曾经是辽东湾勘探人心中的一道伤疤。从 1987 年到 2005 年这 18 年间，多家知名外国石油公司在该区带先后钻探井十余口，无一获得工业油气流，最终不得不放弃该区块的勘探权。

面对如此晦暗的前景、如此复杂的构造，为什么不规避风险，把问题留给后来人呢?

“如果后来人也把困难推给后来人呢?”时任辽东湾勘探项目经理的徐长贵笑着说，“成功是什么?就是无数次失败后的坚持。”

自然法则是冰冷和残酷的，不会因为勘探人的虔诚而感动。当时的情况是位于辽东带不足 4 平方公里的旅大 6-2 构造已经打出了 3 口“空井”，该区寻找到油气田的可能性越来越小。

“再试一次。”这是徐长贵和他的团队通过精细研究、创建走滑转换带控藏理论后给出的答案。2012 年 3 月，旅大 6-2-4 井获得高产。3 月 13 日清晨，幸运之神再次光临辽东湾，第 5 井获得了 180 多米厚的油层。

不足4平方公里、连续打了3口“空井”的旅大6-2构造，最终向国家申报了5000多万立方米的地质储量。徐长贵用这一地区勘探获得的认识指导辽东湾其他地区勘探，仅“十二五”期间就发现了6个大中型油气田，将复杂断裂带勘探商业成功率从22%提高到64%，远高于国际同行水平。

甘做年轻人成长的梯子

“油藏剖面反映成藏要素，比例尺和图名是必不可少的。”

“已知的油水关系要标明，方便后期布井。”

2017年9月，一个平常工作日深夜11点多，渤海石油研究院勘探所微信群热闹非凡。作为勘探所举办的地质技能大赛的评委之一，徐长贵在忙碌了一天的工作后，仔细评审每一张参赛者绘制的油藏剖面，并将修改意见发到微信群中，瞬间引起了大家的热烈讨论。

走上渤海石油研究院地质总师和渤海石油管理局勘探部经理岗位后，徐长贵更加注重对年轻人的培养和教育，甘做年轻人成长的梯子。

除了微信群，徐长贵还建立了渤海勘探学习组QQ群。他将多年的工作心得、整理的学习笔记、收集的学术文章在群里与青年员工分享，让他们在工作中少走了很多弯路。“长贵大讲堂”是勘探所的品牌活动，每一期都是人气爆棚，还受到很多其他专业员工的青睐。徐长贵从如何做科研、如何做学术汇报，到如何撰写科技论文等方面，给青年员工带去了一顿顿丰盛的知识大餐。

“青年员工是渤海的未来。”徐长贵说。他时刻勉励青年员工要从基础做起、从基层做起，要有把“冷板凳”坐热的决心，一步一个脚印，努力把一切做到最好。

从储层地化室里默默积累的“面壁者”，到在屡败屡战中坚持“再试一次”的勘探队长，再到辛勤培养青年员工的勘探专家，二十年来，他用实际行动树立了追求卓越、永远向前的勘探者典范。

“优秀的勘探人，不在于能在顺境中发现多少储量，而在于能在困境中承受多少压力。失败不可避免，多次失败也是屡见不鲜。我们就是要做打不死的‘小强’，在屡败屡战中寻找成功。”徐长贵说。

作者：周园园

海油知识知多少

揭开地下的真面目

李　冰　张　章

最近，高中生小明听说油田一口开发评价井要先进行岩心分析，便向在中国海油工作的邻居海叔叔请教。

海叔叔，什么是岩心分析？为什么要进行岩心分析？

岩心分析是指从海底岩心取心、冷冻运输储存到岩心处理、剖心、钻取柱塞进行实验，最后对实验结果进行分析的整个流程。根据实验分析结果，我们可以清楚地了解地质油藏条件。

海上取心是不是要让潜水员潜到海底去完成？

不需要。海上取心是在平台上的井筒里完成的。取心方式包括保压取心、海绵衬管取心、密闭取心、常规取心。我们会根据不同需求来选择不同的取心方式。

听说取出的岩心还需要冷冻一下，为什么呢？

由于储层埋深浅，岩心本身相对疏松，取出岩心后，受地表温度和压力的影响，岩心会变得更加疏松，为了保存住岩心的原始结构，需要先冷冻，方便后期研究。

海底取心和陆地取心一样吗？

相对于陆上油田，海上取心难度更大、费用更高。因此，为了充分利用岩心资源，需要对岩心进行“手术”，根据具体情况确定剖心方向，3/4 做实验分析，1/4 永久保留观察。

“号脉问诊”的“海上钢铁侠”

——记海油国际技术支持中心预调试主管王绍宏

工作近40年，从南海第一个海上油田，到第一次出国承担修船任务，再到远赴印度尼西亚“号脉问诊”，他始终坚守一个信念：做一个平凡的工匠，无论在国内还是海外，始终守住初心。这也是他申请加入中国共产党时写在思想汇报里的一句话。

生于1962年，19岁参加工作；1986年来到我国南海第一个海上油田涠洲10-3油田工作，参与多个海上油气田陆岸终端投产和生产；2013年，远赴“千岛之国”印度尼西亚，加入中国海油海外创业大军之中。这就是东南亚公司BD气田工程项目组电仪专家、海上连接调试专家、全国劳动模范王绍宏。

时光荏苒，岁月如梭，几十年的光阴匆匆而过，很多事情却又那么真实，仿佛就在昨天。

1997年底，涠洲12-1平台上部建造工程正在努力推进。“公司领导把仪表队伍的技术培训任务交给我，我心里有很大压力。”提及20多年前的这件事，王绍宏说好像刚过去不久，“有压力，硬着头皮上呗，我总结了以往的经验和现场实际案例，在领导的建议下汇编成培训教材，为20多名刚从大专院校毕业的新同事分享仪表理论和实操知识。”最终通过把培训目的、目标和意义寓于教学，得到了学员高度认可，圆满完成了培训任务。

王绍宏组织油田监督讲课和带队实习，安排现场技术培训，带领员工在炎热的南油码头进行平台设备安装工作，创造了日铺各种电仪电缆21000多米的纪录；天然气可燃探测器根据图纸安装的高度和布位不合理，他查找各种规范和资料后向设计人员和安装人员提出整改方案，以理论和实际经验说服设计方和船检方接受整改，使天然气可燃探测器能发挥最佳效能；他结合油矿现场实际，增设了电网负载分配系统，这样即使单台发电机因故关停也不会影响生产系统的电力分配，更不会造成生产关停；他和团队一起完成了涠洲12-1上部平台电仪安装和调试，并作为总监指导涠洲12-1油田提前半年安全顺利投产……

又一个十年，他已经成为海外事业拓展者的一员。

2007 年，中国海油东南亚公司 PBA 气田开发脱碳项目，急需脱碳技术专家。王绍宏带领一位同事到印尼生产现场编写脱碳技术资料，培训当地员工，向当地化验员示范脱碳剂化验。经过多次言传身教，当地生产操作者基本掌握了脱碳技术。

“在调试期间，三甘醇系统因脱水燃烧炉燃烧值不够，造成外输天然气露点不合格。”一位同事介绍，“他认真阅读设计资料，长时间在现场查找问题，经过多次与承包商现场服务人员沟通，终于发现了天然气和空气配比的问题。”原来是厂商文丘里管安装方法错误，经纠正后解决了三甘醇脱水燃烧炉脱水技术难题。“如果没有这个‘海上钢铁侠’，我们所有设备投产前的调试工作和投产方案编写还真很难顺利完成。”他带领的当地员工说，“这个‘超级英雄’指导我们一步步落实投产措施，最终保证了工程项目安全顺利投产。”

“自从去海外工作，经过长时间出海暴晒，总是有人问我是不是来自赤道上某个岛国的黑人！”王绍宏时常和新来的同事说这个段子。

2017 年，东南亚公司 BD 气田开发项目到了海上安装回接调试的关键节点。开发项目因“高压、高温、高硫”，压力达 48 Mpa，气体温度达 153 摄

氏度，硫化氢达6000ppm。为提前投产，王绍宏早上5点30分起床，自己带着午饭随工作船出海。作为唯一一名中方员工，他是这个队伍的火车头。一天工作下来，晚上7点才能从平台返回交通船。王绍宏打开电脑总结当天工作，等再看见饭菜已经是晚上9点多……

青春不负韶华，王绍宏沿着“一带一路”践行着自己的使命，近乎40年，经历着最美好的年岁和时光。一切都定格在了最开始，他选择海油的那一天。

作者：胡兴豪

海油知识知多少

海洋石油的“黄埔军校”

摘自《海油30年》

在1978年实行对外开放以前，我国海上油气开发生产走过了一条艰难的探索道路，油气年产量还不足10万立方米油当量。海洋石油实行对外开放，首先着眼于通过对外合作获得现代化海洋油气开发生产能力。在渤海湾，通过双边谈判，我国于1980年与日本签订了埕北油田开发合同；在南海北部湾，我国与法国通过双边谈判于1979年签订勘探合同并很快发现了涠洲10-3油田。埕北油田和涠洲10-3油田分别是我国渤海和南海第一个投入生产的现代化油田，也是我国培养现代海洋石油人才的摇篮，被誉为海洋石油一南一北的“黄埔军校”。通过与外国公司合作开发这两个油田，中国海油全面学习了现代化海上油气田的开发建设和生产管理。

埕北油田是中国海油第一个对外合作油田

孤胆蛙人斗苍龙

——记海油工程海洋工程技术服务公司潜水班长楚金勇

冰冷黑暗的海底，没有镁光灯下耀眼的光鲜，没有回眸处万千粉丝的追捧。他们犹如蛟龙，遨游在变幻莫测的海底，与翻滚的暗流搏击，只为了托起水下安装的脊梁。他们被誉为海底管线的“守护神”和海洋工程水下“国家队”，有一个共同的名字：海油蛙人。

2011 年 12 月 19 日，在珠海毗邻港澳的横琴岛南侧拦门沙浅滩上，海底油气管道被采砂船破坏，出现两个渗漏点。如不及时修复，不仅随时可能发生危险，珠海和澳门在春节期间也将无天然气可用。再过一个星期就是澳门回归纪念日，再过 33 天就是新春佳节。如此重要的时间发生这种突发性事件，一副千斤重担压在了海油人肩上。

集合号吹响 “万庆 1”上众志成城

接到险情通报后，中国海油连夜成立领导小组，制订出抢险方案，46 名潜水员从各地赶往横琴岛，潜水班长楚金勇就在其中。

“那个场面我永生难忘！”楚金勇回忆起他第一次到达现场时所看到的场景，脸上依然骇然。

俗话说“水火不相容”，但当时在波涛汹涌的海面上燃烧着熊熊大火，火焰高达 4 米，映得海面一片通红。火焰中央是冲天而起的两个水柱，海水翻滚着、燃烧着、咆哮着，像是两头暴怒的恶龙向胆敢靠近它的人示威。

输气管道位处浅水，泄漏点距离海面只有几米深，重吨位的工程船根本无法靠近。为确保抵近观察指挥，项目组选定了运沙船——“万庆 1”作为主作业船。平时只容纳五六人的“万庆 1”一下子涌上了五六十人，加上抢险和潜水设备，狭小船体几无立锥之地，驾驶台下面的狭小空间里都睡满了人。“我们当时三班倒，水下和被子里 24 小时都有人，前一个刚出被窝，另一个马上钻进去。”潜水员张志强回忆道。

1 月是珠海最冷的月份，加上南方特有的阴湿，体表感受更加寒冷，潜水员大部分为北方人，对此极不适应。船上淡水奇缺，不能刷牙、洗脸，洗澡更是奢望。当领导问潜水员有什么困难需要解决时，他们挺不好意思地说：

"要是能送几条干爽的内裤来就好了。"

因为"万庆1"条件简陋，抢险也遇到诸多困难。由于船舶配置的锚小，浅滩上定不住，就用其他船的备用锚代替；船上没有吊机，就用挖掘机的长臂代替；没有支持船和勘察船，就用舢板代替……

虽然条件艰苦，但抢修团队斗志昂扬，不管是前线还是后方都开足了马力。当时参加抢险的46名潜水员中有21名党员，大家都互相较着劲儿，楚金勇说："谁要是当天的活儿没干好，都不好意思当着大家的面吃饭。"

有潜水员反映没带冬衣，几个小时后，几十套崭新的棉工服就送到了现场，其中很多是珠海终端员工捐赠的新衣。一位领导对潜水领队国洪伟说："你需要啥，我把库房打开，你看上了就拿走。"

因为大家有一个共同的目标——春节前修复管线。

怒海争锋 孤胆英雄探龙宫

12月25日，圣诞节。几天来，通过管线两端泄压并在终端注入氮气，海上的火焰终于熄灭。但被拔掉火牙的两条恶龙此时更显狰狞，冲天的水柱以及一圈圈翻起的巨浪仿佛百慕大三角那神秘的漩涡，急切地想吞噬掉它周围的一切。

探摸到泄漏点的准确位置，并进行测量，把数据提供给技术团队是封堵过程中至关重要的一项工作，也决定着最后封堵是否能够成功，但这第一头水蕴含着无数未知的风险。

"我是党员也是班长，让我下第一头水吧！"楚金

勇站到了队伍最前面。

大海上巨浪滔天。身穿潜水服的楚金勇背着气瓶慢慢走下扶梯，为了减少喷涌气浪对他的冲击，他把脚蹼换成了胶靴，身上的压铅也比平时常规作业重一倍。回望间，无数鼓励和期待的目光，楚金勇深吸一口气，向着沸腾的大海纵身跃下。

冬日的大海，水温和能见度极低。在巨大的海浪和气流冲击下，楚金勇如一叶浮萍，一次次被冲向海面。他沉住气，稳住心神，凭借经验迂回到气涌一侧，为了能稳住身体，他把胶靴一次次用力插进海底的淤泥里，顶着气流往前摸。到达管线后，为了避开气流冲击，他趴在管线上，用四肢紧紧抱住，一点一点匍匐前进。

越接近泄漏点，气涌越大。国洪伟听到潜水电话里传来楚金勇急促的呼吸声。他知道，这是体力消耗过大的表现。“小楚，你现在怎么样？要不要出水？”电话里传来楚金勇断断续续的声音：“我能行……”

如果这时更换潜水员，还要重新适应水下环境，之前的所有努力都将白费。这一点，国洪伟清楚，楚金勇更清楚。

30 分钟过去了，50 分钟过去了，一个小时过去了……楚金勇的身体承受已慢慢接近极限，他凭借仅存的意志力抵抗着恶劣的水下环境。船上指挥部的人连时间都不再问，只是等待电话中的确认。

就在国洪伟下决心让楚金勇出水的时候，潜水电话中传来清晰的声音：“泄漏点已找到，准备详细探摸，请记录数据。”所有人都松了一口气。

经过两个小时的水下鏖战，完成任务的楚金勇出水了，他晃晃悠悠出现在扶梯上，一步一踉跄，手已经无力再扶住把手，同事们赶紧上前将他拖了上来。

凯旋在小年

凭借准确的数据，抢险团队经过艰苦卓绝的努力，最终成功将两个泄漏点封堵。1 月 15 日，经过 24 小时检测，修复后的海管压力正常，海上平台恢复生产，陆地终端恢复正常供气，此时距离除夕只有 7 天。

1 月 16 日是农历小年，楚金勇风尘仆仆地回到天津静海的家里。一大盘热腾腾的饺子端上了桌，和家人围坐在一起，他脑海里却想起了横琴岛，想起了那惊心动魄的 20 天。“此时珠海和澳门的老百姓应该也吃上了热腾腾的小年饭了吧！”

作者：马　群

海油知识知多少

解密油田开发

徐文威

在邻居海叔叔的熏陶下，高中生小明对石油的了解与日俱增。这天，他和海叔叔聊起了关于油田开发的话题。

海叔叔，发现地下有石油之后，怎样才能把油采出来呢？

这个过程分两步，分别是“油田开发”和“油气开采”，也是把“储量”变成“产量”的过程。

油田开发和油气开采听起来差不多，它们有什么区别？

你看过《三国演义》吗？这二者就好比里面的“文官”和“武将”——例如诸葛亮和赵云的区别。油田开发偏重研究部署、管理和策略，油气开采偏重采油采气技术的研究和应用，是油田开发的操作者和执行者。

诸葛亮啊！原来油田开发这么有学问。

那当然了。油田开发考虑的是如何把勘探人员找到的储量尽快地、尽可能多地动用起来，同时追求投资和成本最小化。

原来油田开发有这么多方面需要考虑，这些专业之间是怎样协作的呢？

1970 年之前，与油气田开发研究相关的学科大都是各自发展，工作方式类似接力赛。如今，这些学科相互协作的方式更像一支篮球队，综合地质、开发地震、油藏描述、油藏工程等多个专业互相渗透、共同协作，采用经济有效的先进技术，制定最优的油藏开发策略，并不断完善和调整，取得最佳的经济采收率。

那么，油田开发会通过哪些方式来实现这个目标呢？

油田开发是一项系统工程，它好比是多个学科协奏的“交响曲”——地下、地面、技术、经济、社会、法规、环保、安全等，都要考虑。任何一方面考虑不周到，都有可能造成损失。比如，杀鸡取卵式的“掠夺性开发”可能短期内收益很高，但会破坏油田，使相当一部分储量无法可持续地被开发出来，造成严重的资源浪费。

执着追梦的“仙人掌”

——记中海化学富岛公司化肥二部副总经理刘平

与化工结下不解之缘的追梦人从学生时代一路走来，经历过喜悦和辛酸、成功和失败、激情和低落，他出于对化工事业的热爱和执着，不断刷新自己、挑战自我，在平凡的岗位上书写着辉煌灿烂的梦想人生。

郁郁葱葱的仙人掌，夕阳余晖下的渔船，还有波光粼粼的海浪…… 2002年3月，22岁的刘平第一次踏上了东方市这片热土。他看着路边陌生却美丽的风景，仔细感受着这质朴小镇的海风带来的那份夹杂着一丝咸味的温暖，原本心中的丝丝踌躇和担忧慢慢消失，取而代之的是无限的希望与憧憬。他抬着头，让阳光斜射在脸颊上，暗暗许下了激荡青春的誓言："我要在这里埋下梦想的种子！"

"梦想"这个词对于刘平来说，是幸运。每当有人问起刘平为什么干化工这行，他总是流露出庆幸的表情道："因为梦想！"自中学时，刘平就对化学产生了浓厚的兴趣，高考时毫不犹豫地选择了天津大学的化工学院。大学毕业时，得知来学校招聘的中国海油正在海南东方建设国内最大的单套80万吨尿素装置，他毅然放弃考研，选择了就业。对于当时的选择，刘平一直觉得自己很幸运："因为我从事着与梦想有关的事业。"

刘平当时并没有意识到的是，他的梦想恰恰与伟大的中国梦联系在一起。当时的化学公司还是中国海油下游产业的初探，肩负着国家的期望和神圣的使命。化肥二期年产80万吨尿素装置的技术含量和规模当时在世界上都处于领先地位，一旦建成开工，将创造国内大型化肥装置的运行先例。而刘平就是在此时被分配参与了化肥二期尿素装置的建设与开车。然而，当化肥二期装置如火如荼建设时，大量的问题摆在了大家面前。由于海南天气炎热、湿度较大，不能完全适应装置的设计指标和部分设备设计缺陷让所有人犯了难。大家知道这套装置就是一匹桀骜不驯的汗血宝马，人人都想竭尽所能驯服这匹烈马。当然，这也成了刘平心中的梦想，他便暗自咬牙要干出点成绩来。

刘平的这段梦想之路并非一帆风顺。很快，单调重复的工作开始侵蚀刘平的激情。每日在30多摄氏度的烈日下，检查每一条焊缝、一遍遍管道吹

扫、一次次试车调整，甚至连续几天几夜加班工作，其中的苦、累、脏不言而喻。原本白净的刘平逐渐变得皮肤黝黑，加上习惯了川菜的刘平对海南的清淡口味不适应，身体日渐消瘦，与刚入职时判若两人。当初饱满的激情也随之淡去，剩下的只有眉宇间扫不去的疲惫和平淡工作中挥不去的乏味。很多人在此时选择了辞职，同批入职的同事仅剩下了三分之一。这时的刘平内心开始动摇了，甚至产生了疑问：这就是我十年寒窗换来的生活吗？咬牙坚持还是甩手放弃，刘平徘徊在迷茫的路口。

直到有一天，加班后路过海边的刘平，无意中看到沙滩旁一块岩石缝里有一小株刚刚冒头的仙人掌，生长得很艰难，但就是那一抹小小的绿意，充满韧劲，好像根本不知道什么是放弃。这平常的一幕深深震撼了刘平的内心。“我已在这里种下梦想的种子，如今早生根发芽，石缝里的仙人掌都那么努力，我又有什么理由放弃？”在那之后，刘平好似梦中惊醒，又恢复了当初为梦想奋斗的劲头。他主动承担各项工作，深入掌握工艺流程、化工原理，总结经验，把自己投身于尿素工艺知识的海洋里。2003 年 9 月 25 日，二氧化碳压缩讥第一次试开车，由于自动过临界时转速波动较大，导致蒸气大幅波

动，所以决定采用 TT 阀手动过临界。

现场的组长和日本专家连连摇头，深感焦虑，手动操作需要非常平稳的操作，稍有不慎就会导致偏离曲线致使压缩机开车失败。如果这样，不但开车日期会推迟，而且设备也有可能损坏。这时刘平站了出来说道："组长，让我来吧，我之前已经对各种情况都进行了模拟。"说着刘平把口袋中一沓厚厚的草稿纸拿了出来，草稿纸上画满了刘平做模拟的曲线草稿。组长深深地看了一眼刘平，点了点头说道："好样的，刘平！既然你有这么充分的准备，这次机会就给你了，你要漂亮地打好这一仗！"接下来，自信的刘平用短短四分钟漂亮地完成了任务，而他的这次操作过程也作为压缩机过临界操作的模板被写进了规程。

2008 年 9 月，刘平凭借优异表现获得参加中央企业技能大赛化工总控工决赛的机会。已经习惯了吹着海风的刘平来到干燥的甘肃极度不适，但决赛在即，留给他的时间不多了。前两天的理论和实操考试他都轻松过关，最后一天面对装置故障模拟考试，还没坐稳，模拟画面就不断闪烁着二氧化碳压缩机的报警，如果不及时查找原因进行处理就会造成装置停车，一切将会前功尽弃。凭借日积月累的专业知识，刘平很快就找到了故障原因并成功处理，最终获得了此次大赛金奖。

每当问起刘平："你取得了全国技术能手、全国青年岗位能手、青年先锋、人大代表这么多令人羡慕的荣誉，你觉得你的梦想实现了吗？"刘平总是摇摇头："我的梦想源自对化工事业的热爱和执着，而且必须加上'无比'两个字，节能减排、提质增效、环保达标是永恒的动态目标。我的梦想就是不断刷新自己，工作再努力一点，做得再细一点。”

每当看到郁郁葱葱的仙人掌，刘平的内心就会激起层层波澜，是仙人掌一般坚韧的信念，给予他追逐化工之梦的能量。如今，千千万万个仙人掌布满大地；未来，必将有千千万万个刘平让伟大的中国梦绿野万里。

作者：黄俊杰

海油知识知多少

中国海油企业标识

摘自《海油30年》

中国海油企业标识的含义是：蓝色的外圈和波纹象征海洋，红色“CNOOC”为公司英文(CHINA NATIONAL OFFSHORE OIL CORP.)的缩写字母。其中第一个大“C”象征初升的太阳，寓意海洋石油事业欣欣向荣；“NOOC”象征海上平台；“N”突出部分象征石油井架。

“傻”老高的“傻”事儿

——记中海炼化惠州石化有限公司炼油七部生产监督高东斌

初心易得，始终难守。年近五十的他，在生产一线倒班，守着自己的初心，一干就是 30 年。为海油炼化产业两个千万吨级炼厂开工投产，他带领兄弟们忘我奋战，披荆斩棘，创造了开工投料用时最短的行业纪录。执着于事业的他总是透着一股“傻气”，但是“傻气”的他，却是单位里的“定心丸”、班组里的“火车头”，他用执着告诉人们：一辈子干好一件事，是一件幸福的事。

6 月，大亚湾已陷入酷暑之中。一早，班长高东斌带着兄弟们在装置里开始忙碌，十多个小时泡在一线，穿梭在各种塔器、管道、机泵之间，像医生检查病人一样，不放过任何一个可能影响装置生产的小瑕疵。

“傻气”的理想主义

2007 年，高东斌做了一个常人不能理解的决定——南下广东，加入中国海油第一个炼油项目。

周围的人都觉得他傻，因为那个时候他已经是个名人，全国青年岗位能手、辽宁省优秀共产党员……如果留在老厂，将会前途一片光明。

“别走了，给你一个安全工程师的岗位。”车间主任向他抛出了橄榄枝。

可老高，认准了就不回头。

他说：“自个儿从半再生重整干到连续重整，干了快 20 年，就想亲身经历一次百万吨级规模的重整装置建设、开工、投产。”他觉得，那样他的技能才能叫圆满。

谁也没有想到，年近四十的老高还是个理想主义者。就这样，带着一身“傻气”，高东斌离开了生活工作了 38 年的锦州，只身来到大亚湾，开始人生另一段新旅程。

一来到大亚湾，就赶上了惠州石化一期项目进入机械竣工收尾阶段。二话不说，老高加入了生产准备大军，从班长变成了一名普通操作工。每天和一群大学刚毕业的新兵在不到 60 厘米高、200 多层塔盘里穿梭，一层一层检查。反应器里面的温度高达 40 多摄氏度，工作服被汗水浸湿了再晾干，晾干了又浸湿。晚上回到家，他也没有闲着，整理一天发现的问题，为第二天联系施工单位处理问题做好准备。因为他知道，投料试车前的“三查四定”工作就是为以后装置实现无缺陷开车打基础，必须做扎实了。

就是这样“傻里傻气”的老高，凭借着自己多年的一线工作经验，查出了别人观察不到的问题。就拿连续重整装置预加氢汽提塔、脱戊烷塔两个塔底泵来说，老高通过计算装置处理量以及工艺介质情况，发现泵的冷却水回水线太细，如果不改造，投产以后势必造成泵轴承温度过高，高温会直接影响泵的正常运行。于是他建议将直径 20 厘米的管线更换成直径 50 厘米的管线。一期投产前，类似这样的合理化建议，老高提出了 20 多条。

学无止境的“活流程”

如果说，投产前的生产准备工作是老高面临的第一挑战，那么芳烃装置就是横在他面前的另一座山。虽然在炼油厂干了快 20 年，但老高一直在连续重整装置工作，芳烃从来没有干过。

年轻的时候第一次进炼油厂，看到那么长的管道，那么多的设备，那么

复杂的控制系统，高东斌蒙过，但没有怵过。这次面对芳烃联合装置，他说：“这天底下就没有翻不过去的山。”30 平方米的倒班宿舍四面墙上都是装置流程图，高东斌给自己制定了一个时间表，每个单元必须在给定时间内完成学习，学完后，要能画出带控制点的流程图。一次不对，就画第二次，一直画到全部控制点都正确为止。

“那个时候，大家都在学工艺流程，平时高师傅话特别少，也没有觉得他有多厉害。但是真到了开工的时候，我们就见识到了他的真功力。”朱长春谈及他师傅高东斌，从心底流露出佩服的神情。“芳烃装置投料试车，有一个阀门就是开不起来，好多人都找不出问题，当大家都急得乱了阵脚的时候，高东斌去了，他到现场一看，就找出了问题，原来那个阀门装反了。”从那时候起，同事们送了高东斌一个雅号——“活流程”，因为他闭上眼睛也能准确找到控制阀所在的位置。

2010 年 2 月，有一个工艺问题一直困扰着技术人员，预加氢反应系统压降上涨较快，循环压缩机压缩比增大，出口气体温度过高。高东斌根据他的经验判断可能是预加氢进料产物换热器出现铵盐结晶导致压降增大，而消除铵盐结晶最好的办法就是注水。因为他的建议，装置避免了非计划性停工，为公司节约了 38 万元。

老骥伏枥 志在千里

这些年，像这样的合理化建议，高东斌提出了 30 余条。而这些技术改造项目实施后，每年为公司节约各类生产成本 1300 多万元。因为这些一点一滴的努力，高东斌成为炼化公司第一位技能专家、广东省岗位技术能手标兵、集团公司首届基层标兵、海油炼化板块第一个“全国技术能手”。

2016 年，眼看着惠炼二期项目即将投产，老高主动请缨，到了项目施工现场。大伙都说老高傻，留在一期做班长多好，每天只要干好生产，下班了啥事就都不用管了。一把年纪了，还要跑到惠炼二期的工地里查问题、查隐患，每天爬塔钻罐，年轻人都吃不消，快 50 岁的人了，还不服老。

“傻”老高笑着说：“年纪大了，倒了 30 年班了，迟早有干不动的一天。这套新装置里还有跟以前不一样的工艺、设备，能多学一点是一点，就全当这把老骨头贡献余热了。”

2017 年 6 月 30 日，“班长，目前四合一炉出口温度达到 370 摄氏度，四合一炉燃烧情况良好，重整循环氢压缩机运行平稳，精制油引入流程已确认完毕……”对讲机里不断传来内、外操详细的现场报告，高东斌再次确认装置投料条件。

“经理！重整装置目前已具备投料条件，请指示！”

“投料！”

16 时 18 分，惠炼二期项目首套开工装置——180 万吨 / 年催化重整装置成功投料。5070 项问题整改、近 3000 个仪表调试点、371 个管线打压包、800 多个日日夜夜……几乎每一台设备、每一条管线都留下了老高的足迹。

2017 年，老高成为集团公司第二批技能专家。看着一摞红本本，他说：“也许我真的很傻。因为傻，所以我这辈子只专注做好一件事。这可能就是人们常说的‘傻人有傻福吧’。”

作者：刘晶晶

海油知识知多少

深埋地下的“血管”

董雯婷

小明远眺海上钻井平台，不禁思考，油气开采出来后是怎么输送到陆地的呢？带着疑问，他找到了海叔叔。

海叔叔，从地下采上来的石油是怎么运输出去的呢？

石油是通过铺设在海底的油气管道输送到陆地的。如果说海上的油气设施是“器官”，那么海底油气管道就是“血管”，二者结合才能构成完整的生产系统，发挥整体价值。

那这些“血管”组建起来复杂吗？

当然了。“血管”四通八达，连接着海上各个平台，海底同时存在低温、高压、高盐度、暗流涌动、冲击损耗等问题，无论在设计还是施工过程中，需要考虑的因素都非常多。

那这些“血管”会不会生病呢？

有可能啊。管道长期处于低温高压的海底环境中，承受着海水的不断腐蚀，腐蚀严重时还可能导致管道破损。

那我们怎么保证“血管”不生病呢？

一般在投产前，要检测可能存在的缺陷，保证管道工程建设质量。在投产后还要使用专用设备对“血管”进行定期“体检”，发现问题及时处理，确保管道安全运行，延长使用寿命。

何妨十年磨一剑

——记南海西部石油管理局涠洲作业公司维修监督程占斗

前段时间网络上有个小调查——你有没有坚持做十年的事情？我想到了程占斗。漫长的十年出海岁月，他一心扑在设备维保中，仿佛一瞬就过去了。

十年磨一剑，他没有将简单的事情重复做，而是不断突破自己、尝试创新，积蓄力量、厚积薄发。

夜已深了，从涠洲 12-1 平台望去，黑色的大海无边无际，只有相距不远的几个平台灯火通明，彻夜不息。以往的无数个夜晚，程占斗也喜欢这样站在平台甲板上静静思索，慢慢思考难解的问题，或是捕捉脑海中灵光一现的瞬间。

作为一名维修监督，程占斗负责涠洲 12-1 油田海上采油平台的设备维修与保养。在同事眼中，他是设备维修的“大神”，有一双故障诊断的“火眼金睛”，而他却说，这是十年磨砺的结果。漫长的十年出海岁月，他一心扑在设备维保中，仿佛一瞬就过去了。

现在，他还清晰地记得 2008 年元旦，25 岁的他初到海上平台。从直升机走下平台的一刻，无垠的蓝天下，庞大的采油平台如钢铁巨人般耸立在碧

海之上。但随后不久，他便感到深深的失落。工作环境很艰苦，平台远离陆地，热带的大太阳烤得人脱层皮，而更令他气馁的是发现自己什么都不会，书本上学来的理论知识根本不足以应付现场繁杂的设备维修工作。

“越是困难，我越想迎难而上。”以前在湖北农村老家，也正是凭着这么一股不服输的劲头，程占斗考取了长江大学，成为村里少数的几个大学生之一。平台的老师傅们对初来乍到的程占斗印象深刻，“他一天到晚地学，脑瓜子也很灵活。”因为性格好，又爱抢着干活，大家都很喜欢这个小徒弟。就这样白天跟着师傅学，晚上回宿舍整理心得，不到半年，程占斗就练就了扎实的基本功。不仅如此，他还琢磨着跳出老师傅们的维修思路，想些新法子让维修工作事半功倍。

2012 年，程占斗升任平台机械主操，作为维修班组的班组长带领 12 名员工开展设备维保工作。随后的几年，国际原油价格断崖式下跌，且持续低位运行。采油成本压力越来越大，“在保障安全的前提下能省则省”成了当时一线采油人的共识。

而不巧的是，2013 年，油田一台关键设备出了大问题。

2013 年 4 月，压缩机一级 1 号气缸排气温度飙升，达 135 摄氏度，接近报警停机温度 140 摄氏度。不久，2 号气缸排气温度也突然超过 140 摄氏度，直接触发停机。

作为南海西部海域唯一一个注气开发油田，涠洲 12-1 油田注气的关键设备是一台纯美国进口的大型燃气驱动压缩机。该机 2007 年投运，至 2013 年 4 月累计向地层注气 2 亿立方米，增油近 100 万立方米，是整个油田稳产增产的顶梁柱。

油田赶紧组织人员拆卸检查，发现 2 号气缸各组件均出现不同程度磨损。专业维修人员紧急上平台更换了磨损部件，但两口气缸仍然排气温度过高，压缩机只能选择带病低负载运行。

2013 年底，借着压缩机大修的空档，油田又专门请来外国原厂技术人员参与诊断。11 天的时间里，外国专家仔细检查了气缸的每个角落，逐一验证温度偏高的可能原因，最后只剩下气缸内壁曾经磨损的问题无法排除。而因为这种整体式气缸费用太高，无备件可换，厂家建议尽快整体更换这 2 个气缸，否则会加速压缩机其他零部件的磨损。

气缸是压缩机的“心脏”，整体更换需 200 多万元人民币。程占斗不甘心：“这台压缩机运行才不到 6 年，真的到没办法维修的地步了吗？”他觉得真正的“病因”没找到，于是他一有空就翻看维修报告深入思考。一个深夜，他猛然发现，维修时大家都忽略了压缩机上的一个小设备——容量调节阀，极有可能是该阀密封不严，极小的缝隙导致内漏气体被反复压缩，升高排气温度。他精神一振，想尝试维修。

“千万别自己动手，搞坏麻烦就大了。”朋友们劝他。“国外厂家都解决不了的疑难杂症，你能行？”有人质疑。

程占斗内心很矛盾也很担心，但不服输的精神促使他鼓起勇气向领导汇报想法，领导同意让他试一试。他找来新的容量调节阀密封件准备安装，发现新密封件满足不了间隙要求，就大胆提出自己加工。新密封件加工完成，先在一个气缸上安装测试，压缩机排气温度明显降低，带载运转7天未见异常。7天后，又在其他气缸上安装，效果同样很好。

如此，原本需要200多万元才能解决的压缩机排气“高烧”顽疾彻底解决了，而成本仅是23元的密封件加工费。

观察，思考，再试错。现场经验的积累让程占斗的维修工作越来越得心应手，巧妙的创新往往能收到四两拨千斤的效果。

他将进口冷却器由水冷变为风冷，彻底解决了腐蚀穿孔隐患；自制海水粗过滤器铜套，减少了对进口备件的依赖，年省维修费10万元；对多级离心泵采取降压式维修，避免了设备换型，该方法也被其他油田借鉴，成功修复多台故障泵。

程占斗的事迹极大地鼓舞了处于油价寒冬中的海油人，他被中国海油授予“降本增效先进个人”称号。然而在他自己看来，这都是再普通不过的事情：“节俭的习惯是我的父辈传承下来的，对工作的兴趣才是创新的关键。”

十年间，他多次获得南海西部石油管理局技术革新奖，获国家实用新型专利授权，并带队相继取得第七届全国石油和化工行业职业技能竞赛“化工检修钳工”决赛团体一等奖、中国海油技能大赛一银三铜的好成绩。

回首十年，程占斗用青春和热血铸就了技术创新的锋刃。如今，剑已出鞘，这把技术创新的利刃，必将为海油的高质量发展保驾护航。

作者：张晓燕

海油知识知多少

建成“海上大庆油田”

摘自《海油30年》

2010年12月19日，中国海油宣布实现国内海上年产油气5000万吨目标。众多媒体进行了大量报道。中国海油的油气年产量从成立之初的9万吨到100万吨用了8年，从100万吨到1000万吨用了6年，从1000万吨到3000万吨用了8年，从3000

万吨到 5000 万吨用了 6 年。

中国海油 1985—2010 年油气产量示意图（单位：万立方米）

“海上大庆油田”的建成，是全体海洋石油员工不懈奋斗的结果，标志着我国海洋石油工业迈上了一个大台阶，跻身世界先进行列。中国海油用不到 30 年时间走完了西方发达国家百年历程，为我国战略性新兴产业发展、能源安全建设做出了重大贡献。

仪表中的赤子心

——记南海东部石油管理局番禺作业公司仪表主操于海军

“我打心底喜欢这些仪表，因此更要尽力把工作做到最好。”九年光阴，他在仪表的世界中挥洒自如。从理论到实践，从维修到改造，他经受了巨大的考验，终将一颗赤子之心炼成一方工匠之魂。

提起于海军，在番禺 5-1B 平台几乎无人不晓。2017 年 12 月，于海军被评为 2017 年广东省直（属）企业“十大工匠”，此前他还先后获得广东省技术能手、广东省“五一”劳动奖章、中央企业技术能手等一系列荣誉称号。

“我只是做好自己的本职工作而已。”平实的话语透出于海军的性格。9 年多的时间里，于海军始终保持一颗赤子之心，每日带领维修仪表作业班组对平台进行全天候保驾护航。

“逼”出来的学习狂人

从 2009 年刚参加工作的仪表工到 2015 年中国海油仪表大赛冠军，再到如今的仪表主操，于海军与仪表结下了不解之缘。

很少有人知道，初见各式仪表设备，于海军也曾犯嘀咕：“我能做好这份

工作吗？”仪表工作涉及电工电子、控制系统、自动化和维修等多项基础知识，知识面广且杂，想要粗通容易，精通却极为困难。为尽快掌握每一个装置运行的相关原理和操作方法，于海军几乎是寸步不离地跟着平台有经验的师傅。他随身携带的笔记本上密密麻麻记录了自己所学的每一个知识点。不管工作多累，回到宿舍后他都会把本子掏出来复习。9 年来，这样的小本子几乎摞满了一整个衣柜。

为了解仪表设备和技术的最新变化，每天午休的一小时，于海军会抱着英文技术资料一点一点地啃。他笑言自己的学习动力是逼出来的：“必须时刻盯着仪表设备的发展动态，不然很容易就掉队了！”

机会往往留给有准备的人。在 2015 年的中国海油职工技能大赛中，于海军脱颖而出，一举获得仪表专业金奖。2016 年广东省石油和化学行业职业技能大赛中，他又勇夺第一。

“闯”出来的创新工匠

“对于工作，大家公认于海军只认高标准，只会严要求，遇到难题绝不轻易放弃。”在同事眼中，于海军胆子特别大，敢想、敢闯，性子也格外倔。

刚参加工作时，于海军发现平台生产空压机几乎每个月都会发生故障。生产空压机是平台核心动力系统，长期维修不仅耽误生产，也会造成浪费。能否改变这种被动局面？

于海军萌生出改造空压机的念头。

有人提出反对意见，认为改造的想法太大胆，原厂设置一般不会有问题，贸然改动反而可能损坏设备。可在于海军看来，不能因为迷信出厂设置就止步不前，也许是它不适应海上的工作环境呢？如果原厂设置真的没有问题，为什么这台机器老是出故障？

于海军对生产空压机进行了深度解剖，终于找到“病因”：空压机的时间控制器因磨损出现偏差，机动控制阀也因海水侵蚀有所损坏。

针对这两大“病因”，于海军先查阅资料，然后根据空压机的内部结构设计改造图纸，再与有经验的师傅反复讨论，最终对洋机器“动刀”。经过改造，空压机的故障率大幅降低，相关配件的更换频率从每月 1 次延长至每年 1 次，年省维护费 2 万元。

谈起仪表维护，平日里不善言辞的于海军能滔滔不绝地说上一两个钟头，兴奋得像个孩子，眼神里透着亮光。

“我打心底喜欢这些仪表，就想着把工作尽量做到最好。”这就是于海军的初心。

作者：叶鑫浩　高　明　吴诗雅

海油知识知多少

在大海里找油到底难在哪里?

马学立

这几天，刚从海边游玩回来的小明对从大海中找到石油颇为好奇，于是便去请教海叔叔。

海叔叔，大海神秘不可测，感觉好多不可控因素，你们为什么要到海上找油?

人类寻找油气是从陆上开始的，海洋石油勘探开发技术比陆上复杂得多，但随着陆上油气越来越少，人类便开始向海洋寻找油气资源，找油的过程都是由易到难的。

那大海中的石油是在海底还是海洋里呢?

海洋石油既不在海洋里也不在海底，而是埋藏于海底以下的地层岩石之中。

海水不会通过地层渗到地层里的石油里吗?

不会的。经过数百万年，海洋底下的地层已经变成坚硬的岩石了，好比把一块石头放在水里，浸湿的仅仅是石头表面，而水绝不会渗入石头的内部。

隔着厚厚的海水，在大海中找油一定很难吧?

是的，海洋中找油比陆上要多了成百上千米深的海水，这一层海水就使得找油成本更高，所需的技术手段和技术装备更先进，困难更大。首先，海面动荡不定，要保持钻井稳定，就要建造一个高于海面的钻井平台或者钻井船，将钻机安装在平台上进行钻探。另外，需要各种专用的水下与水面技术设备，还要经受台风、海浪、海流、潮汐、海冰等环境影响，对技术和设备性能要求相当高。还有，海上作业器材和生活物资都需要用船舶和直升机运送，运输费用很高。

幸福的奋斗者

——记研究总院钻采研究院钻井资深工程师谢仁军

什么样的人生最幸福？于他而言，也许就是不断朝着自己的心中目标奋斗。多年的工作中，他始终不忘能源报国的初心，日复一日、踏踏实实坚守在自己热爱的事业中，体会着奉献的快乐，享受着收获的喜悦。

9 年前，一位年轻人带着责任感和使命感走进了中国海油的大门；9 年中，他兢兢业业，对待工作无一刻放松；9 年后，他依旧不忘初心，牢记能源报国的使命。他是中海油研究总院有限责任公司的一名钻井工程师——谢仁军。

九层之台，起于垒土

从初出茅庐的学子到全面组织项目工作的经理，9 年来，谢仁军参与了 50 余项生产科研项目，见证了“海上大庆油田”的建成，更懂得了担当、奋斗与奉献。

谢仁军职业生涯的第一个挑战是一个复杂断块油田的压力预测。作为项目的第一道关卡，压力预测直接关乎整个项目的进度。45 天工期，要解决这一难题，压力可想而知。短短几天，谢仁军脸上就长满了痘痘。项目经理孙福街调侃道：“从小谢脸上的痘痘，就能看出项目有多棘手！”倾心的付出终于有了回报，谢仁军提供的压力预测方法可将预测精度由 80% 提高到 90% 以上。

2015 年，低油价时期，谢仁军提出将提质增效理念融入企业的项目设计标准中来。如今，多部由他起草完成的企业标准获准颁布，源头降本的理念闪耀在各个参照标准设计的项目之中。

除了工作外，谢仁军还时刻不忘为自己充电。上下班途中、出差间隙都成了他学习的黄金时间。

2014 年，休假陪产的谢仁军把造价工程师执业考试培训教材带到了医院产房的门口。“这都啥时候了，还有心情看书。”母亲埋怨他。他忙把书收了起来，不好意思地笑笑。然而，趁着母亲不注意，他又偷偷打开了书本。

辛勤的付出终于有了回报，谢仁军高分通过考试，顺利拿到了造价工程师执业资格证，成了公司里为数不多拥有此资质的工程师。

锲而不舍，金石可镂

创新源自深厚的积累，这是谢仁军一直以来所坚信的。作为项目钻采专业的负责人，他带领团队攻克了中国海油多个“第一”：第一个整装低渗油田、第一个大型油田复产项目、第一个超浅层大位移井、第一个高温高压气田、第一个海外三高气田……

高温高压钻完井犹如在火山口上作业，难度大、风险高，属世界性难题。工作刚满三年的谢仁军，成为中国海油首个高温高压开发项目的副经理。

为了提高工作效率，他总是赶最晚一班地铁回家；半夜两三点醒来，只为突然蹦出的技术想法；他给工作用的笔记本电脑更换了一个大容量电池，以便随时移动办公；由于长年在电脑前办公，他患上了严重的颈椎病，常常得靠贴膏药缓解疼痛；因为长期吃饭不规律，他患上了胃病，长年要靠吃中药调理……然而对他而言，看到自己设计的项目成功投产后，这一切付出都变得

再值得不过。

“大家都说我辛苦，我却觉得能做自己喜欢的事业，并能有所建树，真的是一件很幸福的事儿。”谢仁军笑着说。

作者：徐国贤

海油知识知多少

中国海油最大自营油田绥中 36-1 油田

孙　明

绥中 36-1 油田位于渤海辽东湾南部海域，地质储量 2.97 亿吨，目前共有 17 座生产平台，1 个陆地处理终端，日产原油达到 15000 吨，累计产油量超过 5000 万吨。自投产以来创造了多个第一：中国海油最大的自营油田、中国首个向海上油田供电的海上风电项目、中国海上最大的电力组网项目以及亚洲最大连体海上采油平台等。绥中 36-1 油田被誉为渤海油田的“命根子”油田，为渤海油田培养出大量的优秀人才，在中国海油建设“海上大庆油田”的征程中做出了卓越贡献。

从第 58 号标志桩出发

——记气电集团海南管道巡线工李景声、李运捷父子

一对父子，两个桩号，8 公里管线，两代人坚守。15 年来，这段管线从未出现过一次事故，每一寸土地上都有他们踏实的脚印，荒郊野外硬生生被父子俩踏出了一条路，父子两个人的巡线路加起来足足可以绕地球一圈。

李运捷（又称小李）卷起袖子擦了擦被晒得发烫的标志桩，上面是被擦得锃亮的两个数字“58”。不远处的父亲李景声（人称老李）戴着个大草帽在烈日下静静地看着，直到小李消失在雨林里。这样的画面在这个地方已经重复 15 年了，9 年前是老李，现在是小李，但不管刮风下雨，每一天“他”都会从 58 号标志桩出发。

2003 年，气电集团中海石油管道输气有限公司输气干线投产，440 多公里长的输气管道将南海海上平台生产的天然气输送到工厂、学校和千家万户。管道沿线居住着汉、黎、苗、回等多个民族，他们有不同的文化习俗和生活习惯。在管道建设初期，大家都对埋在地底下的天然气管道充满疑惑。

为保障管道运行安全，海南管道公司一方面深入村庄进行管道保护的宣传，一方面在当地聘用了一批会说海南话的本地农民担任巡线工，来检查管道周围是否有采沙、占压等危害管道安全的现象。

老李李景声就是其中的一位。那年他 54 岁，是一名退伍军人，在家务农已经十多年了。他负责巡视的天然气管道从 58 号标志桩出发，到 66 号标志桩截止，全长 8 公里，而他从家走到 58 号标志桩还有 3 公里。每天清晨，他的儿子小李骑摩托车把他送到 58 号桩。老李巡完线以后，小李再骑摩托车去接。一年 365 天，无一间断。

有人可能会想：巡线不就是走路吗？很轻松呀。的确，8 公里路在城市里可能不算什么，但老李每天要巡视的管道周围布满荆棘，蚂蝗、毒蛇随处可见，是一条没有路的路。每天一趟走下来，需要近 4 个小时。海南四季高温，野外的太阳更是毒辣，在外面站几十分钟甚至会脱皮。每年 7 月到 10 月，台风肆虐，老李就披着雨衣上阵，回到家往往是摔得一身泥。

路途艰险，巡线时间长，老伴怕他中途饿了，常给他准备一盒稀饭，而这一盒盒稀饭竟成了老李 6 年来的午餐。路上被蚂蝗叮了，撒点盐水拔掉，遇到毒蛇就用打蛇棍驱赶。稀饭清淡，就采几棵野菜苗伴着吃。渐渐的，老李也成了一个野外生存专家。

巡线一晃就是 6 年，老李要退休了。他想：每天都是儿子接送上下班，儿子是个朴实人，做个巡线工挺好的。于是，在退休前，老李向公司表明了想让儿子接班的想法，公司也觉得把这段管线交给小李来巡视是最为恰当的，于是就同意了老李的请求。

这么多年，偶尔父亲生病，小李就会穿上父亲的工服替父亲巡线，其实早就熟悉了父亲的岗。

可是，老李给老伴儿一说，老伴儿却不乐意了：巡线工每月才挣 1400 元，工作还辛苦，小李才 20 多岁，干嘛非得巡线呀？

其实让老伴儿担忧的还另有原因。农村人过日子都图个安稳图个和睦。巡线工经常和村里的乡亲们因为管道安全的事打交道，如谁家盖房子盖到管道边儿上了，谁家挖口井在管道安全范围内了，谁家又在管道上种树种菜了等，这些行为都需要去制止，总会发生矛盾。而自家祖祖辈辈生活在村子里，不想因为这些事儿闹得大家不开心。

有一年，村口阿公家的果园要盖 3 米多高的围墙，老李一听吓出一身冷

汗。因为围墙要盖在管道上，一旦挖到了管道或者把管道压坏了，后果可就严重了。老李连忙跑到阿公家，又是递烟又是说好话。阿公虽年过六旬，但一听到老李是要阻止自己家盖围墙，他就不干了，指着老李的鼻子说："没有围墙，果子被偷了你赔呀？"阿公家的阿婆更是厉害，顺手拿起一把扫帚，就要把老李给扫出门。

人情面子牌打不通，老李就捧着厚厚的管道安全手册上门讲道理，一次不行说两次，两次不行说三次，但阿公一家态度仍是很坚决。最后，实在没办法了，老李只好将村委会主任、村支书请到了阿公家里。经过反复劝说，阿公阿婆终于同意了，果园的围墙硬生生给管道留出了两个 4 米宽的口子。后来阿婆说："老李平日里老实巴交，我们也不是故意为难他。想想他们父子俩说的也在理，保护管道不就是保护我们自己嘛。"

这些周折，让老伴儿心里很矛盾。可在儿子上岗前一天晚上，老伴儿还是将洗好的巡线工制服放到了儿子床头边上。

如今，小李也是一个有着丰富经验的巡线工。

巡线 9 年多，每天都是一个人走在同一条路上，还是挺孤独、挺枯燥的。于是，小李学会了跟山说话、跟树说话、跟鸟说话。

15 年来，这段管线从未出现过一次事故，每一寸土地上都有他们踏实的脚印，荒郊野外硬生生被父子俩踏出了一条路，父子两个人的巡线路加起来足足可以绕地球一圈。

一对父子，两个桩号，8 公里管线，两代人坚守！

谈到未来，李运捷坚定地说："海南管道 58 号到 66 号有我们家守着，你们放心。"

作者：俞　健

海油知识知多少

海上钻井装置知多少?

郭　华

通过近日的学习，小明对海上钻井作业越来越感兴趣，他发现海上钻井作业装置跟大街上的汽车一样形色各异、琳琅满目，又积攒了好多问题，这不，小明又缠着海叔叔不放了。

海叔叔，海上钻井装置太多了，能告诉我怎么区分么?

海洋钻井装置虽然数量庞大，但我们可以先这样简单分类：固定式钻井装置和移动式钻井装置。固定的就是安装在海洋固定平台上面进行钻井作业的装置，比如我们常见的模块钻机；移动式的就是安装在船舶上或者移动平台上面进行钻井作业的装置，比如钻井船、钻井平台等。其中，移动式钻井装置数量是最多的。

移动式钻井装置是不是可以像轮船一样开着在大海上航行?

一般来讲，坐底式钻井平台和自升式钻井平台是没有自航能力的，在海上移动需要配置拖轮拉着走，而半潜式钻井平台和钻井船具备自航能力，可以在海上自由航行。

移动式钻井装置是不是有很多种?

移动式钻井装置可以分为坐底式钻井平台、自升式钻井平台、钻井船、半潜式钻井平台等。坐底式钻井平台又叫钻驳或插桩钻驳，适用于河流和海湾等 30 米以下的浅水域。自升式钻井平台又称甲板升降式桩腿平台，作业时它的甲板可以沿着桩腿升降，一般适用于 130 米以内的水域。钻井船是浮船式钻井平台，它通常是在驳船或机动船上布置钻井设备，进而在海上进行钻井作业。半潜式钻井平台的基本结构和坐底式相似，由于其部分结构浮在水中而被称为半潜式。钻井船和半潜式钻井平台一般适用于 200~3000 米范围水域，比如大名鼎鼎的“海洋石油981”就是 3000 米水深级别的半潜式钻井平台。

黄土高原的红色寻气人

——记中联公司潘庄对外合作项目联管会副首席代表姚勇

在黄土高原上，在对外合作的前沿，有那么一群人，他们有时脚步匆匆，有时据理力争，有时精进不休。他们是大山里默默无闻的奉献者，他们是活跃在煤矿作业区的天然气工作者，他们是煤层气行业的守望者。

9 年前，在吕梁的黄土高原上，行走着一位穿着红色工装和翻毛长筒工鞋、背着双肩包、手拿 GPS、脚步匆匆的男子，他就是刚加入煤层气行业不久的姚勇。

那时柳林项目组刚组建不久。而他已经在山上走了一整天，带的水早已喝完。与其他同事和司机约定接头的时间快到了，但图纸表明还有几个井位没走到，GPS 各个点之间的行走路线还未画完。山里大部分地方没有手机信号，无法及时和司机取得联系，他只能逼自己走得更快些，以免错过山下的会合时间，让大家担心。

在天黑前，姚勇终于完成了当天的踏勘任务，看到了打着双闪的越野车。车门刚打开，同事就递过了水，他一口气喝了整整一瓶，还意犹未尽地抬起瓶子看了看，把最后一滴水也倒进了嘴里。

车沿着山里的土路小心翼翼地向前走着，几个小伙伴慢慢打开了话匣，聊起新发现的山体间小路，聊起哪几颗树上还挂着已经开始干瘪的红枣，没有那么脆，但更甜了……一个小时的山路，姚勇有一半时间是在睡梦中度过的，再睁眼时已到住处。他迫不及待地脱下工鞋，习惯性地倒倒鞋里的黄土，发现脚底生疼，袜子又破了。晚上他还要和同事们一起汇总当天的踏勘结果，讨论、对比、上图、编写说明……办公室里你一言、我一语，使得宁静的夜晚显得格外热闹。就这样，姚勇在山上走了 4 年多，夜晚办公室的欢笑也持续了 4 年多。

煤层气，是一个听起来不太响亮的名字。它有一个常常见诸媒体、令人生畏的别名——瓦斯。霸气的别名背后，它还是一种清洁能源，列入了国家“十一五”“十二五”“十三五”能源发展规划的战略资源。中联公司作为国家重大专项牵头单位，在山西晋城建成了国家首个煤层气示范工程，实现了煤层气地面抽采工业化生产，并在潘庄区块对外合作项目中实现了合作项目管理和技术的突破。

2013 年，中联公司组建了首个煤层气对外合作项目管理组——潘庄对外合作项目，开创了中联公司派驻对外合作项目组直接参与现场工作的先河。潘庄对外合作项目是国内首个获得国家发改委批复的煤层气开发项目，派驻现场工作的项目组肩负团队走出去、担子挑起来、经验带回来的重任。

也正是那一年，姚勇作为中方代表，被中联公司派驻潘庄项目作业现场，与外方合作者联合办公。从鄂尔多斯盆地东缘转到沁水盆地南部，从公司的自营项目转到对外合作项目，从整天穿着工装行走在黄土高原的山脊上转到穿着衬衣坐在与外方交流的会议桌前。在煤层气行业工作 4 年后，姚勇又一次面对全新的工作环境和工作方式，在对外合作工作中成为一名新兵。

办公室像冬季的大山一样安静，姚勇手里拿着一本对外合作产品分成合同。为便于携带，字号已缩得很小。他认真地读着，将不了解的词汇勾画出来，重要内容处折一个角。每读完一个章节，查询学习不理解的词汇。渐渐的，他手里的那份产品分成合同越来越厚了。在北京办公室的桌子上，还有足足一尺多高的项目历史管理资料静静地躺着，等着他阅读。

会议室里有种国际会议的感觉，参会的有外国人，部分资料是英文的，一些中国人讲话也不时掺杂着英文。这样一支多国部队经常争得面红耳赤，姚勇就坐在他们其中，不断在资料上做标记，时不时地参与到讨论中。经过4年多的讨论，项目团队逐渐成长。参加会议的外国人越来越少，而中方团队成员在项目决策中的分量越来越重，姚勇发言的次数也越来越多了。

中方团队的内部会议上，姚勇向团队成员分享项目组成立4年以来的技术进展和项目未来10年的规划，他的语气中透着自信。特别是在讲到潘庄区块持续稳产高产开发技术的大难题——15# 煤层开发技术取得巨大突破，单井日产气量由不足1000立方米成功突破10000立方米，最高单井日产气量超过40000立方米时，他的声音显得格外洪亮。在提到项目正积极探索其他更难开发的生产层位技术时，他谨慎的语气中蕴藏着自信。15张幻灯片，45分钟后，会议室内先是一片寂静，随即大家纷纷露出了肯定的笑脸，那笑脸上分明是突出重围般的舒畅感。

4年多，中方团队成员经历过项目组初建时的紧张，开发技术遇到瓶颈时的煎熬，现场实验失败时的失落，与合作方交流时的剑拔弩张。但大家的坚持和乐观支撑着项目组开辟出了一条技术革新和合作项目管理的新道路，让笑脸逐渐成为内部会议的主旋律。这笑脸见证了潘庄项目开发技术取得的突破；这笑脸见证了潘庄项目生产井数从四年前的43口增加至169口，日产气量也从当初的65万立方米大幅跃升至目前的190万立方米；这笑脸见证了潘庄项目管理体系逐渐成型，管理团队日渐成熟。

姚勇说，他身边还有很多和他一样的煤层气工作者。他们乐观、积极、无畏，无论是穿着工鞋独自行走在黄土高原的山脊上，还是穿着衬衣和同事一起坐在与外方交流的会议桌前，都始终保持着那份乐观和坚韧，坚守着那份信念和执着，他们见证着煤层气行业的步步变迁，他们相信煤层气的未来大有可为。

作者：豆高峰

海油知识知多少

一张图读懂煤层气

夏禹昌　段宝江　杨振铁　崔璐璐

煤层气资源分布

煤层气俗称“瓦斯”，是一种与煤炭伴生的矿产资源，主要成分为甲烷，属非常规清洁能源。

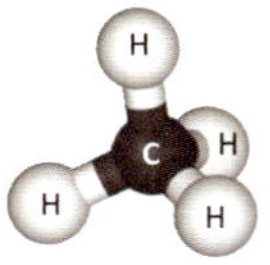

甲烷CH_4分子结构图

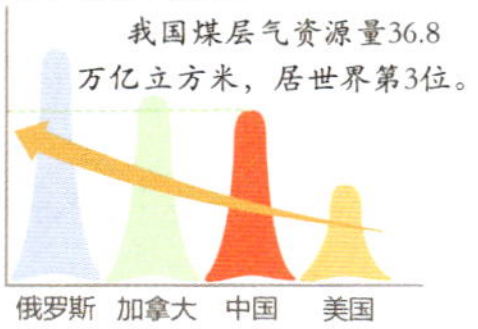

煤层气的储存状态

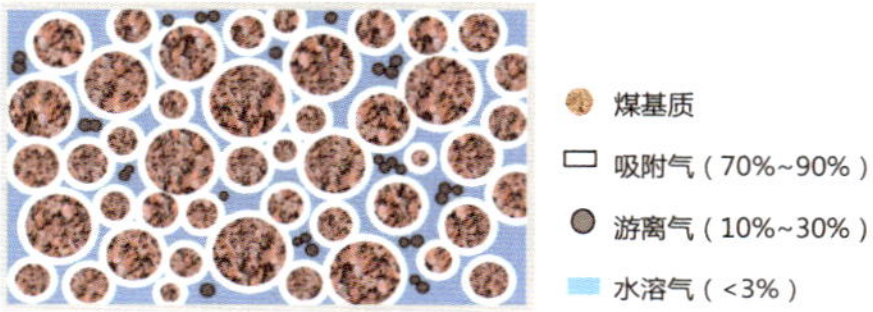

煤层气的流动机理

煤层气从煤基质解吸，扩散到煤裂缝，在煤的裂缝间渗流以及从裂缝流入生产井。

煤层气的开采

主导工艺技术包括排水降压技术、定向羽状水平井技术、压裂改造技术（CO_2泡沫压裂、活性水压裂）等。

排水降压

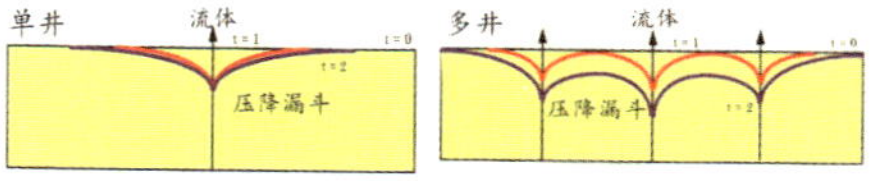

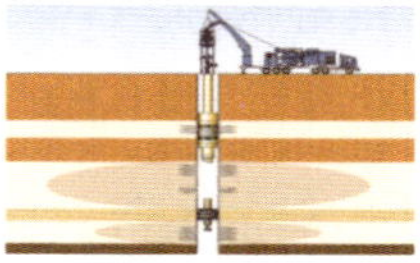

直井压裂改造

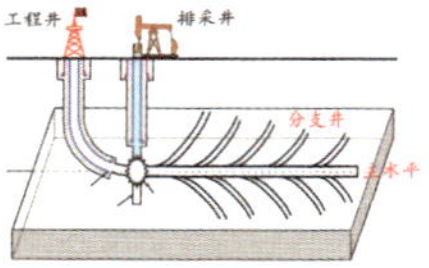

羽状水平井

“深水奇兵”筑梦蓝海

——记中海油服钻井事业部“海洋石油981”团队

敢为中国争先，敢与世界争雄。面对国人期许的目光，这个由177人组成、平均年龄仅30岁的深水团队，从我国深海作业经验和技术极度匮乏的起跑线上出发，用砥砺兴海的决心与实力，在建设海洋强国的征途中书写着能源报国的新篇章。

他们，肩负着建设海洋强国的梦想，自 2012 年踏上开发南海深水的征程起，便屡创奇迹，打破了少数几家国际石油公司对深水领域的技术垄断，使中国向深水油气勘探开发迈进了一大步。

他们，成绩斐然，打破了国际同行创造的深水作业纪录，高效地完成千米水深钻完井作业，并成功获得中国海域自营深水勘探的第一个重大油气发现。

他们就是让国人引以为豪的“深水奇兵”——深水半潜式钻井平台“海洋石油 981”团队。

用实力赢回尊重

建造之初，国外深水钻井能力已经达到 3000 米水深，而国内还停留在 500 米水深阶段，基本没有自主深海钻探开发的经验。平台投入运营前期，团队只能在摸索中前行，要实现从浅水到深水、超深水的跨越，谈何容易？

面对业界的怀疑和国际同行的不屑，第一任平台经理邓明川喊出了“尊重是靠实力赢回来的”。为了尽快掌握技术，他们从平台建造期就开始介入，在集装箱改造的办公室里啃外文资料，学习的资料有 20 多吨重，摞起来能装满 8 个集装箱。为了实现中国深水首钻成功，他们全面模拟可能出现的问题与风险，制定 164 个工作程序、848 个操作规程和 1020 个保养规程。他们有的将婚礼一拖再拖，有的错过了妻子的临盆……“海洋石油 981”团队的每一个人心里都憋着一口气：一定要干出个样子来，不能让外人看笑话！

2012 年 5 月的一天，在举世瞩目的平台首钻作业期间，平台主控系统 2 号、3 号中压配电柜突发失电故障，50% 的定位动力瞬间消失，平台随时有失控移位的风险。由于故障发生前毫无预兆，故障原因难以迅速弄清。更严重的是，此时台风已经生成，预测路径直奔作业井位而来。如果不能在台风到来前准确查出故障并完成修复，后果不堪设想。邓明川带领故障处理突击队进行了 15 次模拟试验，经过两天两夜的连续奋战，最终在台风来临前排除故障。

首钻过程中，这支“深水奇兵”创造了作业效率 93% 的纪录，远高于国际同类型平台运行初期的水平。

怀匠心亮剑海外

2015 年 2 月 7 日，在五星红旗迎风招展中，“海洋石油 981”的钻头深入缅甸安德曼海的水下地层，开始了它的海外首钻。这口井的完钻井深 5030 米，是“海洋石油 981”服役以来所钻探的最深井，将创造我国半潜式钻井平台作业井深新纪录。

海外首秀，平台的每个人心里都攒着一股劲儿，深知到了该“亮剑”的时候，一定要用高效率和高质量的钻井业绩让国际同行见识一下中国深水钻井的实力。

这天清晨，已经顺利钻至一个新的井段。由于工期紧张，几乎连轴转了一个多月的关键设备——铁钻工突然发生了故障。在关键时间、关键井段，

关键设备突然不听使唤，这可急坏了在场的所有人。他们立即开始排查，并很快找到了问题所在——铁钻工的控制电磁阀被油基泥浆腐蚀坏掉了。"还好不是大问题。"高级电仪师李百平擦掉额头上的汗珠，长舒一口气，随即带着现场人员快速更换了被腐蚀的电磁阀。

然而，祸不单行。当天晚上，"疲惫"的铁钻工又罢工了，如不快速修复，将可能导致甲方记录停工期，给"海洋石油 981"的海外首秀带来"污点"。

"绝不能让'任性'的铁钻工影响作业效率！"钻台上的操作人员兵分两路，一路人马查找铁钻工的故障，另一路人马改用手工大钳，依靠自身体力去拧紧钻杆的丝扣，保证作业的连续性——这在以往称为"打大钳"，是传统的钻井起下钻作业中最费力气的一个环节，但作业效率却只有铁钻工的 1/3。

几个小时过去了，打大钳的小伙子们身上的工服早已被汗水浸透，一个个脸红筋胀，喘着粗气，但仍在咬牙坚持，这让在现场指挥抢修的维修监督王付秋和高级电仪师李百平心疼不已。他们顾不得擦去流到下巴上的汗水，以最快的速度排查着……终于，他们找到并修复了故障点——扭矩传感器。铁钻工复活了，大家却都累得瘫坐在了地上。由于抢修及时，时间控制在了甲方允许的范围内，没有造成甲方记录停工期事件。

在安达曼海的钻探过程中，还经历了不少坎坷，整个团队怀揣匠心，争做匠人，铆好每一颗"钉"，或独立思考，或群策群力，一一化解了所面临的种种突发状况。最终，"海洋石油 981"团队不负众望，完钻井深超过 5030 米，作业时效高达 99.03%，创下了平台辉煌史上的又一里程碑，树立了中国深水高端装备走出国

门、参与国际市场角逐的国际品牌。

国之利器，海油先锋。作业 6 年来，“海洋石油 981”多次创造深水作业纪录，突破多项行业关键技术难题，填补深水钻井行业史上的多项空白，为我国深水油气勘探开发积累了非常宝贵的技术财富。同时，“海洋石油 981”团队也收获了“2014 年度海洋人物”“中国质量奖”“中央企业第一批基层示范党支部”等荣誉。

不忘初心，砥砺前行。争做海洋强国战略的圆梦人，中国海油“深水奇兵”一直在路上。

作者：孙洪涛

海油知识知多少

深水开发有利器

韩旭亮

海洋石油的知识实在太过丰富，经过一段时间的学习，小明还是对很多概念不太明白，诸如“平台大小”“系泊定位”等等。

海叔叔，一座深水平台到底有多大？

你见过摩天大楼吧？就拿“海洋石油 981”来说，它的高度相当于 45 层楼那么高，甲板面积相当于一个标准足球场那么大。

海洋环境波浪汹涌，这个庞然大物怎样固定在大海中？

通常采用锚泊系泊系统定位，将几根锚链的一端拴在平台上，另一端固定在海底，这样就可以把平台固定在海上预定位置。有时也采用动力定位系统，通过调节推力器推动海水，抵抗海洋环境力，使平台稳稳停泊在作业点。

据我了解，南海蕴藏着丰富的油气资源，其规模到底有多大呢？

南海油气资源占我国油气总资源量的 1/3，其中 70% 的资源蕴藏于深水区域，有人把南海称作“第二个波斯湾”。

哦，那我们怎样才能把这么丰富的资源开采出来？

这就要求我们拥有自己的深水利器。这些年，中国海油以“海洋石油 981”平台为核心，打造了“联合舰队”，来开启中国自营勘探开发南海深海油气的时代。

您能给我介绍一下都有什么吗？

都是可在水深 3000 米海域工作的深海工程装备。由“海洋石油 981”作为旗舰，“海洋石油 720”“海洋石油 708”“海洋石油 201”等共同组成中国深海油气勘探开发的深水舰队。它们分别承担钻井作业、地球物理勘探、地质勘察、海底铺管、物资保障等不同任务。

溢彩流花济沧海

——记南海东部石油管理局流花油田作业区团队

二十二载沧海桑田，犹若弹指一挥间。一代又一代海油人不断迎难而上、突破极限，实现了流花油田从合作到自营、从沉睡到高产的蜕变。在中国海油不断进军深水的进程中，他们从未退缩，也从不抱怨，以智慧和汗水谱写了海油人亮剑沧海的华章。

流花油田于1987年发现，水深310米，是迄今为止在我国近海发现的地质储量最大的礁灰岩油田。它的开发克服了许多技术和经济方面的挑战，1996年3月29日投产时，采用了7项世界第一的先进技术，代表了当时世界海洋石油开发工程的最高水平，被称为“国际海洋石油皇冠上的明珠”。

这段长达22年的历程被一代又一代的流花人见证着。张宁作为其中的一员，已经默默陪伴了流花油田17年。

2003年7月1日，流花油田成为南海东部地区的首个自营油田。在7月24日的油田交接仪式上，外方代表在发言中说：“我想过几年后，再到流花油田，看看中国海油接管后能否保持BP原有的水平。”当时，李凡荣作为中国海油交接的代表这样回应道：“中国海油不但要把流花油田管好，而且要更好。”

15年过去了，张宁仍然清晰地记得当时作为油井作业助理的她在听到这句话后心中的触动。

“其实在回归前大家心中还是有点忐忑。”张宁回忆，在流花油田回归自营前，公司进行了充分的准备，从团队管理方式、员工岗位到油田文化氛围，方方面面都进行了周全的考虑和妥善的安排。

张宁说：“当时听到这句话，觉得特别踏实，事实证明我们的顾虑是多余的，大家都信心十足，士气高昂。”此后，油田涌现出一大批年轻的技术和管理人才，流花油田也成为南海东部地区乃至整个中国海油系统内人才培养的摇篮。

2003年，公司把目光放在了未开发或后期发现的卫星小油田上。如何实现小油田高速开发？必须打调整井，甚至是大位移井。此前，外方曾经在流花11－1油田的3井区尝试过打大位移井的评价井，但是因为种种困难最终还是放弃了。

“自己的家园，就要精耕细作。”为了最大限度地挖掘流花油田的潜力，流花泊田整个团队一直在努力突破极限。

当时，张宁的工作之一就是更新数据并绘制产量趋势图。油田产量、关井停产、电潜泵运行等数据在张宁的手中变成了一张又一张的柱状图和折线图。“隔三岔五就有新井投产，产量节节攀升，最高峰期一口井一天的产量就可达 6000 多桶。”张宁回忆起流花油田如火如荼的态势，仍难掩激动之情。

数口超大位移井的打通，让流花重新焕发了生机。其中，流花 11 - 1 油田大位移延伸井更是刷新了当时的诸多纪录：中国海油大位移延伸井钻井最大水垂比、中国海油钻井 500 米以上深井的最短钻井周期、中国海油钻井单只钻头一次入井进尺最高……

历经自营后的过渡时期，流花油田又迎来了新的挑战。

2006 年 5 月 17 日，台风“珍珠”登陆深圳。张宁接到了油田停产的消息。初闻时她并没有意识到问题的严重性。“锚链设计是可以抵御百年一遇的台风，从来没想过锚链会被吹断。”此时的张宁还不知道，流花油田因为遭遇超强台风“珍珠”正面袭击，“南海胜利”号 FPSO（海上浮式生产储卸油装

置）的 10 条锚系 7 条破断。遭遇如此重创，所有人都为它的命运捏了把汗。

但是勇敢的流花人没有退缩没有抱怨，他们用最快的速度组建队伍，投入复产工作。

为了尽快复产，流花油田首先求助原厂家和国际上其他专业厂家，提供工程船和技术服务。但因为锚链破坏状况异常复杂，不少厂家纷纷退却，有的原厂家漫天开价，提出苛刻的商务条款。为此，公司迅速决策，决定海油人自主创新，集合国内外资源修复流花油田。

这是一个世界级挑战，没有装备，没有技术，没有经验。然而海油人不畏难、不退却，勇于迎接挑战，用自己的智慧解决了一个又一个难题：用世界最小的动力定位船舶完成最复杂的深水系泊大修工程，用最小的分体支座支撑世界最大的单点锚系安装施工绞车。

“南海胜利”号 FPSO 在青岛坞修期间，张宁随队伍长期驻扎在船厂，一两个月才能回家一次与家人团聚。她的丈夫在国外油田倒班，女儿才上小学二年级，张宁只好把女儿托付给嫂子照顾。“大家都是这样熬过来的，当时真的没有顾虑太多，就是铆足了劲想赶快恢复生产。”

历时一年零三天，流花油田提前一年复产，原油产量增加 120 万吨。

如今，流花油田已历经 20 余年的风风雨雨。勇于担当、善于创新的流花人，克服无数个前进障碍，攻克一个又一个难关，用自己的智慧和汗水，浇注了流花的辉煌。

作者：秦利雯　石　涵

海油知识知多少

我国首个自营整装深水油田——流花 16-2 油田

周　臻　邓卫东

流花 16-2 油田是我国首个自营整装深水油田，目前已进入开发建设阶段。该项目所处水深近 440 米，采用全水下生产系统和 FPSO 结合的开发模式。项目需铺设约 77 公里的海底管线，是我国自主设计的最大水深海管群；单点系泊系统功能复杂，重量和悬挂接口数量均为国内之最。流花 16-2 项目在国内第一次应用水深 420 米的单点系泊系统，国内第一次采用“FPSO+3 套水下生产系统”的油田开发方案，国内第一次运用海管高温屈曲触发装置，世界上第一次使用高难度 27 公里变频长距离输电……此外，由于流花 16-2 项目附近的流花 21-2 油田富含伴生气，该 FPSO 上设计了轻烃（LPG）回收系统，可储存超过 2800 立方米的液化石油气，不仅节能环保，每年还可产生过亿元的经济效益。流花 16-2 项目翻开了中国海油深水油田群自主勘探、自主开发、自主运营的新篇章。

痴心不改的安全卫士

——记中海油天津化工研究设计院有限公司防爆中心团队

为防爆走天涯，以梦为马，不负青春年华；为安全勇争先，以路为家，只为本质安全。痴心不改，不忘防爆使命，至死方休，坚守安全红线。标准是他们的武器，隐患是他们的大敌。他们在山巅守护安全，他们在海上守护梦想。

2018年初夏，昆仑山下，毒辣的太阳把地上的沙粒晒得滚烫。亮眼的黄沙上，蒸腾着热浪，黄羊一家低着它们纤细的脖子啃着地上零星的骆驼刺。这时，一道隆起的烟尘由远及近，渐渐变大。那是一辆越野车，慢慢地停在了不远处的油井旁。黄羊一家抬起了它们纤细的脖子，警惕地盯着那个陌生的家伙。在这里，除了黄羊，罕有别的大型动物造访。

刘世平下了越野车，径直走向高耸的“磕头机”。这是他来到这片沙漠的第30天，这台“磕头机”是他为青海油田检查的第8256台设备。他是中海油天津化工研究设计院有限公司防爆中心（下称PCEC）的一名检验员，来到这片世界海拔最高的油田，产生了强烈的高原反应。“在那里，有口水喝是最幸福的事情。”高强度的日照和干燥的天气给刘世平和他所在的团队带来了前所未有的挑战。

走在刘世平身后的是PCEC系统工程部副部长宁书志。33岁的他已经是中心的“老将”，也是青海油田项目的负责人。他仔细对眼前的防爆设备进行着检查，用本子记录下问题，用相机拍照取证。整套流程极其熟练顺畅，又总是能切中要害。这已经是他在防爆中心工作的第10年了。10年间，他走遍祖国的大江南北，海上、岛上、陆地上、沙漠中，有防爆设备安装的地方，就有他忙碌的身影。

多给年轻人压担子，是中心焕发生机的法宝。几年间，一批青年骨干快速成长，宁书志就是其中之一。在青海的两个多月，他走遍了整个油田，一位在当地工作了20多年的老石油工人对他开玩笑说：“你两个月走的路快赶上我这20多年了。”防爆工作不仅仅是让设备安全那么简单，更是一种管理方法、一种安全理念。这项工作是专业、严肃的，工作态度也必须是严谨、认真的。就像宁书志所说的，“让防爆设备安全可靠，就是我辈从业者的最大责任”。这句话是当年他师傅和他说的，而如今这句话也成了他对这份职业的庄严承诺。为了这句承诺，他始终扎根在工作一线，这一下子，就是十年。他经常和同事们说：“现在人们都在讲不忘初心，十年前，我对防爆工作的承诺，就是我的初心。我离不开工作一线，那里有我对防爆工作的热爱，有我对防爆工作的责任。我还想在这里再坚守一个又一个的十年。”

在茫茫沙漠的正北方，古丝绸之路的重镇——敦煌。一场防爆知识培训课，正在紧锣密鼓地进行着。主讲人是 PCEC 系统工程部青年培训讲师赵阳。讲台之上的他引经据典，面对着台下的一百位学员，他有讲不完的知识、说不尽的案例。说起赵阳，那可真称得上是一位“痴人”。在他的包里，你总能找到一两本防爆标准。同事有什么不解的问题，从他那里总能找到最准确的答案。不到 30 岁的他，能够拥有如此深厚的知识储备，全赖于他的那份“痴心”。对于“痴人”这个称号，他经常辩解说：“同事们都说我‘痴’，其实我是对防爆知识有渴求。对知识的渴望就是我的初心，在这讲台上有我对这份工作的执着与责任。工作 6 年，我仿佛依旧身在学校，防爆中心就是我的大学，我永远都不会从这里毕业。”

PCEC 的每一位检验员既像医生，又像教师。像医生一样用最专业的防

爆知识对每一台防爆设备进行诊断，并且针对病灶采取切实可行的整改措施。同时还需要像教师一样，将最权威的防爆知识宣贯给客户。他们有个通病，都有点儿“痴”，对防爆知识很痴迷，说起来就合不上话匣子；对每一次检测，更是痴之又痴，因为他们深知，他们的一次含糊，可能就是一次重大事故的伏笔。

时间在变，初心不变。每一次检测，都容不得怠慢和疏忽，他们肩负的是最本质的安全问题。这支防爆“部队”成立于 1985 年，几经发展，已成为京津冀地区和海油系统内唯一一家具备国内权威资质和国际电工委员会 IECEx 授权的检测检验认证机构，于 2017 年通过国家认证认可监督管理委员会批准，授权成为国家防爆产品质量监督检验中心（天津）。树立行业标杆，争做行业龙头是 PCEC 的始终目标。

国家安全是全国人民的头等大事。作为防爆行业的领跑者，如何完成好技术现场服务，做安全生产的保护者，是产业升级的重中之重。帮助客户理解技术概念，掌握操作方法，建立管理体系；对防爆产品从设计制造，到选型采购、安装验收、投入应用、监督维护、检查检修，再到报废的全生命周期安全监护是 PCEC 肩负的安全责任。坚决不放过任何一丝隐患，严格执行标准规范，是 PCEC 秉承的安全理念。

33 年筚路蓝缕，33 年薪火相传。PCEC 成立的 33 年间，他们追求本质安全的一片痴心见证了祖国伟大的工业变革，也见证了祖国防爆安全事业的蓬勃发展。创立至今，PCEC 人更迭精进的是技术水平，始终如一的是他们对防爆事业的不变初心。肩负安全责任，不忘安全初心。PCEC 用技术保障安全，以专业服务行业，必将开启防爆技术新时代。

作者：姜明钊

海油知识知多少

深埋海底的水下井口

黎 祺

小明了解到海上有一种先进的水下井口，很好奇水下井口是如何工作的。带着疑问，他找到海叔叔。

海叔叔，什么是水下井口呀？

水下井口系统是安装在海底基盘上不同口径的井口套管头、海底防喷器或海底采油树以及各种控制系统的总称。水下井口作为海底油气输送的关键节点，其主要功能是控制海底井口的工作压力，保证海底油气按照设定的流速和流量输送到对应的海底油气集输处理系统。

为什么要用水下井口呢？

通过搭建水下井口生产系统，可以避免建造昂贵的生产平台，大幅降低深水地区和边际油田的开发成本，开采结束后，还可以对水下井口装置进行打捞，重复利用。

水下井口是怎么工作的？

水下井口装置主要由低压导管头、高压井口头、套管悬挂器和环空密封总成等部件组成。它在钻井过程中连通、支撑防喷器组形成钻井液循环通道，并在完井后固定采油树形成油气输送通道，有效支撑套管柱和密封套管柱环空，控制来自海底井口地层压力，保障油气稳定开采。

朝阳门海油大厦的哆啦 A 梦

——记中海实业朝阳门海油大厦管理分公司团队

朝阳门海油大厦管理分公司自成立之初以辛勤的汗水践行“亲情服务、管家服务”理念，用心服务客户，不断超越客户需求。这是一群默默无闻的奋斗者，客户笑脸的背后是团队不平凡的坚守。时代在变，初心不改！

清晨，金色的朝阳照射在大片玻璃幕墙环绕的中国海油总部大楼上，波光粼粼，像极了海面上的一艘巨轮。朝阳门海油大厦管理分公司客服中心位于这艘巨轮的三层，伴随朝阳，客服团队的负责人刘建佳早早来到大厦，一切准备工作就绪，随时开启暖心服务模式。

“丁零零……”热线电话响起，一个熟悉的号码映入眼帘。

“你好，李姐，有什么需要帮助您的？”

“你好，咱们可以帮助购买春节火车票么？”

“可以的，李姐，我们可以同您一起在 12306 火车票系统内购票，帮助您提高成功概率。”

“太好了，春节期间我想带着小女儿回家，很多航班都在夜里，考虑孩子小、机场又在市郊，特别想坐火车回去，正在发愁呢。”

“好，您别急，我们先做好信息登记，按照您的目的地及车次，进行抢票。”

收到来自大厦国际合作部李姐的需求后，团队分工明确，按照车票预售时间，同时进行电话、网络抢购工作。终于，成功地帮助李姐抢到了回家的火车票。

春运想必令每一位在外乡的游子都印象深刻，而春节回家又是每个人心中最美好的期待。上年春运期间，刘建佳正在休假，但由于抢票任务重，他主动通过手机同大家一起抢票，并通过视频连线的方式一次次确认抢票信息，用执着与坚持为客户拼来了一顿顿团圆饭。大厦客户感慨：你们的服务好暖心啊，什么问题都能帮我们解决，简直就是我们的哆啦 A 梦啊！

亲情服务关键在用心，无论客户有什么需求致电客服，客服都会第一时间协调解决。刘建佳继续思考着，将百宝箱升级为自助服务平台，有各类应急物品，包括针线、纸张、领带……只要能想到的应急物品，都让红糖哥搜罗到自助服务平台上。在随后集团公司一次演讲大赛中，一位参赛选手由于出来太匆忙，发现衬衫掉了一粒扣子，需要紧急处理。团队成员李智慧收到客户需求后，迅速拿着自助服务平台中的针和线，赶到会场，解决了小尴尬。类似这样的小故事每天都在发生，大家秉承“咖啡茶水变石油，服务质量变产量”的理念，在平凡的岗位上做着不平凡的工作，不浮夸却很温暖，不张扬却很有味道。

有了平台，我们能帮助客户解决各类应急问题，这样就可以了么？当然不是。

2015 年，日本一家石油公司到集团公司访问，为能更好地照顾日本宾客，显示中国海油国际化的一面，团队成员兰心主动请缨，利用自己日语专业特长，打破以往中英文安全提示惯例，在会场做中日双语安全提示，全程用日文进行引领。一位日本宾客在大堂惊喜地发现了摆在前台的菊花，不由说出“すごい！”（你们很厉害）这样的称赞。此次周到、细致的服务和巧妙的文化融入给日本宾客留下了深刻印象。

践行亲情服务理念的重要组成部分是不断超越客服需求，发挥创新精神，为驻厦客户量身定制一套专属服务模式。为此，团队在工作中，把客户满意度作为根本目标，精心设计最贴合客户需求的服务模式。利用互联网优势，

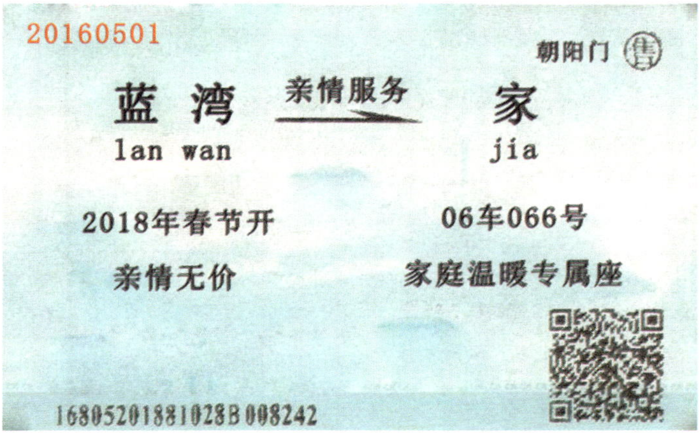

实现线上服务功能，以管家式服务为抓手，创新搭建了客户服务感知体系，并通过感知体系的运用，让服务更加贴近客户需求。创新提出“现场·改变”为主题的 QC 活动，通过优化现场环境提升服务品质，通过深化班组建设固化服务标准……通过这些，不断提升管理技巧，提高员工技能，打造不断超越客户期待的亲情服务。

2017 年 7 月，一项满载着大家心血和汗水的荣誉远道而来：客服中心班组荣获“2017 年度石油和化工行业质量信得过班组”称号。每每说到这里，刘建佳总会露出幸福的微笑，这是他们团队用心坚守的最好体现，他们的目标就是成为大厦客户心中的哆啦 A 梦！

作者：李兰馨

水下生产设施

张艳春　赵晓磊

水下生产设施是深水油气开发的重要载体，主要包括管线终端（PLET）、管汇类（ILM/PLEM/CM）、跨接管（JUMPER）、水下分配单元、脐带缆和采油树等。水下生产设施的可靠性、安全性要求较高，制造测试技术是重要制约因素。中国海油已掌握了包括水下 PLET、ILM/PLEM/CM、JUMPER 在内的管端产品的制造测试技术，建立了水下生产设施制造设备及技术体系，锻炼并培养了一支水下产品设计、施工和管理的专业化队伍。

扫一扫，欣赏更多精彩图片，感受对外开放前沿的海洋石油

责任篇

央企责任，人民情怀。

跋涉于海油史志，沉下心来会发现，总有股力量支撑着海油人前行，那便是责任的力量。

鏖战低油价寒冬重塑成本竞争优势；深耕“一带一路”提升海外业务发展质量；推进混合所有制改革打造世界级炼化基地；打造“大国重器”挺立“海洋强国”脊梁；满负荷运作 LNG 接收站保供清洁能源呵护青山绿水。

时代发展，使命延续。经过大海洗礼的海油人，不但富有理想和激情，同时也深深懂得，一滴水汇入大海才不会干涸，个人只有融入企业发展和民族复兴的伟大梦想才更彰显其价值。

梦想从不是一个轻飘飘的词汇。它生成于使命的呼唤，落实在对责任的承担。它像头顶熠熠生辉的星空，只有脚踏实地的奋斗者才能目睹其模样。

踏上新征程，迎接我们的，也许仍有惊涛骇浪、仍有荆棘丛生，但对于民族复兴的中国梦想，对于国际一流的海油追求，我们从未像今天这样充满信心。

会风击浪卅五年

——记海油工程安装公司“蓝鲸”号船舶总监刘克建

他是条海上硬汉，却干着“绣花”的活儿。在狂风中“绣花”，在惊涛骇浪间穿针引线，他练就了一身“绝活儿”。他只有大专学历，却能干许多国内外专家都干不了的活儿。会风击浪卅五年，他从一个水手成为我国海洋工程吊装领域的领军人。他有许多的称号，全国劳动模范、中央企业劳动模范……但他最看重的称呼却是“刘船”。

2017 年农历腊月二十，早上 5 点，天黑如墨，刘克建悄悄爬起来，给妻子轻轻掖了掖被角儿，然后背上包，踮着脚静静地走出门。

一声微不可闻的关门声后，假装睡着的妻子睁开眼，望着门的方向发呆。

结婚 28 年，她早已经习惯了这样的告别。

她知道，他又去海上了；她更知道，他要挣钱养活这个家；她还知道，他放不下他的船，舍不下他的兄弟。

她不知道的是，刘克建这次是去俄罗斯，去解决一个离不开他的技术问题。她不知道的是，在奔赴俄罗斯的路上，刘克建在梦里又回到炎热的印度洋。那是 10 年前的那次艰难作业，也是中国海油的工程船舶第一次进入印度洋施工。刘克建是海油工程“蓝鲸”船总监。“蓝鲸”船在 2008 年投入使用，是当时世界上单吊起重能力最大的浮吊船。2008 年 9 月，刘克建和“蓝鲸”船经印度洋航行 4018 海里、历经 18 个昼夜抵达孟买作业海域。

刚准备抛锚，难题就来了。施工现场有 16 条海底管线和电缆，这些管线

和电缆错综复杂，用外方人员的话就像是“一碗中国面条”，抛下去的锚链很有可能会挂在管线和电缆上。

刘克建深思熟虑后，提出了一种浮漂式的抛锚方案，就是用浮筒来托起锚链，让锚链避开管线和电缆在安全的位置下沉。这就是后来被业主采纳的蓝鲸浮筒方案。看到海面上漂着的浮筒群，印度国家石油天然气公司的专家和工人笑了：“这是蓝鲸牌浮筒，品牌！”

然而，对刘克建和他的船来说，吃下“一碗面条”仅仅是一道“开胃菜”。

当地时间 9 月 19 日下午 4 点 40 分，“蓝鲸”船正式起吊，印度洋的季风和海涌却给这“第一吊”来了个“下马威”。长波涌使得“蓝鲸”船头上下起伏一米多。

重达 2650 吨的组块被“蓝鲸”船有力地吊起。虽然现场风力减弱，但长 239 米、宽 50 米的“蓝鲸”还是在涌浪的作用下起伏不停，组块几次插入导管架又跳了出来。渐渐地，业主方失去了耐心，没说什么就离开了。

压力落在了刘克建身上，他明白，外方业主等着他，项目组和船员们都在看着他。

这样的经历对刘克建来说是如此的似曾相识：16 岁参加工作，40 岁执掌

"蓝疆"船，半生海上漂泊，吊装组块"跳槽"对他来说不是第一次，但是印度洋的风浪让这次吊装从没有过的艰难。见惯大风大浪的刘克建面无表情，越是艰难越是不能着急。如何破局？他再次组织大家研究方案，印度洋长波涌让船摇晃幅度过大，必须利用两次摇晃之间的短暂间隙放入组块，思路决定出路，淡定从容的刘克建给了大家信心。

波涌起伏不定，组块放了又跳，跳了又放，已经连续跳了 11 次，大家的心都提在嗓子眼儿。刘克建仰着早已酸痛的脖子，眼睛紧紧盯着接口处，右手举着对讲机又发出了指令："快放、慢放、快快、停！"晚上 11 点 41 分，组块被安全吊放到导管架上。

业主方听说后马上找到刘克建表示感谢，刘克建揉揉酸痛的脖子，只是微微一笑。首吊的艰难让他心里铆着一股劲儿："一定要拿下这个项目。"大家都在静静地等待着下一吊。

可印度洋的季风让这一等就是 26 天。有劲无处用的感觉让大家有点焦虑，可刘克建还是不急不躁，和大家聊天儿开玩笑，和平时一样。是的，和大海打交道，一定要沉住气稳住心定住神。整个吊装团队的心气慢慢沉静下来，后面还有连续两次高难度吊装呢。

首先要起吊的是重 1900 吨的支撑模块北块，虽然风小了些，可海涌还在，更要命的是北模块和南模块间距只有 1.5 米，而组块的摇摆已经远远超过了这一距离，稍有不慎就有可能发生碰撞。

吊装全在指挥与吊车司机的配合，对指挥来说更加困难，他不仅要考虑现场的情况，还要给吊车司机留下反应的时间，不能晚一秒、也不能早一秒。

刘克建指挥巨大的"蓝鲸"伸出起吊臂，稳稳地吊起不停摇晃的组块，在晃动中缓慢而轻盈地坐落在导管架上。

"中国有个绝活儿叫绣花，你们这是用大力士在海上绣花。"看到晃动中的组块如此顺利地精确就位，三星的一位项目组成员长舒一口气后感叹道。

"这个只是'三星'——三星级的难度，下一吊你会看到五星级的。"刘克建对外方业主说。刘克建说的下一吊是指起吊重 3200 吨的 Building

Moudel 组块。同上一吊相比，这一吊不仅重量更大、跨距更远、高度更高，而且距离南模块上部结构还不到 0.5 米。

“3200 吨的组块，面对印度洋海域 12 秒以上的长波涌，吊装最小间距 0.5 米。”除了刘克建，每个人心里不禁打了一个问号：“这能完成吗？”

受船舶晃动与洋流影响，组块在吊装过程中始终在晃动，要想通过 0.5 米的最小间距，刘克建必须准确发现并抓住一刹那的时机。

这次是大力士在狂躁的暴风里、颠簸的道路上绣花。

轰鸣声响起，“蓝鲸”吊机缓缓上升。“主钩下放。”刘克建下达指令。

“摆动幅度较大！”在众人期待中，电脑显示的数据与要求有着较大差距。

瞅准波涌间隙再次下达起吊指令，坐标在显示屏上不停跳跃着。然而，结果仍难令人满意：“摆动幅度仍然不满足。”如此反复试了 8 次，均未能成功。

所有人的目光再次集中在刘克建身上。他依旧不急不躁，仔细查看了船舶位置与标定船舶移动位置后，开始又一次尝试。

定了定心神，刘克建指挥吊机再次转动，人们的心悬了起来：“已经第 9 次尝试了……”刘克建擎着对讲机：“吊机，全速放。”他浑厚的声音掷地有声，这一次，左右摇晃着的巨轮“蓝鲸”吊起同样摇晃着的重达 3000 多吨的组块顺利就位。

三星重工和印度业主的员工惊呆了，就连在旁边协同作业的俄罗斯和约旦等国船队上的员工也佩服地伸出了大拇指。

“这是一次创举，一次不可思议的创举。”项目完成后，外方业主彻底服气。

海外“第一吊”对如今的“蓝鲸”和刘克建来说，早已成往事。2018 年，“蓝鲸”船迎来它 10 岁的生日，在这 10 年里，刘克建和大伙风雨同舟，足迹遍布中国近海、印度洋、波斯湾，屡破海上吊重纪录，吊装总吨位超过 120 多万吨，相当于 30 个“鸟巢”体育馆钢结构总重量，创造产值超 20 亿元。

如今，刘克建的身上有很多称号：全国劳动模范、天津市五一劳动奖章获得者、中央企业劳动模范、天津市劳动模范……

然而，对刘克建来说，他心底最看重的却是别人叫他一声“刘船”。在他理解，这个称呼不仅是一份海上兄弟的认同，更是一份团队担当的责任。

作者：乔　旭

海油知识知多少

海洋石油工程“大力士”——起重船简介

乔　旭

起重船，又称为浮吊船。起重船上装有吊机，用于水上起重、吊装作业。吊臂有固定式和旋转式的，起重量一般从数百吨至数千吨。随着近年来海洋油气开发、大型海上工程和海难救助事业的发展，大型起重船作为不可缺少的工程船舶也有了长足的发展。在我国，海上平台及海上风力发电机吊装工程作业、海洋工程的拆卸作业日趋频繁，促使大型起重船成为发展热点。中国海油目前拥有多艘起重船，其中7500吨全旋转起重船“蓝鲸”号，能轻松吊起埃菲尔铁塔。2008年投用以来，该船累计吊重超过120万吨，多次打破我国海上吊重纪录。

兢兢业业力致远

——记中海油服油田化学研究院培训中心鉴定主管张荣

三十多年一门心思扑在泥浆事业上，他从最基层的泥浆工做起，经历了中国海油的白手起家、对外合作和发展壮大。勤勤恳恳、踏踏实实是他几十年来的精神信条，也是其始终坚守的工作原则。泥浆事业早已融入骨髓的他相信，即使困难再多、任务再重，只要沉下心来就一定能做成、做好。

张荣在1983年从当时的渤海技校钻井班毕业后，在钻井平台上干过水手、钻工、泥浆工。他回忆第一次出海，去埕北B平台，坐了4个小时的拖轮。海上风平浪静，宽阔的海面特别美，到了平台干起活来，他感觉终于踏实了，能够养活自己，给家里人一些资助了。

绝知此事要躬行

在那时的钻井平台上，吊装作业没有现在这么便捷，几十吨的泥浆材料要一袋一袋卸下来。虽然有小车能把材料运到加料口，但没有升降功能，又要靠人力一袋袋搬。他回忆说："300多斤的桶装材料，我们要一个人把它滚到位置再立起来，特别累。"

20世纪80年代，张荣给很多外国企业服务过，最让他印象深刻的是外国人工作起来很有条理。在一次跟随外方泥浆工程师工作时，他注意到，这名外籍工程师对于什么时间该干什么心里特别清楚，将泥浆的一道道工序把控得非常好，而且只要涉及泥浆的工作他都自己亲自干一遍。他说："那时候，我从来不敢想自己有一天能当上泥浆工程师。"

在平台上，外国人基本都是跑着干活儿，生怕耽误时间，而且无论是什么岗位，干活儿都亲力亲为。张荣回忆：外国一平台经理在平台上检查，他一根一根地看着隔水导管，突然，他看到一根管子里有掉进去的两袋泥浆材料，他立刻钻进去拿了出来。张荣那时便感慨，这可是一个钻井平台的现场最高管理者啊！

从那时起，外国人的工作态度便在张荣心里留下了种子："只有自己亲身做了，才知道其中的道理。"张荣说，"我每次再登平台的时候都第一时间去现场看一看。这种由细致体现出来的工作精神让我在后来和外国人一起工作时，他们对我都非常友好和信任。”

勤勤恳恳才是捷径

1986年，张荣进了当时只有十几个人的泥浆公司，成为一名泥浆监督。1990年，他第一次由师傅带着独立在“绥中36-1”打探井，他非常紧张。为了保证泥浆性能稳定，张荣全天都在现场跑，基本不回办公室。

师傅看见张荣便说：“这么干不累死你呀，如果遇到复杂情况，你不连觉都不睡啦。”张荣却说，要不惜身体干好这口井，再苦再累也要在现场待着。

那时，为了搞清整个现场流程，以及泥浆在添加材料前后的性能变化，他坚持跟踪现场变化。他说：“以前的工程师加材料都按吨加，我是按公斤加，哪怕有一点变化我也要跟踪。”

但是那口井并没有如张荣所愿干得那么顺利。由于经验不足，泥浆性能没有调整好，起钻不是很顺利。他说：“起钻时我就在钻台一点一点看着钻杆起出来，从那以后我就知道泥浆性能对勘探效率是何等重要了。”

随着技术的不断成熟，中国海油逐渐向深水挺进。为了确保南海地区钻井液的顺利应用，张荣在2014年被调到了湛江，那时，张荣已经57岁。

在临走前，张荣对领导说：“我到了平台没法像以前那么跑了，但我还是会一步一步地往前走。”二人沉默不语。

身已许国，再难许卿

面对记者有关家庭的提问，张荣叹了一口气说：“现在老了，终于能够每天回家了，这对于普通人来说可能是再平常不过的一件事，但对以前的我来说却是一种奢望。”

如今，很多年轻人总在抱怨，逢年过节本该是团圆的日子，却被派到海上工作，但张荣却觉得要想比别人干得好就要多付出一点。

张荣说：“在我之前的老前辈都是背着铺盖卷，坐着小渔船出海，不管是不是节假日都随叫随到。而且，我经常会想到我父母的那个年代，一年才能见一次面。和他们比，我们的日子幸福多了。”

这么多年在海上工作，使得张荣对家人亏欠得太多。他的孩子从小体弱多病，全是妻子一个人在照顾。1995年，张荣一次回家正好赶上孩子突发高烧，他背上孩子就往医院跑。到了医院孩子都已烧到40度，他一宿不敢睡，隔两小时喂一次水，不停地换毛巾。那时候，张荣第一次感受到老婆一个人带孩子是多么不容易。

可是，孩子的病好了没多久，张荣又出海了。他心里很不是滋味，但还是背上行囊走了。张荣说：“总得有人去做这个事情，当一天兵就要站一天岗。”

在采访中，张荣经常会提起自己小时候的场景。父亲在外工作，每年回家一趟，他们兄弟三人的生活全靠母亲一个人撑着，苦日子让他们知道养活一个家庭是多么的不容易。现在张荣也快退休了，终于有机会去照顾老人，但时间没有了。

但张荣一点也不后悔，他说：“在我刚从技校毕业的那个年代，人们的心理都很单纯，单位需要我去哪我就去哪，单位让我干什么我就踏踏实实地干什么。能不辜负单位给予自己的信任，能用一点一点积攒下来的工资让家里的生活变好，心里就非常满足了。”

作者：楼俊凯

海油知识**知多少**

走近钻井的“血液”

谭俊潇

小明在平台上看到一个箱子上方固定着一根管线，一股“泥流”不停地流入箱内，这是什么？正好，迎面走来了海叔叔。

海叔叔，这“泥流”是什么，从哪里来的？

这是岩屑，是随钻井液（俗称泥浆）循环从井筒返出的被钻头切削破坏的地层碎屑。在钻井过程中，钻井液从钻杆内部自上而下流动，从钻头喷嘴出来，携带岩屑经钻具和井筒的环形空间向上流动，从井口返出，经过固控系统进行分离后，就是你所见到的“泥流”了。

海叔叔，你提到的钻井液是起什么作用的？

钻井液是钻井过程中以其多种功能满足钻井工作需要的各种循环流体的总称，是钻井的血液。按分散介质（连续相）可分为水基钻井液、油基钻井液、气体型钻井液，渤海油田主要采用水基钻井液。在钻井过程中，钻井液主要起6种作用，分别是清洁井底，携带岩屑；冷却和润滑钻头；平衡井筒内与地层压力，稳定井壁；传递水动力；承受钻杆和套管的部分重力；提供地层资料等。

海叔叔，不同的地层，这些钻井液都适用吗？

不同的地质结构，适用不同的钻井液体系。钻井液的选用主要遵循6个原则：携砂能力强，润滑性能好，磨损小，化学性质稳定，对油气层损害小，对生态环境尽量不造成伤害。

海叔叔，钻井结束后，剩余的钻井液怎么处理呢？

根据《中华人民共和国海洋石油勘探开发环境保护管理条例实施办法》等有关规定，我们对钻井液进行无害化处理或返输运至陆地处理，确保对海洋环境不造成污染。

蓝色之梦喜绽放

——记渤海石油管理局研究院采油工艺总师刘义刚

在渤海油田有这样一群人。他们扎根渤海，坚守了20余年，梦想与激情逐渐擦出绚丽的火花，在这片蓝色国土不断上演着一个又一个的奇迹。他们用青春换来了希望，2006年渤海油田上产1500万吨，2010年渤海油田上产3000万吨，渤海油田在发展过程中不断成长为巨人。在这一个个难以置信的数据背后，是他们默默无闻的付出，他们挺起了渤海油田的脊梁。

走进刘义刚的办公室，会发现办公桌的一个角落里摆放着两张颇具年代感的照片，一张是刚毕业略显青涩的青年，一张是1994年塘沽小渔村的荒凉残破，仿佛讲述着过往的事情……

刘义刚出生于黑龙江小兴安岭的山区。这里以肥沃的黑土地而闻名，黑土地也培育出他的坚韧与刚毅，潜移默化中影响着他的学习与生活。中学时期他成绩优异，报考大学时左邻右舍都劝他填报综合类院校，但是受大庆油田的影响，他毅然投身石油专业。当时，石油行业是艰苦而又危险的行业，学生们都会偏向选择读机械、电子等新兴专业，相较而言石油专业算是冷门。

大学时期条件艰苦，四年的努力让刘义刚以优异成绩完成了学业。那个年代正值国家开发用人之际，毕业包分配，很多同学纷纷选择留在像大庆油田这样的大油田，海油对于大多数学子来说较为陌生，更别提渤海油田了。“正在发展中的油田意味着无限的遐想与希望，能够在这片海域留下自己的印记会是一件很美妙的事情。”这是刘义刚对渤海油田最初的梦想与坚持。

1994年刘义刚初到塘沽时，这里是一个小渔村，所到之处尽是一片片荒凉的盐碱地。他深刻地认识到理想与现实的差距，意识到可能会面临的极度艰苦与挑战。也正是这段艰苦的岁月，他的青春渐渐与渤海油田擦出了绚烂的火花。

1998年，锦州9-3油田、绥中36-1油田Ⅱ期等新油田投产。刘义刚历经2个月的大会战，不断调试与摸索，终于解决了设备从安装、调试到运行、保养等诸多的问题，有力保证了锦州9-3油田、绥中36-1油田Ⅱ期的顺利投产。那时新平台建设工期紧，为了尽可能缩短平台投产工期，他有时干脆住在工具房。时至今日，刘义刚依然记得那个冬天的锦州9-3油田尤其寒冷：“零下20多摄氏度，不管穿得多厚，冷风吹过，从内到外都是刺骨的疼。”这样的严寒促进了他快速成长，曾经文质彬彬的年轻人和工人们打成一片，井井有条地指挥着现场。

“一个梦想实现了，必须有下一个梦想，否则人就会垮掉。”海上油田正处于快速发展期，刘义刚没有停下前进的脚步。

接下来他被委以重任到另一个更广阔的舞台——生产部。为保证油田的持续稳产，每年海上油田会进行大量的措施作业。在陆地油田措施作业可以随时进行，不受时间、天气等条件的影响，而海上油田进行现场施工时往往需要寻求最佳作业时机。当时从事措施作业人员偏少，而工作量却很大，每年有 200 多井次的作业任务。长期从事现场作业任务需要随时做好出海准备，有一年出海 200 多天，同事调侃他为出海专业户。长期的出海现场作业也促使他不断总结与思考更高效的工作方法和更安全的工作程序。

2003 年绥中 36-1 井组化学驱进入攻坚阶段，刘义刚带队在寒冷的天气中连续奋战。由于过度劳累加上凉风侵袭，引起了面瘫。海上医生建议他马上回陆地治疗，医院诊断后，开出了必须休息 30 天的病假条。刘义刚把这张病假条揣在怀里。回到家，就一头扎进书房，看起了有关化学驱的书籍。

刘义刚的书房里绝大部分书籍是关于油田生产的。他最大的乐趣就是逛书店，《油藏增产措施》《聚合物驱采油工程》《稠油开采技术》等书籍，摆得满屋都是。他说："打铁须得自身硬，成为采油工艺行家始终是我追求的目标。面对日新月异的采油新技术、新工艺，只有坚持不懈地学习、钻研，在实践中不断探索、磨炼，才能提高自身素质。"

时针指向午夜 23 点。

"义刚，该吃药了。"爱人把药和水端了进来。

"好，把我的药收拾一下，明早我就出海。"

"什么？医生不是让你休息 30 天吗？"

"海上新工艺正在关键时刻，我不放心。"

"义刚，我知道你的心思。孩子出生时，你就不在跟前，我不怨你。你现在面瘫了，还要坚持出海，何必这么拼呢？"

"这项技术对油田未来的发展至关重要，只有企业好我们才会更好。"

第二天一早，刘义刚将病假条塞进行囊，登船出海了。

一日一事易，一生一事难，正是最初的那份执着与梦想让他可以面对长年累月枯燥、乏味、单调的技术研究，在工作中始终坚守最初的那份责任与担当。

一分耕耘，一分收获，渤海油田大家庭培养了他，他始终抱着一份感恩的心：

渤海油田上产 1500 万吨，他成为公司级专家。

渤海油田上产 3000 万吨，他成为集团公司专家，获评集团公司建设"海上大庆油田"立功个人。

如今渤海油田正迈上持续稳产 3000 万吨的新征程，他也已经做好准备迎接全新的挑战。

渤海油田快速发展的道路上从不缺勇敢，就是凭着这份最初的梦想与坚持，在油田快速发展期他破解了一道道难题，取得了优异的成绩。

阳光下，两张照片闪烁着淡蓝色的光芒，那是梦想的颜色，它们会承载更多的希冀。

作者：兰夕堂

海油知识知多少

需要抗冰的锦州 9-3 油田

曾清平

锦州 9-3 油田位于辽东湾北部，为中国最北部海上油田。冬季气候寒冷，冰期较长，海冰对油、气生产设施所构成的威胁较大。油田特制定防冰抗冰应急计划并实施，用以保证现场的安全生产。油田下辖世界上第一座“桩基沉箱式多功能抗冰平台”JZ9-3W/WHPE，“海油最北点”JZ9-3WHPA 等 8 座平台，累计生产原油超过一亿桶。

千锤百炼成“金砖”

——记有限公司上海分公司作业区生产经理廖仲毅

他曾趴在70摄氏度的高温甲板上除锈，曾爬上数十米高的火炬抢险，也曾带着一帮初生牛犊为公司创造近2500万元的效益。在领导眼里，他敢讲真话，在同事眼里，他执着认真。他用18年的千锤百炼，将自己打磨成了一块坚韧、方正、温润的“金砖”。

他曾趴在 70 摄氏度的高温甲板上除锈打磨，曾爬上数十米的高空火炬奋勇抢险，也曾在炎炎夏日里将巡检精确到每一只螺栓，在凛冽寒风中为冰堵管线披上外衣……他是有限公司上海分公司作业区生产经理廖仲毅。

好砖坚韧 千锤百炼

18 年前，廖仲毅接到了岗位调动的意向表。他明白，从渤海采油到新平台采气，几乎要重新学起，到了新岗位，要管比自己年轻的人叫“师傅”。可他最终在表格上只填了四个字：“听党指挥。”“毕竟在哪里工作不是工作呢？”他想。

18 年后，已成为有限公司上海分公司某气田党支部书记、总监的廖仲毅将自己打磨成了一块“金砖”。

就在亲手点燃火炬的那晚，当被问起是否可以再挑重担，组建另一个气田群时，廖仲毅又回了四个字：“听党指挥。”一如当年。

近些年，廖仲毅像一头老牛，带着一帮“牛犊子”，优化调度资源、协调各方配员、实施技改项目、解决技术难题……一项项举措实施下来，到年终一算，竟为公司创造效益近 2500 万元。

凭借这些成绩，廖仲毅接连获得中国海油基层标兵、中国海油优秀共产党员、中国海油劳动模范等荣誉称号。

好砖方正 刚直不阿

“10 月，平台投不了产。”廖仲毅拨通电话，开门见山。当作业区经理接通电话时，看到时间是凌晨 3 点，立刻意识到廖仲毅又忘记了休息，于是，深夜里，两个中年男人又“吵”了起来。

“系统全压设计，隔离点太多，加快进度恐怕会影响工程质量。”廖仲毅发现问题时总是坐不住，一定要在第一时间解决。

在领导眼里，他敢讲真话；在下属眼里，他执着认真。作为气田总监，廖仲毅一直都亲力亲为。仅2015年下半年，他乘坐拖轮往返于大小平台20余次。冬天的海，风大浪高，加之频繁乘坐高空吊笼，身边便有人劝：“这拖轮一坐就是五六个小时，明天乘直升机过去吧。”廖仲毅答：“那进度可要被我拖延了。”

那一年，他比任何人都拼。从平台建造到拖航安装，从投产方案编写到资源调度调配，抓安全、赶进度，搞党建、降成本，由此他养成半夜入睡的习惯。

好砖温润 烈火真金

敢说真话、敢干实事不仅是他个人的信条，也是他对青年员工的期望。“我从不批评‘工’。”在谈到如何带领团队时，廖仲毅的目光温和。

一路走来，从一名“工”到“师”“督”，最后成为“总”，他心里明白，“总”在“工”眼中意味着什么。他说，将心比心，年轻人需要的是鼓励。

不得不承认，在一次次鼓励过后，他终究还要去面对员工青黄不接的难题。七成的“工”为实习人员，五成的“师”经验不够丰富。

“先成立党员技术攻关小组，咬咬牙，拼一年，咱们的‘工’很快就长大了。”廖仲毅说。

2015年，廖仲毅带领党员技术攻关小组在燃气透平日耗30立方米柴油的紧急关头，自主解决透平故障，让其恢复燃烧更便宜的燃气。通过流程改造，提前启动压缩机组，实现一、二级分离器零放空。巧妙利用关井契机，成功做成一次压锥试验……

时光匆匆，廖仲毅将青春献给了大海，而岁月回赠他以沉稳、练达以及丰富的油气生产经验。出海25年，他经历各式各样的平台，但今天，他依然会在一个寂静的夜晚，拿起彩色笔，翻开某一橇块流程图，画来画去。

他常说：“技术硬的党员是块金砖，不怕火来炼。”

作者：魏贺龙

海油知识知多少

一张图读懂平台诊疗

王富东

平台结构完整性管理

数据搜集 — 评价 — 检测策略 — 检测实施

平台检测

年度检测
定期检测
临时检测

定期检测间隔周期不超过五年，将检测点全部覆盖；临时检测为改建重要设备和做重要修理后的检测。

一般性外观性检测（GVI）
近距离外观检测（CVI）
无损检测（NDT）

平台评估

设计水平评估

设计水平评估采用设计相关规范，对平台现有状态进行评估，评估过程中部分参数、系数会有变化。

极限强度水平评估

当设计水平评估不能满足要求时，则采用极限强度评估，通过计算，得到平台离失效的距离，以此判定平台安全系数。

维修改造

常见措施包括拆除设备以减少荷载、局部结构加强、裂纹修复、清除海生物、对损坏构件的灌浆或者打卡子等。

根据实施地点的不同，修复工艺可以分为水上组块修复和水下结构修复。

平台拆除

当设计水平评估不能满足要求时，则采用极限强度评估，通过计算，得到平台离失效的距离，以此判定平台安全系数。

吊装拆除
抓斗方式拆除
浮托法拆除
浮筒配合拖拉拆除
托架拆除

沙海奇缘贵师傅

——记中海油服油田技术事业部塘沽作业公司测井技能专家李贵良

“像沙丘一样慢下来，用心打磨一件事，到这件事做好的那一天，你也就找到了自己要走的路。”20 年专心做好一件事，这是李贵良给自己的定位。

通过自主创新设计、制造出具有自主知识产权的测井工具并实现出口……从大漠深处到渤海湾，他坚持在作业一线搞创新、写标准，带着一股子“轴劲”推动油气勘探变得更加便捷、高效。

加入了海洋石油工业，却与沙海打了 20 多年的交道，谈起自己的工作经历，已经被聘为中国海油技能专家的李贵良总是感慨地说：“是荒凉的沙海和匮乏的资源成就了我，人说时势造英雄，我是沙海修奇缘。”

初出茅庐的“轴劲”

耐得住多少寂寞，就守得住多少匠心。3 年前，“测不明白的井找贵师傅”在中海油服油田技术事业部新疆基地已经成为一句口头禅。已经在沙漠里测了 24 年井的李贵良就像一本“活地图”，各个作业点的井况早已烂熟于心。毕竟，从 1994 年第一次接触水平井测井开始，李贵良就展现出他对这片沙海与众不同的理解能力。

当时，中国海油新疆基地测井队伍在塔里木油田的业务刚刚起步。一次独立作业中，电缆传输到离井底还差一柱时，忽然与测井仪器连通中断。若

按照以前的做法，不仅要损失 10 个小时的时间，还将面临很大的后续风险。危急关头，李贵良突然想到一个打破常规的做法——用接方钻杆开泵的方式完成最后一柱测试。可是此举并无先例，又是一个 20 岁出头的年轻人提出，甲方对此十分怀疑。初出茅庐的李贵良有股子“轴劲”，牛皮糖似地缠着向甲方解释原理、分析风险。甲方负责人被眼前这个自信又热切的年轻人打动了。抓住机会的李贵良成功对接建立了通信，这种操作方法也被一直沿用下来。

当时还是领班操作手的李贵良为何敢于打破常规？绝非单凭一个“敢”字，背后是细致的观察和不断的思考。新疆基地项目多，井况复杂，对于李贵良来说是宝贵的天然案例库。每次作业中遇到问题，他都不想明白不罢休。正是凭借这种匠人精神，他完成了许多前人没有做到的事情。

搬开那座“不可逾越”的高山

“李工，随着工具钻进越来越深，我们使用的水平井测井工具已经没有办法适应井眼尺寸了。”

在 2005 年之前，外方设备占据了 100% 的国内水平井测井工具市场。尤其是在沙漠这种本就自我创造力较差的测井市场中，进口水平井工具价格动辄几百万元人民币，就算更换一个螺丝都要 3000 多美元。

“我们既然选择了这里的沙海市场，就要打持久战。求别人、买别人的都不是长久之计，一定要做出适合井况的自主测井工具。”李贵良坚定地说。为了这个目标，并无高学历的他在风沙笼罩的新疆基地开始了研发之路。从起初引进吸收，到通过深入研究工具原理，李贵良结合丰富的现场作业经验，对工具的结构、锁紧、循环、扶正等进行全方位的创新，在两年的时间里实现了测井工具一体化，创建了自主水平井测井工具 Easy PCL。

“人们对国产设备本来就有偏见，如果再出现问题，推广就难上加难。”在李贵良看来，设计新仪器只是一个起步，能否成功应用推广是关键。因此他把每一次 Easy PCL 测井作业都当成第一次，不敢有丝毫懈怠。就算作业顺利，李贵良和团队成员也会反复讨论推敲，试图找出更优化的方案。功夫不负有心人。2010年的一次作业中，李贵良用改进后的PCL工具成功完成了一口超高难度的长裸眼井测井作业，甲方惊叹道："国外厂商都没法干的活儿，没想到你们居然干成了！"

自此，从几年前那个"再也不能被外方困住手脚"的小目标，到通过自主创新设计、制造出具有自主知识产权的测井工具，并已实现出口，李贵良搬开了曾经无法逾越的高山。作业公司的同事都尊称他是"沙漠的贵师傅"，他却总是一板一眼地说："沙漠的生活很纯粹，我们的工作也很纯粹，加在一起就是干事创业最肥沃的土壤。没啥成绩，都是水到渠成的事儿！"

沙场点兵，专注的传承

春去秋来，李贵良的创新越来越多，作业经验也越来越丰富，在荒凉的沙海中种下了"活塞式承压测井马笼头"发明专利等多个创新成果的种子。在事业部党委的推动下，2015年，李贵良离开了沙海来到渤海，培养更多像他一样的海油匠人。

这一年恰逢全国石油石化系统"海油杯"职业技能大赛举办，李贵良负责集训在新疆基地参赛的10名选手。

"沙海能纯粹我的心，也能纯粹这些小伙子的技术。"抱着这样质朴的理念，李贵良带着队员们重返新疆集训。这段时间里，在风沙笼罩的新疆集训基地总会看到这样的画面，10名集训学员排成一排，已经近50岁的李贵良一遍遍重复示范着射孔枪装弹操作、放射性仪器装源等比赛项目的操作流程。为了充分利用仅有的两个月时间，有时候一整天下来他连一口水都顾不上喝。

"装源杆如何去握这个简单的动作，他就为我们训练了一个小时。"一个学员说道。在李贵良看来，为这些学员培训不仅仅是一次任务，而是要在两个月的时间里把自己的经验与知识毫无保留地传授给这些海油未来的希望。

最终，在24个参赛队伍和48名精英的激烈角逐中，中国海油的选手斩获个人和团体第一、第二名，有6名选手进入前15名。李贵良和他带的这群测井兵的努力和出色业绩，获得公司的高度赞扬："成绩优异，历年之最"。

也正是凭借脚踏实地的工匠精神，李贵良被聘为中国海油测井技能专家，享受政府特殊津贴。

现如今，李贵良从大漠深处来到了渤海湾，但是他依旧像之前一样，继续在作业一线搞创新、写标准，带着一股子“轴劲”推动油气勘探变得更加便捷、高效。问起20多年中磨炼他、也成就了他的“沙海奇缘”，他轻描淡写地说：“像沙丘一样慢下来，用心打磨一件事，到这件事做好的那一天，你也就找到了自己要走的路。”

作者：石文博

海油知识知多少

陵水17-2深水项目的“三个首次”

刘和兴

陵水17-2气田位于南海琼东南盆地北部海域，距海南省三亚市东南方向149千米，构造位于琼东南盆地陵南低凸起北部的陵水凹陷中央峡谷内。气田水深1220~1550米，为中央峡谷水道沉积的高孔高渗高烃高产优质大型深水气田，是中国海油第一个自营深水大气田。项目以陵水17-2气田为核心，带动周边陵水18-1/25-1气田以及后续潜力资源的开发。通过该项目，中国南海深水勘探开发实现了“三个首次”：首次自营深水钻井作业、首次自营深水井测试作业、首次自营深水井开发作业，标志着我国在深水领域取得重大突破。

匠心闪耀北部湾

——记南海西部石油管理局涠洲作业公司海洋油气生产监督陈可营

在我国南海的西北部，有一个半封闭的海湾——北部湾。一座座采油平台让南海的海上能源开发不断提速，这里有不少心怀志向的年轻人投身于海上油气的开发，他们精益求精、爱岗敬业、勇于创新的优秀品格被很多人肯定和赞赏。

“广大高技能人才要将大国工匠精神薪火相传，培育和弘扬精益求精、爱岗敬业、勇于创新的优秀品格，为实现中华民族伟大复兴的中国梦作出新的贡献。”回忆起 2016 年 12 月 8 日国务院副总理马凯在第十三届高技能人才表彰大会上的讲话，陈可营至今都倍感振奋，他正是现场 30 多位全国技术能手中的一员。这是陈可营第一次代表中国海油站在如此高的领奖台上。那一天，还是陈可营 30 岁的生日。

三十而立，展业正当年。虽然陈可营还仅是一个工作刚 9 年有余的年轻人，但专心于技术的他，已获得现场改造设计 30 余项，取得专利授权 5 项，有的处于全国领先水平，有的在公司内已开始推广使用。他已成为一名湛蓝大海上的匠人。

第一次踏上湛江的土地，是陈可营大学毕业后到南海西部油田报到。作为中国大陆南端的沿海城市，湛江不同于江南的温婉水乡。北回归线以南的炽烈阳光与闷热天气，让这个来自山东泰安的年轻人很难适应。多年以后，

海风与骄阳褪去了他曾经青涩的面庞，在这座小城中，他沉醉于愿意奔赴一生的海上事业。

湛江市区内，一座座鳞次栉比的高层住宅小区拔地而起，隔海相望，南海北部湾的海上建设也加快了步伐。经过入职 3 年来的不懈努力，陈可营带着中国海洋石油第四届职业技能大赛采油操作工金奖，从崖城作业公司调入涠洲作业公司，以新晋工艺主操的身份走进涠洲 12-8W/6-12 项目生产准备组。

正当同事们为陈可营的晋升欣喜祝贺时，生产准备组艰巨繁重的任务让他压力如山。

连续 8 个月，陈可营参与了该项目三座平台的建造与调试，包括涠洲作业公司海上规模最大的涠洲 12-1PUQB 平台，这也是日后南海最大油田群涠洲油田群中最核心的枢纽装置。早一天完成调试，意味着早一天实现生产，早一天为企业创造经济效益。陈可营为此全年出海近 230 天，最忙时他甚至每天带领团队工作超过 17 个小时。平台生活楼床位紧张，他就卷起被褥在中控室打地铺，后来终于有了空出的床位，每天仍工作到午夜 12 点才拖着疲惫的身体下班。

作为生产准备组最核心班组的负责人，陈可营面对的困难要比他预想的更加棘手。高含硫化氢的气相无法回收、低压压缩机入口冷却器的凝析液

影响设备工作、270多页中控监测画面需优化升级、二级分离器脱水负荷过载……十余项困扰生产的难题，不断考验并磨砺着这位年轻主操的匠心。

随后，他带领团队加大了对工艺改造的探索，由他发起的一项项创新创效技术攻关在涠洲12-1PUQB平台逐步开展，可观的经济效益也随之而来。凝析油与放空气体回收方案涉及整座平台过半的工艺流程，改造成果可实现每年回收3600万立方米天然气和2500立方米凝析油。此外，他参与的与邻近涠洲12-1平台天然气共享、设备互为备用的改造方案，还为涠洲12-1PUQB平台设备初期调试节约了近2000立方米柴油。

终于，来自地下的第一股强劲油流涌进所有的生产处理系统，涠洲12-1PUQB平台顺利投产。为了这一刻的到来，陈可营瘦了近10斤。

年轻的陈可营能在技术岗位上不断实现突破绝非偶然。中学时代，天不亮他就起床借着学校的路灯早读英语，宿舍晚上强制熄灯后，他继续在被窝里打着手电筒学习；大学除了油气储运专业，他还挤时间学习工程管理，毕业时获得了双学位。工作岗位上，他仍不愿在学习上落后别人半分，先后进入中国海油青年技师培训班、中央企业班组长网络课堂、中国海油网络大学学习。为了专业更加精进，他报考中国石油大学（北京）石油工程学院，攻读油气田开发专业工程硕士。

成绩来之不易，但陈可营并不想把辛苦换来的经验与技术独享。完成28天辛苦的海上平台工作，脱下闷热的工衣，他没有选择休息，而是马不停蹄地奔向技能大赛的赛场。他不再是参赛选手，而是授课的“严师”。在中国海油第六届技能大赛中，他的10名高徒全部获奖，斩获3银7铜的佳绩。“您带的选手，小到阀门开关动作、扳手使用方法、游标卡尺测量方式，都非常标准，成绩斐然。”大赛评委都对陈可营竖起了大拇指。现在，陈可营已利用海休时间累计授课600余学时，徒弟遍布南海西部各海上装置。

夜晚环视南海的北部湾，一座座灯火通明的采油平台宛如错落有致的不夜城，整个南海的海上能源开发在不断提速。夜深了，陈可营还在电脑前忙碌，紧锁的眉头与飞转的思绪让他忘记了时间。面对这片湛蓝的大海，面对海上油气开发的未来，他想做的还有很多很多。

作者：石　磊

海油知识知多少

走近天然气压缩机

郑树伟　朱晓明

小明听说1万立方米的天然气经过天然气压缩机压缩之后还是1万立方米。带着疑惑，小明找到了海叔叔。

为什么1万立方米的天然气经过压缩机压缩之后还是1万立方米？

我们通常说的天然气体积都是换算到标况下（0摄氏度，101kpa），所以天然气压缩前后标况体积没有变化。

天然气压缩机的作用是什么？

一方面压缩机可以对天然气进行增压以满足下游用户的压力需求，而且天然气增压后也提高了海管的输送能力，便于长距离输送；另一方面压缩机还可以降低气田管汇的生产压力，间接地提高了井底生产压差，提高了气田的采出程度。

如何选择天然气压缩机呢？

压缩机的选型要考虑的因素很多。一方面要考虑海上平台空间大小、平台承重情况、承重梁的位置、压缩机的驱动类型等，另一方面还要结合油气田未来的发展趋势来设计压缩机压缩量、工作压力、管线尺寸和走向等。

平台上用的天然气压缩机有哪些？

主要有离心式压缩机和往复式压缩机（活塞式压缩机）两种。

粮草军团的“穆桂英”

——记海油发展配餐服务公司川东北后勤服务项目经理叶菊

不忍失地农民生活无依，她把他们招至麾下。尽管前期做了大量培训，她还是接连遭到投诉。她没有放弃，带领他们探索、提升，勇敢担负起企业的社会责任和经济责任。然而对于女儿，她却被称作不负责任的妈妈。

四川，这个自古有着“天府之国”美誉的省份，因其丰富的天然气和页岩气储量，吸引了众多能源巨头在这里聚首。

2009 年，海油发展配餐服务公司作为雪佛龙川东北天然气项目的后勤服务商进驻四川。从此，巴蜀大地飘起了中国海油的旗帜。

叶菊，就是这支海油“粮草大军”的带头人。

叶菊清楚，虽然初来乍到，但对于中国海油的责任和口碑，她的“川军”必须勇敢地担起来。

雪佛龙是一个完全意义的外部客户，对其企业文化、管理理念的理解和执行无疑是横在叶菊面前的一大难题。

而叶菊的团队是一个特殊的团队。雪佛龙在征地初期，占用了当地大片土地。身为川妹子的叶菊看到失地农民仅仅依靠打零工维持生活，心里很不是滋味。她立刻向雪佛龙提出，后勤团队同等条件下优先录用失地农民。

雪佛龙虽然希望尽快解决失地农民问题，但也同样担心失地农民缺乏工作经验会影响服务质量。

叶菊斩钉截铁地说：“我们公司会给他们做专业培训，绝不会影响服务质量。”

当 20 多岁的小姑娘叶菊带领由失地农民组成的厨师和保洁队伍出现在雪佛龙面前时，他们先是惊讶，然后做了一个无可奈何的表情。

万事开头难。虽然前期做了大量培训，问题还是接二连三。

“你们的厨师只会做川菜吗？味道太重了！”

“你们的员工别说英语了，连普通话都不会讲！”

“空调为什么还没修好？”

项目刚开始，叶菊一天接了100多个这样的电话。

叶菊天天跑雪佛龙办公室。她觉得，面对不满，不能逃避，只有当面去沟通，才会让业主方感受到诚意。她积极沟通，耐心解决，回来后想方设法加强培训，提升服务。夜深了，她还在灯下总结经验，写报告。几个月过去了，她才抽出时间去医院看她嘶哑许久的嗓子。医生说，因为每天大量说话且喝不上水，她的声带严重破损，且不可逆转。直到现在，她的声音仍略带沙哑。看着桌上摆着的全家福，一向坚强的她，终于忍不住哭出声来。

从医院回来后，叶菊又精神饱满地投入工作当中。

她带着团队一边工作一边摸索，探索出一套适合雪佛龙川东北项目的工作制度与服务流程，建立了《川东北后勤服务项目操作手册》和《川东北后勤服务项目检查与维护手册》，服务逐步走向正轨。

每天完成工作后，她都会把员工聚到一起，讲体系、说安全、学文化……

每天早上，早餐结束后，厨师一组，服务员一组，在各自领班的带领下，开始学习英语。

“苹果 Apple，沙拉 Salad……”

这些淳朴的当地员工，发音虽然不很标准，但是十分认真。琅琅的诵读声响彻餐厅，过往的人员都竖起了大拇指。

“在这里上班不仅能学到英语，还能学到很多安全、管理知识，亲戚朋友都很羡慕。”服务员领班涂开梅大姐用四川普通话说道。

经过几年锲而不舍的培训，当初那些本想来打零工的农民，再也不愿离开了，他们真正融入海油，成为名副其实的海油人。

叶菊远嫁贵州，独自一人在川东北工作。女儿从出生起就在老家由奶奶照顾。

2012 年 5 月，刚刚休完产假的叶菊把才出生几个月的女儿交给婆婆，毅然踏上了返回川东北的路程，一路翻山越岭，走上一趟要花上十几个小时。

那时，她的丈夫在河南从军，路途遥遥，也不能经常回家。孩子那么小，父母却都不在身边，这对孩子来说过于残忍。丈夫劝她回老家找个工作，也便于照顾家庭，她经过很长时间的思想斗争，最终还是决定回到工作岗位上。

她说，川东北的工作好不容易有了起色，项目是她的另一个孩子，她同样割舍不下。丈夫拗不过他，干脆自己回了老家。

对女儿，她内心充满愧疚。她说："在孩子眼中，我是个不负责任的妈妈。我每次回家，孩子和我都有距离感，感觉我都不像亲妈。走的时候，我难过得不行，可是这小家伙却转身就跑去和小伙伴们玩了。"内疚，难过，不舍，泪水在她眼眶打转。可是她一次又一次转身踏上奔赴川东北的征程。

叶菊的团队用专业的服务和真诚的态度逐步赢得了雪佛龙的信任，配餐公司连续七年荣获雪佛龙"优良作业安全奖""杰出合作伙伴"等奖项。之后，雪佛龙又通过竞标，将其在川东北地区的办公楼、公寓及厂区的配餐及

物业服务交由配餐公司负责。在雪佛龙的眼里，叶菊俨然已成为他们的“定心丸”，有她在，他们放心。

叶菊的队伍从最初的 20 多人扩大到现在的近 300 人，服务点由原来的 2 个增加到 11 个，中国海油在当地从当初的默默无闻到如今的家喻户晓。

躬耕四川近 10 年，叶菊和她的“川军”收获的不仅是外部市场，更有和国际石油巨头合作的宝贵经验和融入当地、惠及百姓、让当地民众口口相传的央企口碑。

作者：管艳敏

海油知识知多少

我国第一个海上油田群电网——涠洲电网

劳新力

涠洲作业公司拥有我国第一个海上油田群电网。涠洲电网 2008 年 12 月第一期投产。经过不断扩容建设，目前电网装机台数为 15 台，装机容量达到 88 兆瓦，可以满足一座小型城市的用电需求。接入平台数量达到 19 个。由电网供电的油田原油产量约为 440 万立方米。涠洲电网为涠西南油田群的开发提供了高可靠性的电力供应，使得新建平台可以减少或不用配置发电机组，降低油田开发投资门槛，为我国建成“海上大庆油田”做出了积极的贡献。

甘当螺丝钉的采办“白领”

——记近海公司集采业务主管张奕

她时尚、青春，却一丝不苟，她干练、大气，但主动细致。她努力、专注、积极奉献、热爱挑战。她能够在枯燥乏味的工作中找到乐趣和方向，从采购点滴中发现挑战和商机。甘当螺丝钉的她，用自己的点滴热情为海油奉献着青春和力量。

张奕喜欢戴大框细边金丝眼镜，精致的耳环，新潮得体的时装，斯斯文文的，一副典型的都市白领形象。

我赞扬她时，她略带羞涩地开玩笑说："习惯了。大家不是常说要对得起自己的青春嘛，再说我们做客服的，打扮得体也是工作需要呀。"她是公司集采运营部采办业务主管，干采办已是第12个年头，目前主要负责卡特彼勒（CAT）柴油发动机组备件项目。

提到柴油机备件，一般人脑海里出现的往往是齿轮、活塞、皮带、金属管线等。我问她："一个女生，每天和冰冷的设备备件打交道，你不觉得乏味么？"

"没错，设备是冰冷的。但我们作为业务人员，每天打交道的主要是人。如果通过自己的努力，让客户冰冷的心融化，为公司获取新的订单，这不也是挺有挑战、挺有乐趣、挺暖人心的事儿吗？"她微笑着说。

集采业务是近海公司的核心业务之一。她负责的卡特彼勒项目是当前公司8个集采项目之一，业务量居前列。她坦言有时觉得压力挺大，生怕自己不经意的失误影响了客户对近海公司的印象，影响了公司的生意。

"很多用户很在意代理商业务人员的专业化水平，如果一问三不知将会失去客户的信任。"张奕对所负责集采项目产品的技术参数、历史数据、属性特征及价格等了然于胸，还主动向厂家及用户单位技术人员沟通学习，努力使自己成为专家。业务和人都熟了，张奕便由被动接单变为主动沟通，进而发现商机，既增加了公司订单，又减少了应急采购，真是两全其美。

我问她："作为业务人员，做好商务和服务就足够了，为什么还要去学习掌握专业性那么强的东西呢？"

"如果我不熟悉，与厂家及用户沟通时可能出现阻滞，甚至在商务谈判时陷入被动。这几年，我们从协议厂家那里取得最好的集采协议商务条款和行业中最低的协议价格，正是因为自己的专业让对手找不到下口的地方。否则可能就是另一番景象了哦。”说完，她脸上洋溢着满满的自豪感。

与其说促使张奕更加专业的是工作需要，倒不如说是责任心驱动。集采工作涉及的采办流程非常繁琐，从用户询价、厂家报价、询价澄清直至完成整个订单的收付款，整个过程需要高度的责任心和耐心。张奕每年跟踪处理的订单超三位数，出错率几乎为零，每年都能收获不少的表扬信和感谢信。

如果说实施集采的目的是发挥规模优势降低采购成本，那么基于集采协议的应急采购则是体现集采价值的另一个方面。

2017 年春节前一周，渤海油田渤南作业区某平台现场水箱出现问题，急需更换。这个时间点，厂家库存和物流情况都十分紧张，如果按常规流程，备件到货怎么也得春节后一周了。接到用户求救邮件后，张奕二话不说，加班加点协调厂家和物流公司，没日没夜跟踪进展，手机打得发烫，喉咙都快冒火，最终在除夕前两天将货物交付用户，解决了燃眉之急。用户单位为此发来了感谢信。而张奕一家春节外出旅行的计划也不得不取消了。

我问她：“这事你完全可以交给其他同事跟踪，没必要改变一家人的行程呀，听说你儿子都为此和你闹别扭了？”她笑着说：“我们不出去旅行在深圳也可以好好的。其他同事当然都能做这项工作，但因为前面是我经手的，时间那么紧，中途转手就怕沟通出现差错，耽误了工作。万一不能及时得到处理，影响了生产，平台上的同事也过不好年呀。大家互相理解嘛。小孩子哄哄就过去了，但机器没法哄呀。”

2017 年 8 月，受超强台风“天鸽”影响，珠三角机场航班大面积延误，造成海上生产单位紧急采购的CAT3606C 柴油机配件无法按时到达平台，对正常生产构成了严重影响。时间就是产能，时间就是金钱，时间就是军令。张奕立即与厂家协调，利用平时积累的良好合作关系，要求厂家从其上海仓库紧急调货，插队安排航班。一向按程序走的外方厂家按张奕的轨道转换，最终比用户计划时间提前 3 天交付。

“平日说话柔和的你为什么此时变得那么强硬了？你不怕得罪厂家人员么？”我打趣道。

“大家接触多了已经彼此了解，他们知道我这样要求一定是事出紧急。我知道他们哪个仓库有货，哪个人能够打通关键环节，知己知彼，所以才‘硬’得起来。再说，我肯定要维护咱海油用户的利益呀。”说完又响起招牌式的笑声。

“我最怕接到用户紧急求救电话或邮件了，因为这说明现场出了问题。但每当我解决问题之后，却又有一种轻松感和满足感，一种被需要感和被认同感。当接到现场紧急电话，有时我宁愿自己就是他们需要的那一颗螺丝钉。”

是的，一个团队，一个公司的形象和价值，不就是由一个个小事件树立和积累起来的吗？在海油这艘巨轮中，张奕负责的集中采办业务虽然只是其中的一颗螺丝钉，但正是一颗颗这样的螺丝钉，保障了这艘巨轮驶得更稳、更远……

作者：蓝伟洪

海油知识知多少

说清油气储量

孙福亭

最近，小明在学习时常碰到“油气储量”的概念，但对其中一些专业名词并不理解。趁着海叔叔海休，小明又来向海叔叔请教了。

海叔叔，最近新闻经常报道某地又有了新的油气发现，都会提到油气储量，究竟什么是储量啊？

要搞清储量的概念，咱们先从“地质储量”开始说。油气储藏在地下储集层中，在未开采时，将其换算到地面标准条件（20摄氏度，0.101MPa）下的数量即为“原地量”。这些油气如果已被研究和钻探发现了，就被称为“地质储量”。

我常看到地质储量前面有一些词，比如探明、控制、预测，这些具体指什么呢？

根据油气藏的勘探开发程度、地质可靠程度和产能证实程度，地质储量可以进一步分为探明地质储量、控制地质储量和预测地质储量三类，从探明到预测，地质储量的落实程度逐渐降低。

还有一个名词叫可采储量，这又是什么呢？

可采储量是技术可采储量和经济可采储量的统称，其基础均为地质储量。技术可采储量是指在给定技术条件下，经理论计算或类比估算的，最终可采出的那部分油气储量。而经济可采储量是指在当前已实施或肯定要实施的技术条件下，按当前经济条件（如价格、成本等）估算的，能经济开采的那部分油气储量。

原来是这样啊，那么评价一个油田的规模一般用哪个储量呢？

国内一般按可采储量来划分油田规模，如特大型油田，其可采储量应大于25000万立方米，大型油田可采储量在2500万到25000万立方米，中型油田可采储量在250万到2500万立方米，可采储量小于250万立方米的被归为小型油田。

钢铁浮城赤子心

——记海油发展“海洋石油 111”FPSO 团队

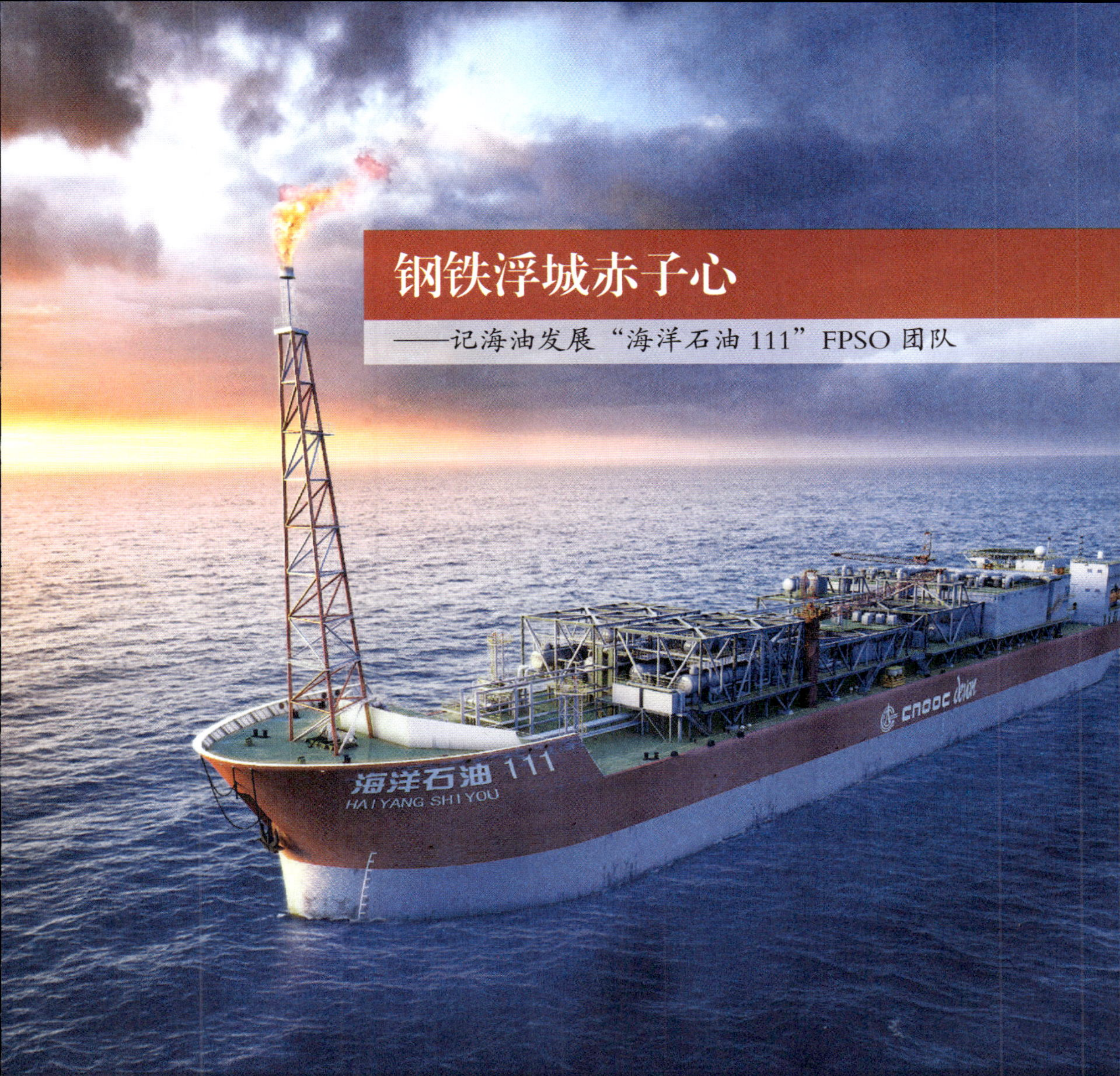

FPSO 恰似漂泊在汪洋大海上的一座浮动城市，这里是为祖国奉献石油的关键环节，安全责任重于泰山。停产大修必须做好承包商管理，严把安全关口。提油作业时常要与风浪斗智斗勇，甚至上演空降大片。洗舱环节涌现出一批可敬可爱的洗舱工，他们冲锋在前，一身汗水一身油泥，在黑暗、潮湿、闷热的舱室中呈现海油人的赤子心。

安全责任重于泰山

“停下来，停下来！你们没有按照早上签发的作业方案落实防护措施。”一天上午巡检，“海洋石油 111”安全监督张镇维发现序列 2 闭排管线更换作业，承包商员工对管线氮气吹扫后，在没有水封的情况下，准备动火作业。

“时间紧迫，我们也是为了赶时间。”承包商员工解释道。

张镇维自然明白，工期延误会给甲方造成多大的产量损失，可是他更明白，安全无小事，一旦发生事故，就不是延误工期那点损失了。所以，他还是毫不犹豫地叫停违规作业，待现场监督作业人员完成规定步骤后，才允许作业继续进行。

“海洋石油 111”是一艘 15 万吨级 FPSO（海上浮式生产储卸油装置），

自2003年投产以来，已连续服役近15年，累计生产原油2.8亿余桶。她就像一座浮动城市，奋战在祖国南疆，承担着番禺油田群原油生产处理、储存外输及生活、动力供应。

2016年4月，“海洋石油111”启动了投产以来历次停产检修中作业量最大、时间最长的大修，各类作业大范围交叉进行，安全隐患和管控风险也随之大幅上升，而张镇维多年来练就的隐患排查“火眼金睛”再次派上了用场。

大修期间的一天清晨，张镇维刚起床就“偷袭”了分离器罐作业现场。当发现承包商作业人员没有配备呼吸过滤器就直接使用压缩空气时，他立即叫停作业，并把该工程所有作业人员召集起来，说明该项作业违规操作的危害和职业病预防的重要性。当得知该承包商因携带物资超重未能及时带上过滤器时，他协调其他承包商，为该作业临时调配了合格的过滤器。

“大到关键设备的操作，小到螺栓松动、垫圈缺失，任何安全问题都是大事，安全工作要如履薄冰。”“海洋石油111”总监岳宗芳经常跟船员们说。他不厌其烦地要求每位员工都成为安全监察员，只要不符合安全要求，任何人都有权力指正。截至2018年10月8日，“海洋石油111”创造了连续4926天无损失人工时的纪录。

空降商检怒海提油

2016年12月30日，受冷空气影响，南海海面惊涛骇浪，风速高达16米/秒。由于风力过大，“海洋石油111”在浪涌中不停地摇摆着，一架搭载了两名商检员的直升机无法正常停靠，导致提油作业无法正常进行。

提油作业是FPSO一项关键作业，必须由商检员检验外输原油的品质和数量并颁发证书之后，才能将FPSO生产的原油外输至载运原油的液货运输船舶上。

正常情况下，需等直升机平稳降落到FPSO的直升机甲板后，运载人员才能走出直升机。不巧的是，此时已接近满舱的“海洋石油111”却遇上了恶劣海况，倘若商检员无法登上FPSO，提油作业将无法进行，“海洋石油111”

也不得不面临停产从而造成巨大的损失。更重要的是，长时间悬停在 FPSO 上方无法降落的直升机也面临着燃油耗尽的危险。

就在这千钧一发之际，船系监督蒋世同决定采取紧急方案。经过协商，直升机先飞至番禺油田平台降落，加注满航空煤油之后，再飞回“海洋石油 111”飞机甲板上空，用绳索空降商检员，而这是一种从未有过的紧急迫降方法。

“启用直升机绞车，请安排接机。”

“绞车准备。”

直升机飞回后打开舱门，在 FPSO 飞机甲板 3 米高的上空启动绞车，抛下一段绳索。此时，直升机螺旋桨建构了一个局部“空间”，将呼啸而来的海风抵御在外部。商检员在绳索的帮助下，从直升机上缓缓下降，安全登陆飞机甲板。

这是蒋世同完成的第 305 船（次）提油作业，面对大风浪，面对急难险重任务，他总能化险为夷。

黑色油泥赤色情怀

孙一峰，硕士研究生毕业的他目前是“海洋石油 111”的一名安全员，船上的工作与他的那些做了白领的同学相比有很大差距，然而工作环境的艰辛丝毫没有动摇他对海洋石油事业的热爱。

孙一峰经历的最具有探险性质的作业，大概就是背着十几斤重的呼吸器，艰难地从狭窄的油舱口爬入舱内进行探舱作业。他打着手电筒，在一片漆黑中，沿着舱内爬梯，一直爬到 25 米深的舱底，再使用便携式探测器，测试舱底有无硫化氢等毒气，可燃气体有无超标。而这一切都是为了给后续的洗舱作业提供安全的工作环境和准确的第一手资料。

洗舱工是一群可敬可爱的人。他们的工作环境是常人难以想象的。每舱上百立方米油泥都要靠人力从舱底清理出来，热带高温、高危的受限空间，使工作难度倍增。

每次洗舱，舱底总是保持七八个身手矫健的洗舱工的身影。他们在工作服外，又套了件一次性白塑料工作服，用防爆铲，一铲一铲地清除多年沉积的油泥，然后装进袋子，用绞车吊运至舱口甲板。

中年汉子朱爱军自“海洋石油 111”建造交付后，就长年驻扎在这里，有什么工作他就做什么工作。这不，洗舱作业，他又冲锋在前，一身汗水一身油泥，现场组织清舱工作有条不紊。32 岁的洗舱工谢涛，也是哪里有需要就出现在哪里。

洗舱工每天顶着刺鼻的油泥味道工作 8 小时。舱内的温度比舱外高 5 摄氏度，伴着潮湿的海腥味，劳作不一会儿全身就被汗水湿透。

为了 2018 年坞修，洗舱工提前 4 个月，先后对 10 个货油舱和 8 个工艺舱开展洗舱作业，共清理油泥 683 吨，合计 34143 袋。

近 15 年来，“浮动城市”累计经历台风 53 次，最大风力 17 级，船体已是伤痕累累。大家都期待着它在坞修中，早日凤凰涅槃。

作者：李豫黔

海油知识知多少

一张图读懂 FPSO

贾　振

FPSO（Floating Production Storage and Offloading）是集生产、储油、卸油为一体的海上浮式生产储卸油装置。
以我国“海洋石油111”为例，总长262米，型宽46米，其块头与巴西“圣保罗” 号航空母舰相当。它每天可以处理原油4.5万桶，处理能力相当于占地10平方公里的陆地油气加工厂。

多点系泊系统

外转塔单点系泊系统

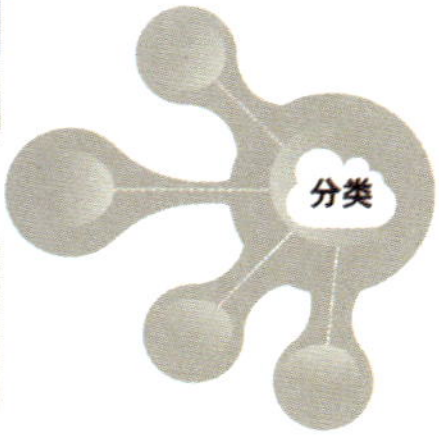

软钢臂单点系泊系统

内转塔单点系泊系统

FPSO如何工作？

FPSO通过海底输油管线接收来自海底油井的油、气、水等混合物，之后混合物被加工处理成合格的原油和天然气。合格产品被储存在船舱中，达到一定量后经过原油外输系统，由穿梭油轮输送至陆地。

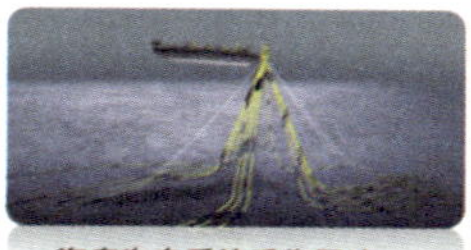

海底生产系统采集原油

油气水分离

合格原油外输至穿梭油轮

经过处理的油气储存在油舱中

★抗风浪能力强
★浅海深海均适用
★机动性运移性好
★原油储存能力强
★油气水生产处理能力强
★灵活应用：既可与海上平台配合，也可与水下生产系统组合，形成完整的全海式开发体系

随着海洋油气开发逐渐向深海、远海发展，铺设长距离油气回输管线的成本越来越高、风险也越来越大，解决这一难题最有效的途径就是在海上建设油气加工厂，也就是FPSO。它不仅运移性好、抗风浪能力强，还可以与海上平台、水下生产系统组合，形成完整的全海式开发体系。中国已经成为全球最大的FPSO制造与应用国，所拥有的FPSO数量与总吨位均居世界首位。自北向南，分布于我国广袤的海域中，支撑着我国海洋石油75%~80%的产能。

生死不负米桑情

——记海油国际伊拉克有限公司团队

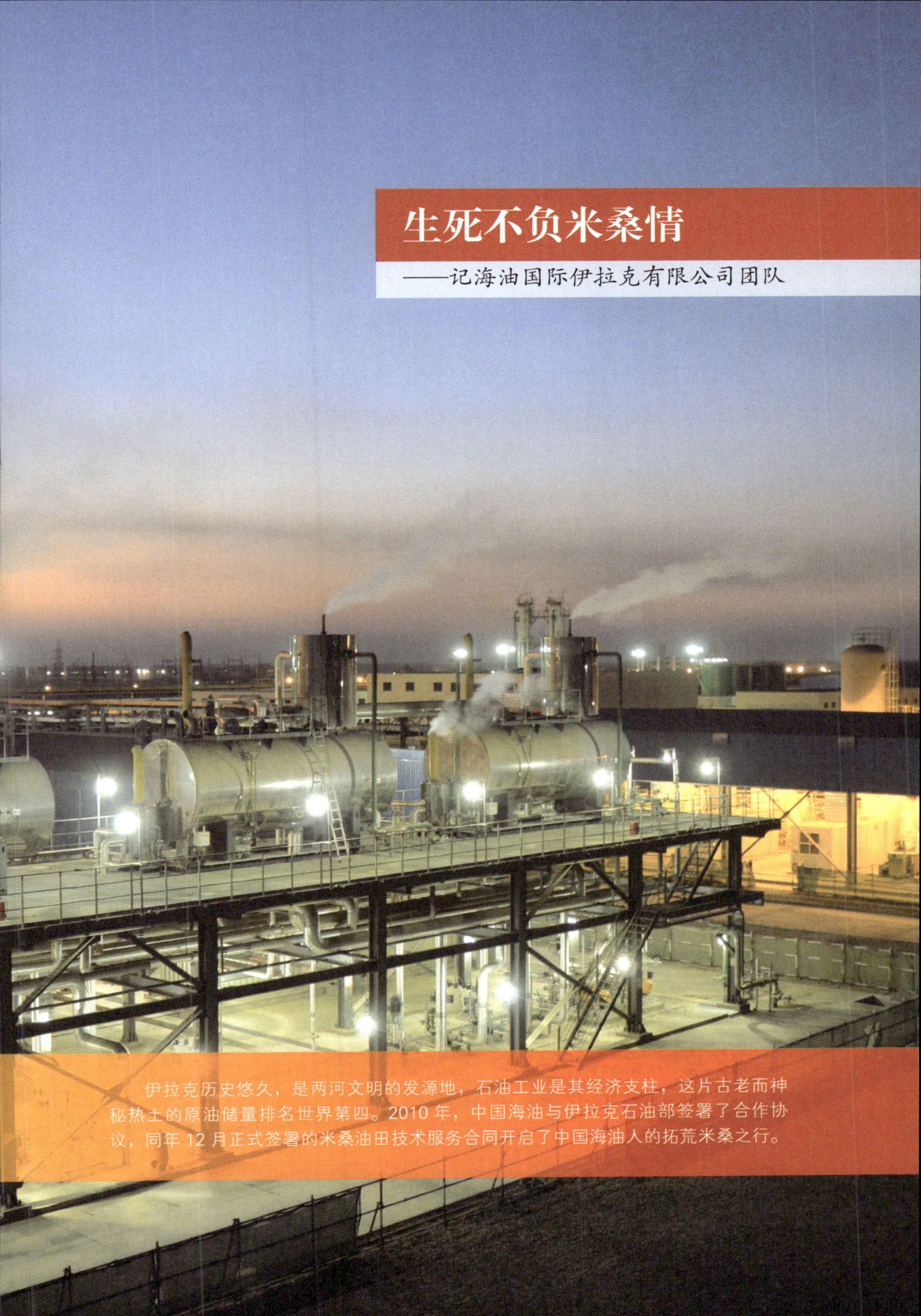

伊拉克历史悠久，是两河文明的发源地，石油工业是其经济支柱，这片古老而神秘热土的原油储量排名世界第四。2010 年，中国海油与伊拉克石油部签署了合作协议，同年 12 月正式签署的米桑油田技术服务合同开启了中国海油人的拓荒米桑之行。

我们来了：生死不负

没有人知道战后的伊拉克是什么情形，没有人可以想象战争造成的伤害有多么深远，没有人可以理解劫难后的伊拉克有多么贫穷……

2011 年 1 月 31 日，中国海油伊拉克公司正式成立，而伊拉克战乱依然严重，伊拉克政府停发了各大石油公司的签证。一边是油田建设赶进度，一边是没有签证进不来，战乱风险使得伊拉克公司似乎寸步难行。

为了破除这一系列壁垒，2011 年 4 月，中国海油“前战部队”来到巴格达，与伊拉克石油部、内政部及各大安保公司会晤，商讨石油合同，协商办理签证、油田通信及人员安保等。作为探路者，这一行让他们印象深刻。

“萧条荒凉、满目疮痍、空空荡荡”，4 个中国人和几名荷枪实弹的临时安

保人员，马不停蹄在伊拉克政府各大部委之间穿梭，路途中陪伴的只有林立的持枪岗哨。

4 个人，9 个多小时的行程，40 多摄氏度高温，2 瓶水，2 包方便面……就这样，他们来了。炮火和子弹并没有让他们畏惧和退缩，胸怀责任和使命更加坚定了拓荒米桑的信念，并制定了“大中华，大基地，大安保”一体化战略。

我们不走：患难与共

伊拉克不只是生活条件恶劣，生产条件更加恶劣。雷区密布，高温持续，地质条件复杂，野外作业环境严峻。就是在这样的条件下，他们选择了坚守。

2014 年 6 月，伊拉克第二大城市摩苏尔被武装组织 ISIS 占领，大量难民流离失所，伊拉克进入紧急状态。形势危急，各大石油公司纷纷撤离伊拉克。对于中国海油伊拉克公司而言，一边是党组赋予的使命，一边是岌岌可危的安全形势，是去是留？一道艰难的选择题摆在面前。

曾几何时，商务团队为了公司利益与伊方连续通宵达旦谈判；曾几何时，58 岁的刘炳俊放弃国内工作，在伊拉克工地耐着高温每天十多个小时督战；曾几何时，55 岁的李嗣贵为了米桑油田第一口钻井，在井场一住就是 100 天；曾几何时，俞进、胡鹏、袁玮等人冒着生命危险，深夜抢修管线；曾几何时，付豪为了达产坚守现场，却未见到母亲最后一面。

米桑的海油人就是有一种这样的精神，他们在企业大义面前舍生忘死，他们在急难险重面前冲锋陷阵，他们面对海外石油事业毅然坚守。这一次，他们依旧选择了在炮火中继续前行。

我们一体：砥砺前行

“不忘初心亲历险，牢记使命踏沙行。”一群奔赴海外的海油人，历经着生死考验，带着伊拉克员工一起，在米桑油田继续他们的圆梦之旅。就在 ISIS 动乱冲击、油价断崖式下跌的环境下，一场场沙漠会战却悄然展开。

雷区，一望无垠。位于山区的阿布油田更是重雷区，废弃坦克、爆炸物残骸、各式各样的地雷和炮弹随处可见。刘国志、肖建业又一次来到雷区进行安全检查和排雷作业监督，以保证排雷进度和精细度满足生产生活需要。当前，已累计完成的清雷面积相当于 3.5 万个足球场。

在安全的前提下，会战开始了。2016 年 9 月，9 个脱气站中的 6 个面临改造大修。一份部分油井关停 14 天的脱气站改造方案摆在面前，一边是上产，一边是停产，俞进的大脑翻江倒海，十多年前主抓的“南海奋进”FPSO 的 LPG 回收改造项目闪现在眼前。当时在恶劣的海况下团队成功实现了不停产改造，实现了海洋工程技术的新跨越。综合分析评定，他坚定信心：“国内能干，国外也能干；海上能干，沙漠也能干！要在复杂的米桑油田环境下，安全地实现油田不停产的脱气站大修改造。”

项目组经理彭绪武立即召集相关人员，现场实地勘查，提出加入消泡剂的新方案。他心中明白，这项工作容不得半点马虎，需要大量设备、技术、人力、严密的组织管理和有条不紊的实施。最终决定执行新的旁通方案。酷暑，50 摄氏度，作业区、项目组、HSE、消防队整个大团队通宵达旦鏖战三天，旁通流程实现顺利切换。脱气站呈现出热火朝天多点交叉作业的不停产改造画卷。

这是“大干 100 天，上产 16 万”会战的一个细节，而全油田轰轰烈烈上产大战背后正是区域协调一体化的力量。海油党组织成立尖刀工作组，集中多专业力量、多公司合力，把中海油服、海油发展、炼化英派尔的骨干纳入工作组，全体动员、激情鏖战，每天加班至凌晨，“一条心、一体化、一个方向”向油田要产量。就是这一战，扭转了老井年递减率 21.3% 且新井预算削半的不利形势，成功实现了 2016 年上产 16.5 万桶 / 天，年产突破 5000 万桶大关。

2017 年，他们顺势求变，以“跨越米桑”行动，凝心聚力开展沙漠会战，成功达产 19 万桶 / 天，年累计生产油气 6086 万桶，各项指标均达历史最好水平。2018 年，现场开启了构建米桑油田命运共同体、决胜 2 年大会战行动……

通过多年努力，中伊共同建成沙漠绿洲。中国海油人经过8年的努力，在伊拉克这片荒芜的土地上建成了中国海油海外第一个作为作业者项目的千万吨级大型油气田，探索了一条中国海油自己的TSC合同管理模式，打造了海外一体化项目建设的典范。

作者：孙为征

海油知识知多少

海外油气勘探

宋翔宇

小明听说海叔叔所在的公司海外资产占比近40%，便兴致勃勃地前去询问。

海叔叔，如何获取海外勘探机会？

简单来说，就是在海外勘探战略指导下，经过勘探机会筛选、初评、详评等环节，在公司管理层的指导下通过投标、收购等方式获取海外风险勘探区块权益。

海外项目由谁来评估呢？

海外勘探机会评价由海外公司负责，研究总院提供技术支持。详评建议报告还要通过IETA（海外勘探技术保障委员会）与IETC（海外勘探资产组合管理委员会）的审查。

筛选、初评、详评有什么区别，又有什么联系呢？

它们是三个循序渐进而又相对独立的评价过程。筛选主要是为寻找有价值的勘探投资机会而进行的长期信息跟踪、分析和选择工作。初评是在筛选的基础上，利用公共数据库、已有研究成果及访问资料室信息，对勘探机会进行初步评价，提出是否进入详评阶段的建议。详评则是在初评基础上开展全方面的研究与评价工作，落实勘探目标及勘探潜力，评估地质、工程、商务等风险，分析勘探计划与成本，研究投资风险与回报，最终提出项目建议。

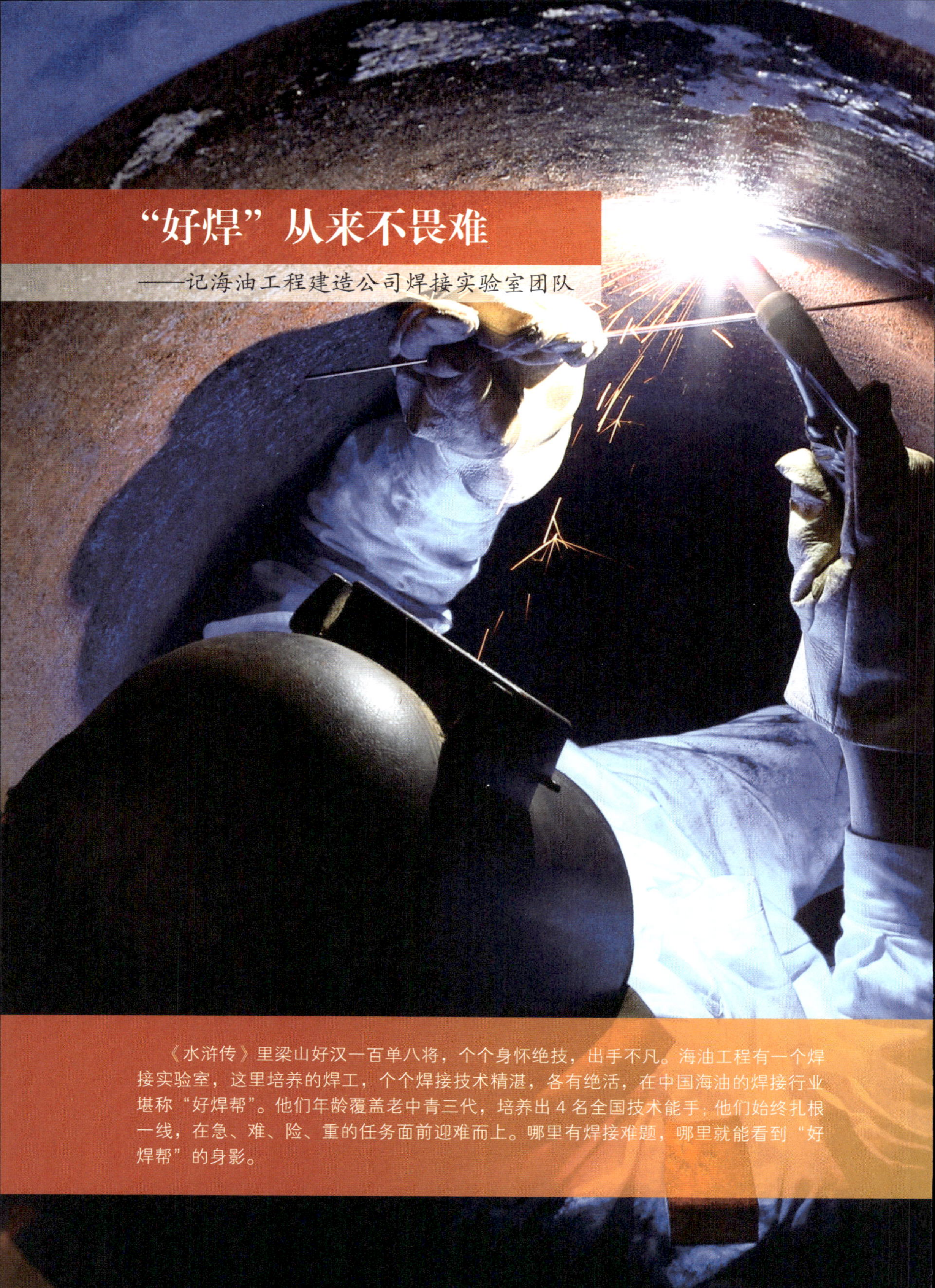

“好焊”从来不畏难

——记海油工程建造公司焊接实验室团队

《水浒传》里梁山好汉一百单八将，个个身怀绝技，出手不凡。海油工程有一个焊接实验室，这里培养的焊工，个个焊接技术精湛，各有绝活，在中国海油的焊接行业堪称“好焊帮”。他们年龄覆盖老中青三代，培养出4名全国技术能手；他们始终扎根一线，在急、难、险、重的任务面前迎难而上。哪里有焊接难题，哪里就能看到“好焊帮”的身影。

2014 年 5 月 7 日晚上九点，郭连京的家里，客厅里的电视正播放着他喜欢的足球赛，他无心观看，像焦急等待着什么。

近半个月来，这是他在家停留时间最长的一天。

突然，茶几上手机响了。郭连京连忙起身接通了电话。“师傅，祝贺所有焊缝修复一次成功。”是徒弟刘海林打来的电话。

从来不喝酒的郭连京，催促妻子下楼买了两瓶啤酒，他高兴地说：“终于能安心睡觉了。”

15 天前的晚上，焊接技能专家刘海林突然接到一个紧急任务——曹妃甸油田孤立塔柱式水下软钢管臂系泊系统在海上安装新塔柱时，发现新塔柱 20 余道焊缝存在缺陷、总长超过 10 米，必须马上修复。

单点系泊系统犹如一个置身海上的码头，使 FPSO（海上浮式生产储卸油装置）可以系泊于海上，确保 FPSO 进行储卸油。像曹妃甸油田这套单点系泊系统在全球范围内只有 3 例，2 例已经倒掉，曹妃甸油田使用的这套系统是世界上仅存的一例，并且下部椎体与柱体连接的 32 根螺栓中已有 8 根断裂失效，隐患极大，必须对其进行更换。

“这么大返修工作量，必是块难啃的硬骨头。”因为需要修复的塔柱在国外建造，对其内部结构的复杂程度刘海林的心里也没数。

安全风险有哪些？谁能上夜班？谁能做到缺陷准确定位……修复之战至少需要 10 人。接到任务的当晚，刘海林睡不着了，决定求助师傅任胜汉。

任胜汉脑海里闪烁着几名焊工的身影。苏衍福参与过 LNG 储罐低温钢和 S690 高强钢等高难度焊接；金牌焊接教练刘伯胜精通缺陷定位和分类，几乎不差毫厘；李志波、徐洪壮、刘彭超和徐福贵是国际、国内及集团公司技能大赛的冠军；郭连京、陈一鸣有国际项目施工经验……这支队伍涵盖了海油工程的老中青三代焊将，最年长的刘伯胜 53 岁，最年轻的陈一鸣 26 岁。

任胜汉想到这些，他连夜拨通了这几名焊接“大拿”的手机……

时间不等人。接到任务第 2 天，任胜汉、刘海林和苏衍福奔赴现场，仔细查找安全隐患点和焊接缺陷位置。

现场比他们想象的还复杂，塔柱内狭窄加上管线纵横交错，搭上脚手架后留给作业人员的只有一个侧身作业空间，并且密闭空间会导致人体缺氧，行动迟缓，塔柱内外一圈儿下来，需要 40 分钟，即便不干活也会大汗淋漓，他仨活像一个个“泥猴”。

在现场调研时，发现在法兰位置有 5 处缺陷，这样的位置返修，很容易造成整体尺寸变动，如果尺寸改变，到时海上安装将无法完成对接。

全球唯一一例修复作业，还要返修法兰位置，这样的施工难度让焊接实验室高级工程师杨帆忧心忡忡，而让他头痛的事还在后面。

众所周知，焊接裂纹缺陷修复是一项难度极大的工作，不仅要编制全新的施工方案，而且参与缺陷修复的焊工必须在外方业主见证下重新取证考试，这些都需要时间。任胜汉知道，这是外方业主“对我们不信任”。

他告诫自己：一定要稳住，不能乱了阵脚。

焊接实验室团队两天两夜吃住在工作室，编制出一套长达 82 页的修复方案。但这时，问题又来了。

“22 天？不行，作业时间太长。”项目经理张艺伟在第一次审查修复方案时对修复工期提出了质疑。

曹妃甸油田已经关停，两条大型浮吊船正在海上待命，每条浮吊船每天的吊机费用高达数百万元，22 天的费用啥概念？修复方案必须调整。

焊接实验室团队连夜调整施工方案。把焊工取证时间由原来的 5 天压缩到 3 天；对焊前准备和缺陷定位工作进一步调整和优化。第二套方案比原来的工期压缩了 5 天。经过反复研讨同意施工。

修复之战打响了，施工计划做得再周密，难免还是有难题。

“这 43 处缺陷中多达 31 处是裂纹，这些焊接缺陷是致命的。如不完全去除，投用后当塔筒受力时极有可能发生塔筒断裂，引发重大安全事故。”曹妃甸单点塔柱缺陷修复之战打响后的第3天，任胜汉、刘伯胜针对此次焊接缺陷种类分析的一番话，让刘海林把心提到了嗓子眼儿。

裂纹是焊缝缺陷中最危险的缺陷。刘海林和他的焊接团队通过集思广益，从焊前、焊中和焊后制订了一套返修方案，确保裂纹缺陷修复工作顺利推进。但是就在修复最后一道裂纹的时候，意想不到的事情发生了。

5月2日凌晨1点20分，郭连京和陈一鸣对塔柱顶部法兰板一处裂纹缺陷修复一半时，突然电闪雷鸣，狂风大作。

郭连京心里一惊，裂纹缺陷返修最怕高温紧急遇冷，如果让雨水浇一下，可能再次出现裂纹。

天空豆大的雨滴打在郭连京的脸上，啪啪作响。

他俩固定好帆布，急忙钻到帆布下方，用头顶起帆布，给法兰板撑起了一个“蒙古包”。“一鸣，咱俩不能撤离了，用对讲机告诉海林，切断高空一切电源。”

狂风暴雨来了，在四周灯光的照射下，雨水犹如从天上倒下来。

有惊无险，雨终于停了下来。裂纹返修处在两人的呵护下，没有一滴雨水，而郭连京和陈一鸣却成了落汤鸡。

就这样，这 11 个人 24 小时两班倒，历时 15 个昼夜，将近 10 层楼高的塔柱里的焊道尽皆修复完毕，所有焊道修复一次成功！

承包商为了确保检验的准确性，又找到了 DNV（挪威船级社）国际知名的无损探伤检验专家进行第三方复核。针对焊接团队对缺陷的种类判断，DNV 专家现场检验后，不禁竖起了大拇指。

“你们中国海油的质量管理和焊接工艺世界一流！”国际厂家的技术指导赞叹道。

作者：苏鲁焊　周喜成

海油知识知多少

身处北极的亚马尔项目

摘自《中国海洋石油报》

亚马尔项目是全球最大的天然气液化工厂建设项目之一。2014 年，海油工程签下其核心工艺模块这个逾百亿元的超级订单。这是该公司有史以来中标金额最大、技术等级最高、投标时间最长的一笔订单，也是中国企业首次承揽液化天然气（LNG）核心工艺模块建造项目。亚马尔项目位于北极圈内，当地最低温度达 -52 摄氏度，超低温对材料选型、焊接质量、涂装工艺、运输都提出了更高的要求，建设难度堪称业界之最。海油工程面临着第一次建造 LNG 核心工艺模块、第一次承建极寒环境服役项目、第一次大规模防火漆喷涂作业等诸多挑战。

挑战极地不可能

——记中海油服物探事业部“海洋石油720”船队

他们跨越6个时区、航行20000多公里、穿越大半个地球抵达北极；在北极作业的近7个月里，他们共下艇75艇次，更换各类水下设备516个，自修罗经鸟130个……他们仿佛适应了极地的生活状态，越战越勇，在冰封世界创下了我国海洋地震勘探史上的多个作业纪录。

那是导航工程师李井阳抵达北极倒班的第一晚。走出船舱，他抬头惊喜地看到了传说中的极光。激动之余，他跟同事用手机摄下了这“一生或只此一次”的难得时刻。

2016 年春节过后不久，来自五湖四海的中国海油物探人纷纷集结深圳码头，登上中海油服旗下我国自主建造的亚洲首艘大型深水物探船“海洋石油 720”，浩浩荡荡挺进北极。一个多月的劈波斩浪，“海洋石油 720”顺利抵达挪威最北边的希尔克内斯港，这是我国交通部有记载以来，首艘抵达该港口的中国船只。

来不及欣赏旖旎的北欧风光，“海洋石油 720”船继续前行。保险业界认定，纬度在 70° 以上即为高风险作业区，而他们此次要去勘探作业的区域纬度高达 75° 以上，深入北极圈腹地 900 多公里。超高纬度、极昼极寒，给中国海油物探人带来了难以想象的挑战。

北极的冷，只有亲身经历才能形容。虽步入阳春四月，但极地毫无春的气息。天地之间，白茫茫一片，雪花从天上纷纷飘落，四周像拉起白色的帐篷。远远望去，山上还有厚厚的积雪。寒风刮脸，冽如冰割。

人感觉冷可以多穿几身工服，“娇贵”的水下勘探设备却只能任性“罢工”。开工伊始首次放缆时，用于控制电缆平衡的罗经鸟因温度过低大量出现报错无法工作，放缆作业进度缓慢，甚至有停工的可能。

这是“海洋石油 720”投产近六年从未遇到的问题。出国前，船队已制定了一份详细的“黑名单”，所有可能影响作业的因素都被列出来。特别是用于控制电缆平衡的精密设备罗经鸟，备用数量已是平时正常作业的两倍。但谁也没有想到，作业还未正式开始，故障几乎耗尽了全部备用。一时间，愁云笼罩着船队。

从国内紧急调运？时间不允许。联系厂家维修？对方表示无能为力，建议重新购买。自己动手修？罗经鸟是精密仪器，均从法国进口，此前船员从未自行修理过……一个个想法被提出，又被现实粉碎。

年轻的仪器组长董伟很倔，他不认同国外厂家“不知道为什么会出现这些故障”的说法，有着丰富工作经验的他坚信，故障肯定是出在某个部件上。虽然之前没有修理过，但眼下除了靠自己再无他法。在组织人员正常放缆之余，他利用休息时间查阅资料，拆解坏鸟，研究内部电路结构，最终将问题锁定在罗经鸟的存储芯片上。

“会不会是水温太低导致罗经鸟数据丢失？重新加载数据是否就能修复？”抱着试一试的想法，他多次联系厂家要来了修复程序。果不其然，重新加载数据后，罗经鸟可正常使用。

此后，董伟和仪器组员就像钉子一样钉在后甲板。困了，他们就裹着棉工服在库房的角落眯一会儿；饿了，就着冰冷的矿泉水吞几口面包对付一下。3 天 3 夜，他们一边放缆，一边自修罗经鸟，最终不仅安全顺利地将所有水下设备放到位，并且一次性将 12 条 6000 米长的电缆平衡调好。“Chinese Wonderful！”随船的外籍工程师对他们发出由衷赞叹。

相比严寒，极昼更让人难以适应。在国内工作时，12 个小时一班，每天两班倒换。但在北极，即便值完 12 个小时的班后，看着凌晨一点钟的天空依旧阳光灿烂，大部分船员难以正常入睡。

既然睡不着，何不把时间用起来？毕竟，等待他们的还有许多未知的挑战。

作业中，“海洋石油 720”要拖带 12 根电缆，每根长 6000 米，每根电缆上要安装 40 多个用于定位的水下设备。海面上一片静谧，海水下波诡云谲，电缆及水下设备出现故障是常有的事，如果一遇到故障就收缆收设备，作业将无法正常进行。下艇，成为船员解决问题最直接、最有效的办法。

“海洋石油 720”长年在中国南海作业，船员们一提到下艇，最多的记忆便是燥热难耐，“太阳能喷出火来”“又热又湿，喘气都困难”。来到北极，“火”的考验变成了“冰”的挑战。穿着厚厚的防寒服、救生衣、手套，任由寒风亲吻脸颊，大家竟无比怀念起南海的那份燥热。

艇长于鑫背着装有几壶热水的保温箱准备开始新一天的下艇作业。寒风呼呼地吹，他冻出的鼻涕没来得及擦就已结冰。一段电缆出了故障，只有 2

个小时的作业间歇用来抢修。

于鑫开着小艇稳稳地驶到故障位置，其他几个同事并未言语，默契地分工行动。捞电缆、摘鸟、打卡子……渐渐地，双手不听使唤了，四肢有点麻木了。好不容易从保温箱中取出一壶热水，于鑫赶紧用暖瓶捂热双手。他知道，必须尽快争取时间，否则暖瓶很快会被吹冷。

一分钟后，手指终于有了知觉。不敢怠慢，于鑫继续干活儿。虽然戴着手套换鸟，但过程中总免不了沾到海水。眼前那清澈的海水，轻轻一碰却有刺骨之寒。忍着刺痛，大家争分夺秒更换电缆、加电测试。刚换了几只鸟，脸上便冒出豆大汗珠，背上更是湿透一片。

没想到的是，一出汗，衣服里就会形成湿气，而专业防寒服里的湿气排不出，从而导致身体更寒。每次下艇两个小时，背上总是满满的汗，身体却不曾感觉到丝毫热气。

不敢浪费极昼的“恩赐”，船员们采取了全天候作业、24 小时无缝隙维修更换水下设备……在北极作业的近 7 个月里，他们共下艇 75 艇次，更换各类水下设备 516 个，自修罗经鸟 130 个……

跨越 6 个时区、航行 20000 多公里、穿越大半个地球抵达北极的中国海油物探人，仿佛渐渐适应了极地的生活状态，越战越勇，在冰封世界创下了我国海洋地震勘探史上的多个作业纪录。

这一刻，所有的酸涩与喜悦化为两行热泪，顺着粗糙的脸颊滑落。

这一刻，曾只在梦里的国家荣誉感，顿时升腾直冲血脉。

项目完工的那一天，按捺不住内心的激动，李井阳当晚用船上卫星电话给远在吉林农村的母亲打了一通电话。第二天，李井阳的母亲逢人便唠这个事儿，还不忘动情地补上一句：“电视上演过的那个北极的极光，我儿子亲眼看过咧。”

作者：轩倩茹

海油知识知多少

海上如何进行地震勘探

张鹏志

最近在看到“海洋石油 751”“海洋石油 770”红海首战，助力“一带一路”国际能源领域合作的消息后，小明对海洋地震勘探产生了浓厚的兴趣。这不，他又来找海叔叔刨根问底了。

海叔叔，咱们海上的地震勘探与陆地有什么不同吗？

用于寻找海上石油的地震勘探，在基本原理、资料处理和解释方法等方面与陆地上的勘探差不多。但在野外施工方面，跟陆地不同，海上地震工作主要是通过物探船来完成的。具体来说，是把地震仪器安装在海洋物探船上，使用海上专用的电缆和检波器，在物探船航行中连续地对震源发出的地震波进行激发和接收。

您刚才提到震源和检波器，那海上的这些设备与陆地有什么差别吗？

在海上不能像陆地一样使用炸药作震源。炸药震源不仅会对海洋造成污染，而且在海水中爆炸容易产生气泡，造成冲击波，干扰有效波，使勘探失败。海上震源主要是利用压缩空气产生震动的空气枪作震源。另外，海上接收地震波的设备也与陆上不同，接收地震波的海洋检波器（又称压电检波器或水听器）是密封在长拖缆中的，并放在水下一定深度，由深度控制器保持其在记录时深度不变，由船拖着施工。

跟陆地相比，咱们海洋的地震勘探有什么优势呢？

在海上寻找油气时，因海上没有障碍物，全部地震设备都装在一条船上，内有精密的记录仪器和处理计算机系统、数据存储装置，船上设雷达和导航系统，无论白天、黑夜，也不论晴天、雨天，均能全天候地连续工作。相对而言，海上地震工作速度快、成本低、质量好。

革命老区的星星之火

——记中联公司临兴－神府项目指挥部团队

红色文化底蕴深厚的革命老区吕梁，扎根着一个来自四面八方的年轻团队。他们始终牢记选择油气地质、石油工程专业和中国海油的初心，他们用身体力行的付出默默点燃了革命老区的非常规油气星星之火。

人说山西风光好，右手一指是吕梁。这里是革命老区，这里是英雄之地。

在这片英雄之地，扎根着一个年轻的团队。这群来自祖国四面八方的年轻拓荒者，秉承着为祖国加油、为民族争气的信念，在这革命老区耕耘着，蜕变着。

巍巍吕梁山，见证着他们的奋进征程；滚滚黄河水，奏演着他们的青春之歌；这群执拗的拓荒者不畏艰难，硬是将这片贫瘠之地，开垦出冉冉生机。

他们曾是家里的小太阳，集万般呵护宠爱于一身；他们曾是学校里的佼佼者，也曾憧憬过在高档写字楼中喝着咖啡的白领工作；他们曾是家里的顶梁柱，呵护照顾着一家周全，是称职的丈夫和父亲……可自从扎根到这片革命老区，渐渐地，一切都变了。

他们不敢给家人承诺什么了，因为曾经答应孩子等门口树叶黄了就回去的承诺，真的黄了；因为给妻子许下的归家日期，已被妻子在日历本中撕下；因为承诺带父母去看病的日子，最终竟拖成了父母的葬礼……

清晰记得，一天下午工程部小赵和协调部小张之间的对话。小赵一脸凝重："昨天夜里我媳妇给我添了个闺女，母女平安。"小张说："恭喜恭喜啊，又添一件贴心的小棉袄了。"小张看着小赵的脸色不对劲，补充说："这是大喜事啊，怎么见你一脸愁苦？"小赵说："前两天媳妇说胎动比较频繁，估计是快生了，问我啥时候回去，我说等这口井压裂完，点着火就回去。媳妇顿时就发火了，没好气地说，你不用回来了，正需要你的时候，你在哪里？说完就把电话挂了。电话再拨过去，山里信号又断断续续。最终媳妇没能顺畅地把火发完。"小张说："兄弟啊，我们都知道，陪伴是最长情的呵护，但工作是为了给家人更好的生活，她们需要的陪伴我们都没法给啊。前两天，我媳妇说自己和军嫂差不多，可我却不是兵哥哥。我说，虽然不是兵哥哥，但我们肩负着和兵哥哥一样的使命。媳妇说得了得了，不就是你一直念叨的为祖国加油、为民族争气嘛。可目前你别光想着高大上的理想了，还是先想想怎么争取我吧！”

两人聊着聊着，不自觉地望向远方山头的火炬，火光在他俩噙着泪的眼角跳动。

兴许，他们的父母妻儿不止一次地质问过，跑那么远，干这不着家的工作，图的啥？兴许，他们也曾质问过自己，到底图的啥？

每当这个时候，他们会看见：负责协调工作年近六十的老人，还在沟壑纵横的现场和老乡们苦口婆心地讲政策、讲道理。为加快进度，长期在老乡窑洞里食宿，甚至时常被暴雨断路，被老乡堵路，只能靠一瓶矿泉水充饥。

他们图的啥呢？

每当这个时候，他们会看见：工程技术人员日夜奋战在作业现场，一干就是几个月，硬是保证了井区钻井任务的完成和时效的提高。

他们图的啥呢？

每当这个时候，他们会看见：安环人员刚拖着疲惫的身体从物探和钻井压

裂试气现场出来，就马上投身到安全检查和隐患排查中，排除隐患 800 余项，保证了井区的顺利投产。

他们图的啥呢？

每当这个时候，他们会想到，选择油气地质、石油工程专业的初心是什么？来到中国海油的初心是什么？来到陆地油田选择参与到非常规油气勘探这个行业的初心又是什么？没错，人在变、生活在变、环境在变，但是过去的目标没有变、人生的梦想没有变。

也许，我们都肤浅了。

这群执拗的拓荒者，他们心中自有沟壑。他们为了梦想奋斗的决心恰如曾经奋斗在这片革命老区的战士们一样，苦累不算什么，青春汗水不算什么，只要下定决心、敢于牺牲、勇于面对、万众一心、团结一致，并肩携手、勇猛奋进，抛开杂念扎根在这片土地上耕耘，必定能构建一副宏伟的蓝图——在这片贫瘠的土地上，点燃非常规油气的星星之火。

这是一项艰巨的任务。但这儿有优秀的传统，有革命的底蕴，这星星之火，正以燎原之势冉冉升腾。

呵，你看，这个年轻的团体，正在完成一项又一项的创举！

他们以身作则，身体力行，一次次完成了不可能完成的任务。更是在2015年用一年的时间实现了7个当年的创举：当年地震采集，当年地震处理解释，当年完成井位部署，当年完成钻井，当年开展压裂试气，当年提交储量，当年实现销售。

孩子们，别责怪你们的爸爸老不回家看你们了，让他们抱抱你吧；妻子们，别责怪你们的丈夫不着家了，给他们些妻子的温情吧；父母们，别责怪你们的孩子不孝了，给他们点呵护理解吧！

因为他们肩负着为祖国加油、为民族争气的重任；他们是薪火相传的火炬手，正在革命老区点燃星星之火；他们是为油气田奋斗的战士，将把中国海油的力量绽放在黄土高坡上。

作者：张迎甲

海油知识知多少

中国海油的非常规油气资源重点项目——临兴－神府项目

张迎甲

临兴－神府项目地跨两省四县（山西的临县、兴县，陕西的神木、府谷），区块面积 5000 平方千米，是中国海油勘探开发陆上非常规油气资源的重点项目。

项目指挥部自 2014 年 3 月成立以来，取得致密气勘探开发重大突破。项目累计完成 1211 平方千米三维地震、512 千米二维地震勘探工作，累计完成钻井 94 口，5 年来累计获得探明地质储量 1592.3 亿立方米。其中，2013 年提交探明地质储量 234 亿立方米，2014 年提交探明地质储量 745 亿立方米，2015 年提交探明地质储量 269 亿立方米，2016 年提交探明地质储量 228 亿立方米，2017 年提交探明储量 116.3 亿立方米，实现连续 5 年提储目标。

以工匠精神铸军工精品

——记中海炼化泰州石化研发中心团队

他们不忘初心，在一次次失败后仍然满怀激情；他们牢记使命，圆满地攻克了一道道难关。在日复一日、年复一年的坚持中，他们以大国工匠精神为指引，以责任与担当为己任，研发出一系列润滑油精品。他们是一群与时间赛跑、与未知角逐的新时代海油人。

看着亲手研发出来的军工机械齿轮油“走”下生产线，泰州石化研发中心从事新产品研发的技术主管、高级工程师刘杰仿佛看到了自己长大的孩子，心中满是欣慰、激动与兴奋。

首批军工机械齿轮油发货那天，她迫不及待地来到发货区为“孩子们”送行。她表面平静，内心却似翻腾的大海波涛汹涌，连日来的酸甜苦辣咸一齐涌上心头，一向坚强的她忍不住流下热泪……

这段时间，刘杰心事重重。泰州石化研发中心接到一个几乎难以完成的重要任务——30天内要研制出某新型机械齿轮油，并准时向某军工单位发货。这次任务不同以往，油品承载负荷要更高一些。这就要求齿轮油的极压性能、抗氧化性能及剪切稳定性能要更好，研发难度巨大。这次任务还有着非比寻常的重要意义，它将是填补中国海油海疆润滑油空白、实现高端军工产品技术自主可控的一次重要证明。

“时间紧、任务重，他们能按时完成吗？”

“海疆润滑油刚刚起步，如果不能完成此次研发任务，海疆品牌肯定会受到极大影响。”有同事对此提出关心和质疑。

“这次任务既是挑战又是机遇，希望你们克服困难，迎难而上。”领导对大家提出了鼓励。

面对这块难啃的“骨头”，研发中心立即成立了项目攻关小组。“作为海油人，我们只有拿出勇往无前的战斗精神、忘我无私的奉献精神和精益求精的工匠精神，才能战胜一切困难，到达胜利的彼岸！”刘杰第一时间为她的团队加油鼓劲。

他们是一群与时间赛跑，与未知角逐的新时代海油人。

当天，攻关小组成员带上洗漱用品和一大包方便面、饼干，来到单位。

他们将会议室作为临时休息点，决心拿出破釜沉舟的精神，不啃下这块硬骨头绝不回家。攻关小组成员就前期收集的数据资料，开了一个简短的碰头会后迅速进入状态，全部涌进了调油间，开始了紧张有序的工作。调油间的工作台上堆放着十几瓶各种类型的基础油和添加剂，根据不同方案，王月慧开始全神贯注地称量基础油样品，时而用右手轻扶眼镜，时而在笔记本上进行记录，忙得不亦乐乎，头上冒出的汗珠打湿了眼镜，她也全然不顾；刘燕聚精会神地核算极压抗磨添加剂、抗氧剂及粘指剂的加入量；王海军满头大汗地将磁力搅拌器和红外加热炉搬进调油间。

在第一批小样调试完成后，累得只剩两个鼻孔喘气的刘杰在静静地等待结果。不一会儿，辛玲拿着分析单走进了调油间，将小样的分析数据交给刘杰。刘杰接过分析单陷入沉思，不禁自言自语："这批方案中虽然 3 号方案各项性能优异，但是黏度偏小，且剪切性能略差，该怎么办呢？"

刘杰迅速召开了一个小诸葛会议，让大家激荡思想、碰撞智慧。有人提议，3 号样黏度偏小，可以适当增加黏指剂的添加量，提高黏度。但立即有人反对，加黏指剂黏度是提高了，但抗剪切性能就会不合格……如何改变油品

的黏度，让其剪切性能变好？这成了横亘在攻关小组面前的一个关卡。

研发中心经理林建荣走了进来，他拿起分析数据仔细研究，翻出各类基础油与添加剂的数据逐一比较。“生产军工产品必须一丝不苟！我认为还是从基础油入手，缩小筛选范围，选择两种或者两种以上的基础油，将基础油的黏度稳定在一个范围内，再考虑添加剂的影响因素。”林建荣的话，让大家一下子找到了方向。

说干就干！计算出可行性方案后，攻关小组的成员分工合作，计算、调和、分析……

那段时间，刘杰白天泡在调油间，晚上整理数据、大量查阅国内外各种资料，饿了啃面包，渴了喝矿泉水，困了趴在办公桌上眯一小会儿，恨不得一天 24 小时都扑到工作上。她几乎没有过问过家里任何事，孩子的生活、学习全部交给了爱人。

刘杰的精神感染了她的团队。刘燕是攻关小组的骨干，作为 1 个 7 岁孩子的母亲，丈夫在外地工作，孩子的爷爷奶奶回了老家。军品研发攻关那段时间，她没有把个人情况告诉领导同事，等到深夜 1 点多，她疲惫不堪地赶回家，看到孩子坐在地上头靠着沙发睡着了，小脸上还挂着泪痕。她一把抱起孩子，喃喃地说，妈妈对不起你宝贝！说完放声大哭。

功夫不负有心人。第 26 天凌晨，一张数据合格的分析单递到了已经熬了多个通宵的刘杰手中，他们成功了。此后，在规定的时间内，100 桶高品质的军工机械齿轮油如期发货，产品得到有关单位高度认可。想到这些润滑油也许将助力战机翱翔蓝天，帮助军舰驰聘大海，助推坦克飞奔边疆，保卫祖国神圣领土，大家心里充满自豪。

作者：蔡　璐　刘　璐　万剑峰

海油知识知多少

人与石油有多近

刘子玉

海叔叔，今天，化学老师告诉我们，石油和我们的生活息息相关，关系着大家伙儿的衣食住行。您能给我讲讲石油和衣食住行具体有哪些关系吗？

石油和我们穿的衣服有什么关联？

无论是尼龙、涤纶，还是锦纶、维纶等，都属于合成纤维，都是从石油化工中获取原料合成高分子聚合物，然后再抽丝成纤维。正是合成纤维为我们编织了七彩霓裳。

石油如何影响我们的居住呢？

谈到“住”与石油，可以说，现在家庭装修没有不用合成树脂（塑料）的，无论是门窗、顶棚、装饰材料以及灯具等，都是以各种合成树脂为原料。家庭中，用塑料制成的家具用品既轻便又美观，即使是木制家具，也要用到石油合成的黏合剂和涂料等。家庭用品诸如电视、冰箱、电脑、整体橱柜等无一能和石油脱掉关系。电视机和台式电脑显示器外壳 95% 以上是 HIPS（耐冲击性聚苯乙烯）和 ABS（丙烯腈—丁二烯—苯乙烯共聚物）。电冰箱所用塑料有内胆、门内衬、门框格、顶框、密封条、把手和隔热条等，它们均来源于石油产品。

食品也和石油有很大关系吗？

我们餐桌上的食物从培育过程中的施肥到收割、物流的全过程都离不开石油及其产品的参与。土地的营养来自肥料，它是用石油、天然气为原料制造合成氨并进一步生产出硝酸铵、硫酸铵、尿素。蔬菜大棚所用的薄膜主要是聚乙烯，是目前合成树脂中产量最高的品种。

“行”主要是指燃油吧？

对，但不全面。除了汽车要用汽油、飞机要用航空煤油以外，这些动力机械的运动部分也必须加入润滑油或是润滑脂，不然就会很快损毁。而以石油、天然气为原料制造的合成橡胶，则用于制造汽车和飞机的轮胎。

扫一扫，欣赏更多精彩图片，感受追求卓越的海洋石油

创新篇

创新是中国海油的“源代码”。改革开放 40 年来，中国海油在一路破旧立新、不断锐意进取中穿越一个个低谷、实现一次次蜕变。

从赤手空拳人拉肩扛到大国制造匠心闪耀，从踟蹰前行探索浅海到重器定海逐梦深水，海油人突破各种障碍，率先开展对外合作，引进国外资本和先进技术，建起“海上经济特区”和“工业特行”；贯彻创新发展理念，积极推进科技创新、管理创新和商业模式创新，在深水、高温高压、稠油、低孔低渗油气藏的勘探开发和中下游核心产品工艺等方面取得一系列新突破。

创新，是事业兴旺发达的不竭动力，勇于变革、勇于创新、永不僵化、永不停滞，中国海油用不到 30 年时间走过西方同行的百年道路，让中国海有了一片耀眼的蓝色奇迹。

用时代发展要求审视自己、以改革精神创新发展理念，中国海油持续焕发蓬勃生机和无限活力，努力向历史、向人民交出新的更加优异的答卷。

创新，于无声处听惊雷。

冷板凳上的修行者

——记研究总院深水工程重点实验室常务副主任李清平

这里有鲜花、掌声和荣誉，更有质疑、孤独与苦行。每一次技术的创新，都面临着重重的壁垒；每一个项目的落地，都遭遇过层层的挑战。科研之路，如同一场在冷板凳上的修行。何以解忧？唯有坚定信念，梦想终会花开。

踏进李清平的办公室，眼前豁然一亮。地上站着的、桌上蹲着的、窗边倚着的全是绿植，虽不像被精心料理过，却也生长得郁郁葱葱。

李清平坐在办公桌前，专注地盯着电脑屏幕。齐颈短发，利索干练，一如往常。

这个一毕业就进入中国海油工作的女博士，迄今为止，收获了无数荣誉：当选为党的十九大代表、2017 年度海洋人物、国务院政府特殊津贴专家、全国三八红旗手、中国经济女性年度创新人物……这些荣誉，成为她在科技报国道路上打破层层垄断、攻克道道难关的刻度。

她是水下生产技术研究的带头人，也是流动安全保障技术和天然气水合物领域的专家。她带领团队建立了具有自主知识产权的 1500 米深水工程技术体系；她在深水油气开发和天然气水合物等方面的自主研究，大大提升了我国在国际相关领域的影响力和话语权；她带领团队自主创新的管式分离、段塞控制和虚拟计量等科研成果成功应用于生产实践，创效数十亿元……

科研需要“冷启动”

水下生产技术是深水开发的核心技术，水下生产设备目前被世界少数几家大公司垄断，其设计、生产、维修保养等全部由国外生产厂家承担，外国公司对此严防死守，如何突破技术瓶颈？

技术壁垒重重，应用前景不明，在这样的背景下，李清平一头扎进水下生产技术应用的研究中。中国海油资料室里与深水相关的国内外资料都被她仔细翻看；惠州 35-2、陆丰 13-1、流花 11-1 等多个海上油气田生产现场、潜水作业船上都留下了她的足迹。她在脑海中迅速将书本中、资料里的知识与生产现场所见融合在一起，将丰厚的海洋石油工程设计经验收入囊中，为之后水下生产技术在海油的应用打下了坚实的基础。

那个时候，有人看她整日东奔西跑，就劝她："这项技术可能 10 年甚至 20 年都用不上，你还是在能出成绩的地方下点功夫吧。"可李清平是个认准目标就得琢磨透的人。"科研是场坐冷板凳的修行，最大的阻力往往来自自己。"只有丰富了自身的知识，才能在未来"上战场"时游刃有余。

手中有牌，才有话语权

荔湾 3-1 气田是我国首个水深近 1500 米的大气田，由中国海油与美国哈斯基公司联合开发。在谈判中，我方提出要开展联合研究。深水油气田开发是世界级的难题，南海陆坡区独特的地质条件和复杂的环境条件给开发带来了更大的挑战。"通过参与荔湾 3-1 项目，培养一支中国自己的深水人才队伍。"李清平及其研究团队牢牢把握住了这次机会。

此后一年多，中国海油集中优势科研兵力，对荔湾 3-1 的开发方案展开攻关。采用 1500 米深水水下生产系统回接到 200 米浅水平台的方案，流动安全保障技术成为克服大高程、长距离油气混输的关键。

2009 年 7 月 24 日，马来西亚吉隆坡，与哈斯基约定的开发方案交流会如期到来。李清平和团队提前一天到达。吉隆坡的夜晚有些闷热。尽管对提出的技术方案有信心，但那一晚，李清平失眠了。

最初，对于研究深水油气水多相流动安全技术，质疑的声音多，她曾像推销员一样，向专家们解释它对深水开发的重要性，争取立项；她也曾联合相关高校建立实验系统和装置，开展模拟实验；她还曾与团队成员多次深入海上生产现场，获得一手数据……还有几个小时，方案就要在国际同行面前亮相了，她期待、兴奋，也对未知的结果感到忐忑不安。

方案交流会开了整整一天。在李清平看来，技术交流是一种无声的较量。"手中有牌，才有话语权。"只有自己亲自做决策，才有可能及时调整方案细节，并从中发现潜在的降本空间。"如果自己没有深入研究，就不知道对方亮出的是花拳绣腿，还是独门秘籍。没有过硬的数据更无法和真正的高手过招，合作就无从谈起，只能被别人牵着鼻子走。"李清平说。

交流会开到最后，中国海油提出的水下方案被采纳，哈斯基同意与中国海油开展进一步的深度联合研究，以流动安全保障技术为核心的深水油气多相集输工程技术为中国海油争得了技术决策的话语权。李清平的坚持也终于取得了卓有成效的结果，获得了一致认可。

为保障国家能源安全，为实现海洋强国梦，李清平在产学研用一体化创新驱动战略中不断开拓进取，贡献着自己的力量，逐步向着"深水梦，海洋梦"前进。

"哎呀，这盆绿植开花了！"李清平在工作间隙，无意间抬头一瞥，发现了这个变化，她微微一笑，进而又开始埋头工作。

这盆绿植不正是李清平自己的写照吗？一点点地努力，一点点地生长，不论是否受到过关注，都坚定不移朝着既定的目标前进，最后终有开花的一刻。

潜心科研，于无声处听惊雷。

作者：徐　宏　秦海丽　朱军龙　王　清　秦　蕊

海油知识知多少

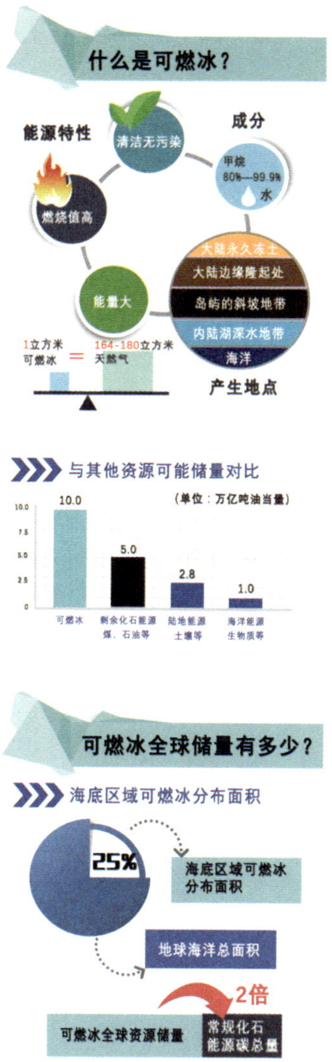

什么是可燃冰

摘自《中国海洋石油报》

刘　佳　制图

天然气水合物（Natural Gas Hydrate，简称NGH），因其外观像冰，遇火即可燃烧，俗称可燃冰。天然气水合物的形成有三个基本条件，缺一不可。第一是低温；第二是一定的压力，4个大气压、10摄氏度左右就可以生成，同时15个大气压、25摄氏度也可以生成；第三，一定要有天然气和水。

天然气水合物主要分布在陆地永久冻土带和沿海大陆架300~3000米水深的深水区，是继页岩气、致密气、煤层气、油砂等之后的储量最为巨大的接替能源之一。据估计，海洋水合物资源量约为冻土的100倍。鉴于天然气水合物广阔的资源前景，世界各国从20世纪60年代就启动了水合物资源开发相关的研究，同时由于海洋水合物具有埋深浅、胶结性差等特点，近20年来，深水浅层水合物的无序分解等潜在的工程地质灾害、温室效应等也已引起世界各国的高度重视。目前天然气水合物资源安全高效开发和环境风险并重，成为世界科技创新的前沿。

“绥中爱迪生”养成记

——记渤海石油管理局辽东作业公司维修监督李世元

“热衷技术钻研，拥有高超技能”，是同事们对“绥中爱迪生”李世元的一致评价。从入职中国海油的那天起，李世元就把全部的精力放在了现场工作和发明创造上，甚至家也被李世元变成了“拆装”的第二现场。从业14载，他先后获得了5项国家专利，攻克20余项技术难题，解决上百项故障和隐患，创造数千万元的经济效益。

李世元是渤海油田绥中 36-1 平台一名普通的一线员工，因凡事爱动手，“遇见啥都想拆开看看”，因此获得“绥中爱迪生”的美誉。

认识他的人都说他是一位创新达人。读大学时，爱捣鼓的他多次获得发明创造和科技成果竞赛奖，并获得了黑板擦去灰盒、马桶堵臭器两项国家专利。大学毕业后入职中国海油，李世元开启了工作新篇章，他把全部精力投入了现场工作中。

2005 年 3 月的一个清晨，绥中作业区旅大 5-2 平台井口区，时为仪表工的李世元跟随仪表师杨涛对井口控制盘井下安全阀液压油高压进行泄压处理。杨涛不停地按动手压泵建立压力，然后通过手压泵泄压。在配合的过程中，李世元看着控制盘内错综复杂的管线和阀门，好奇心顿起，是否有更安全更快捷的方式呢？

接连几天，李世元一有空便翻阅井口控制盘图纸，还拿着图纸跑到井口盘揣摩钻研。库房里，杨涛见他不时用嘴吹电磁阀、三通阀；井口区，有人看到他总在神秘兮兮地转悠。他为此夜不能寐、绞尽脑汁。功夫不负有心人，他终于找到了一种给井口控制盘井下安全阀液压油泄压的新方法，只待“真枪实弹”验证。

一周后，一口新井投产后井下安全阀液压油出现高压现象。“杨工，我觉得可以利用采油树的针阀实现泄压。”杨涛正欲动手处理时，李世元迫不及待地说出了自己的想法，接着向杨涛娓娓道出自己的操作方法，并主动请缨进行实际操作。

看着眼前这位刚参加工作半年的“新兵蛋子”滔滔不绝，杨涛有点惊讶，思忖片刻后说道：“行，那你就大胆尝试吧，我来配合你。”事实证明，李世元的泄压新方法果然安全高效，相比之前的操作方法效率提升一倍。初显身手便获得成功让李世元兴奋不已。

后来的工作中，李世元对该方法不断完善，并在公司内部专业期刊发表，广受好评。李世元说，时至今日回忆起当时的工作场景，杨涛的那份信任和支持让他依然感动，那是他从初生牛犊迈向技术能手的开始。

天才是百分之一的灵感加上百分之九十九的汗水，李世元用勤奋和汗水铺就了一条创新之路，并乐此不疲。他的妻子经常抱怨说，即使身在家中，他的心依然在海上。甚至家也被李世元变成了“拆装”的第二现场，经常凌乱不堪，充斥着他发明的诸如刷墙神器之类稀奇古怪的东西。

记不清多少个夜晚，浓香的咖啡与海风伴夜战，数不清多少回海休，妻子的牢骚和埋怨绕耳边，可李世元倔强如初，他攻克了多项技术难题，先后获得了 5 项国家专利，发表了 3 篇科技论文。他成为全国技术能手、所属单位技能专家。

然而荣誉光环的背后，李世元也有着鲜为人知的失败和挫折。

“他对于问题的钻研近乎痴狂，即使撞到南墙依然执着。”如今已是技师的徐磊对师傅李世元当年工作起来不要命的亢奋状态记忆犹新。那是 2010 年

1 月北风萧瑟的一个夜晚，洗漱完毕准备休息的徐磊被李世元软磨硬泡地拉到现场，随后师徒二人在机修间打磨至凌晨。

当时的旅大 32-2 油田投产不久，设备和人员处于磨合期。晚会上生产操作人员反馈计量分离器流量计经常出现卡滞，影响正常计量。晚饭过后，形单影只的李世元在计量分离器橇块处拿着流程图和设备资料来回踱步。一番深思熟虑后，李世元决定对流量计进行拆检、修复。

于是，机修间里上演了深夜打磨的场景。他们采用在腰轮之间加一张纸的方法来判断需要打磨的位置，师徒二人轮番上阵对流量计核心部件腰轮进行精细打磨。处理完毕后，时针已悄然指向凌晨 1 点。“咱们要有始有终，现在就去回装，我相信这次一定行。”困意十足的徐磊打算收工，李世元仍死缠烂打式地宽慰徐磊，并给他做着肩部按摩。

然而事与愿违，回装后的流量计未能解决卡滞问题。忙碌一宿却失望收场，徐磊难掩难过，但他回头看到李世元仍在笔记本上记录着什么。

正如爱迪生当年电灯碳丝实验屡次失败中发现“爱迪生效应”一样，李世元从这次失败的经历中愈挫愈勇，更加坚定了扎根现场、勤勉耕耘的决心，为日后在成为技能专家的道路上披荆斩棘打下了坚实的基础。

此后，他在技改创新道路上栉风沐雨、精耕细作，先后攻克 20 余项技术难题，解决上百项故障和隐患，创造数千万元的经济效益。

2017 年，为加强创新创效，辽东作业公司成立技师创新工作室，李世元当仁不让地成为技师创新工作室的带头人。他依托“三新三化”和海上“五小”活动，将创新工作室的人才培养与考核逐渐推向了“科学的方式、稳定的政策、长效的机制”，已培养了十多位岗位尖兵。

除了探讨技术，李世元平时少言寡语，不擅长煽情，更不愿谈及自己的过往。然而，“高冷”形象的背后，却难掩那颗诚挚的赤子之心。“当我们遇到技术难题，李世元便会一改平日里的沉默高冷，毫不犹豫地帮忙，毫无保留地向大家传授知识和经验。”刚刚加入技师创新工作室的黄发龙深有感触。

2018 年，作为技师创新工作室“掌门”的李世元壮志满怀。他说：“我要带领创新团队，解决生产中的‘疑难杂症’，让创新的火种在接地气的氧气中燃烧出炫丽的技改之花。”

对于未来，这位“绥中爱迪生”希冀身边走出更多的“爱迪生”……

作者：欧阳建平

海油知识知多少

一张图读懂采油树

张伟宁　周佳佳　杨　涛

甘守一线传匠心

——记气电集团珠海 LNG 施工管理部机械监督曾兵峰

他是珠海 LNG 施工管理部（维保）机械监督。他倔强、坚韧，从不向困难低头，他不靠洋指导，坚决自己动手干。30 年来，他将自己锻造成了业精于勤的工匠和痴迷创新的创客。从他和他的徒弟们身上，我们看到了石油精神和工匠精神薪火相传。

初见曾兵峰，是在气电集团珠海 LNG 接收站维修现场。他正在烈日下忙着检修核心设备卸料臂。黝黑的脸庞上挂满了汗水，眉宇间透着一股子坚毅。

曾兵峰已在基层干了 30 年。30 年来，他潜心钻研技术，练就一身过硬本领，把自己锻造成了业精于勤的工匠和痴迷创新的创客。

辞任经理惊四座

“听说老曾放着经理不做，偏要做一名技术监督。”2016 年 6 月，曾兵峰的一个举动，把大家吓了一跳——他提出辞任维修经理，改当技术监督。

消息一出，大家议论纷纷。有人说他傻，有人说不信。对此，曾兵峰没有过多解释。

原来，在那半年里，他每晚研究设备检修方案到深夜。泛黄的灯光下，看着一直攀升的设备故障率，曾兵峰难以入眠。因为他心里明白：接收站管线错综复杂，设备种类繁多，若每次都是治标不治本，那问题只会层出不穷。

身为维修经理的他，既要忙着处理各类日常事务，又要主持大小会议，根本没时间静下心来钻研。而手下的小伙子们都刚毕业没多久，既缺乏经验，又没核心技术。

“我要带头沉下来钻技术，这是当务之急。”为破解困局，他下定决心，并向公司管理层提出辞任维修经理。公司数次挽留，他都毅然拒绝了。

从此，曾兵峰扎根生产一线，潜心钻研标本兼治之法。

自主创新敢为先

2016 年 8 月，原装进口的核心设备蒸发气压缩机要进行 8000 小时定检。曾兵峰经常念叨：“一个进口密闭环要数百美元，一次检修要换数十个，还要请外方指导，费用太高了。”为此，他组建了专项项目组，决心在这次检修中实现配件国产化和检修自主化。

其实，早在机组安装阶段，曾兵峰就白天紧盯外方安装调试，晚上回顾总结参数和要点，提前为日后自主维修攒下宝贵的经验。他指导徒弟们反复研究设备技术资料，讨论维修方案，寻求国内替代厂家，并对国产备件进行反复比对、试验。

在他的带领下，检修项目组连续 3 个月日夜奋战，不仅如期完成了 3 台压缩机的自主检维修，还实现活塞环、支承环、中间密封环等备件国产化，为公司节省费用 250 余万元。

“厂区内经常要换的数千个密封圈，我们将尽快实现国产化和自主维修，把成本再往下降。”曾兵峰充满信心地说。

在曾兵峰的创新道路上，LNG 装车橇低温球阀密封面修复研磨法、登船梯液压油缸快速平衡法、压缩机故障声音确诊法……十余个自主创新工法相继被应用推广，推动着公司设备检维修水平不断迈上新台阶。

薪火相承传匠心

“用国产配件，争取自己修。”这是曾兵峰经常跟徒弟们说的一句话。

2016 年 12 月，在经过漫长的航行后，一艘满载着 LNG 的运输船顺利抵达珠海 LNG 接收站。正准备接船，对讲机里突然传来紧急的呼叫声：“老曾老曾，卸料臂 A 出现故障，请立刻处理。”曾兵峰一听，立即背上工具袋和徒弟林河利一起赶往码头。

经过检查，发现是卸料臂内臂液压油缸接口损坏，密封不严导致压力泄漏。“师傅，这套卸料臂是原装进口设备，‘洋厂家’不给咱们配件参数和信息，请外方专家得等好几天，怎么办？”眼看关键设备卸料臂发生故障，影响接船，林河利着急地问道。

“我们自己动手修，不靠洋指导。”曾兵峰边说边从工具袋中掏出测绘工具，做好安全防护后爬上了卸料臂。

12月的珠海，海风凛冽。卸料臂有十余米高，像是矗立在寒风中的旗杆。曾兵峰爬上“旗杆”，拆开内臂液压油缸，开始对接口密封进行测绘，林河利在下面递工具并记参数。曾兵峰戴上内窥镜，用丝锥一点点矫正破损处，再用小刷清理碎屑，每一步都严谨细致。

经过长达4个小时的抢修，卸料臂终于修好了，接船作业如期进行。

“老曾，这次全靠你解围，不仅省了外委专家费，还不用额外支付每天6万美元的船舶滞留金。”面对公司安全总监田连军竖起的大拇指，曾兵峰笑了笑说：“应该的，应该的。”林河利看着师傅冻红了的双手和干枯的嘴唇，内心很是触动。自此，“自己修”的理念深深地刻在了林河利的心里。

此后，师徒二人先后完成海水蝶阀、低温球阀、旋转滤网轴承、低压泵和海水泵等多项设备的自主维修及备件国产化和技术改造工作，每年直接为公司降本数百万元。在这一次次的闯关中，徒弟林河利也逐步成长为自主维修和降本增效的尖兵。

“从他和他的徒弟们身上，我们看到了石油精神和工匠精神薪火相传。”公司总经理赵良廷对此感慨万千。

作者：陈　蓉

海油知识知多少

什么是 LNG

程 昊

LNG 是液化天然气——liquefied natural gas 的简称，是将天然气脱酸、脱水后降温至 -162 摄氏度液化而成的低温液体燃料。天然气液化后体积缩小为原本气态体积的 1/600，极大提高了储存和运输效率，促进了天然气跨洋贸易的开展。LNG 是一种安全环保的能源，主要有以下特点。

无毒无污染，是一种环境友好型燃料。如果汽油、柴油发生泄漏，会对生态环境产生持久的严重污染，而如果 LNG 泄漏到环境中，不会对生态环境造成任何污染。相比于传统汽柴油，LNG 可以减排二氧化碳 20%，氮氧化物 90%，二氧化硫 100%，悬浮颗粒物 100%。在大气污染日益严重的中国，使用 LNG 替代煤炭和汽柴油是提高大气质量的理想手段。

挥发飘散快。LNG 必须保存在低温容器中，在常温环境中会迅速气化飘散，不会留下任何残留，而汽油、柴油属于常温保存的燃料，在环境中会停留较长时间，造成长时间的安全隐患。

燃点高。LNG 的燃点是 650 摄氏度，远高于汽油和柴油，意味着 LNG 更难被点燃。试验证明，LNG 不但可以熄灭点燃的香烟，甚至遇到烧红的高温铁棒也无法点燃。

黏附性小。LNG 黏附性很小，汽油、柴油黏附性较大，一旦发生泄漏，LNG 只会形成较小的危险区域，而汽柴油则会沿泄漏路径形成更大的危险区域。

低温不可怕。LNG 虽然温度很低，但因为人体温度比 LNG 的沸点高很多，LNG 接触到人体后会在表面气化形成一层气膜，从而阻止了传热，因此短暂接触 LNG 不会造成冻伤。

安全记录良好。在 LNG 发展历史上，LNG 运输船安全运行了 50 年，LNG 汽车安全运行了 20 年，LNG 燃料船舶安全运行了 10 年，没有发生过因为 LNG 燃烧或者爆炸导致的人员死亡事故。

背山面海的疏浚人

——记海油进出口宁波大榭仓储公司生产部副经理毛伊锋

苍茫暮色，夕阳余晖，拖出一条金黄色的尾巴，映照出一派东海岸风情：渔人恋恋木船，海鸥翩翩海浪，油船划开海岸……就在这东海岸的一座小岛上，有中国海油的第一座商储原油库——大榭仓储。在这里，一位疏浚人的故事正在上演……

大榭仓储背山面海，庞大的储罐一字排开，犹如一堵高墙屹立在东海岸，和它隔了一座山的是海油大型炼化企业大榭石化。一条管道穿山而过，将油库和炼厂联系在了一起，这条管线是大榭石化的生命线。

故事的主人公正是这条管线源头保供的作业指挥者，大榭仓储生产部副经理毛伊锋。

“哎，又把油脱出来了，明明是脱水，出来的却是油。”

“不仅水脱不出来，还浪费了人工清理污油，老这样可不是办法。”

储罐脱水工作遇到瓶颈，问题接踵而来。

“一定要尽快把这个问题解决掉。”他暗下决心。

2018 年 3 月的一天，会议室里，气氛有些严肃。

“脱水问题谁有办法解决？”公司对接大榭石化储罐讨论会上，领导面色凝重。

“我愿意试试！”毛伊锋没有一点犹豫，即使在心里已经挣扎了上万次。他耸耸肩，深吸一口气，仿佛肩负千斤。

说到大榭仓储的这几台储罐，就不得不讲讲历史了。大榭仓储共有原油储罐 7 台，2017 年由于公司发展需要，接通了一条输油管线转输原油，因之前储存过多种油品，储罐底部淤积了大量油泥，而大榭石化需要的油品要求水分控制范围极为严格，所以需要进行脱水作业。可是当开启脱水阀时，脱出来的全是油泥。储罐的脱水问题已经严重影响到公司的生产效益。解决储罐脱水问题迫在眉睫。

2012 年，毛伊锋成为大榭仓储公司的第一批员工，2013 年，从工艺工程师竞聘为生产部副经理。十多年的炼化储运工作经验，使他在工作上一直游刃有余。可这次储罐脱水问题，却让他犯难了。

“我必须要试试！”作为分析狂人，他有自己的一套思路，他总说：“任何现象变化都是有原因的，我们把原因搞清楚，专业技能才能提上来。”

因此，毛伊锋着手的第一个环节就是找原因。为什么脱出来的都是油呢？他先是仔细查看了脱水时出来的油品，发现油品以油泥和之前储存过的稀释沥青为主，同时他想到2016年罐底油经过一次开孔检查，发现底部油泥很厚，且高低不平。两年过去了，淤积可能更加严重，再加上储罐没有罐壁搅拌器，判断应是底部沉积的底油高度超过了脱水阀的高度，出水口自然就被阻挡住了。找到问题根源，他紧皱数月的眉头稍稍舒展了一些，中间的“川”字也仿佛变淡了一些。

问题找到了，但如何解决才是最关键的。那段时间，他变成了书虫、网虫，在书籍和网络上不断查找案例，有相似案例他就跑到现场，寻找突破口，一遍不行走两遍，两遍不行三遍。可是，仍然没有十足的把握。

就在一筹莫展的时候，问题出现了转机。一天傍晚，心情烦躁的他走在海堤边想要厘清思路。正值大海退潮，海滩上两道深深的泥沟突然引起了他的注意，海水顺着泥沟缓缓流入大海。既然水可以从泥沟中流入大海，为什么不能在罐底淤积油上打通一条罐底的水道经络？一个新的办法浮现在脑海中，他赶紧掏出随身的“烂笔头”坐在海堤上涂涂画画：采取脱水口接临时管线至罐根，通过抽低输油管线压力，利用储罐静压力将脱水口附近沉积的冷油块和重质油压送回罐。

2018 年 3 月至 4 月，他带领部门的同志们先后对 3 台储罐 6 个脱水口采取以上措施进行了清淤处理，通过局部清淤处理后发现脱水口附近水道通畅明显，油水分离效果明显好转，脱水带油现象得到有效抑制。这时候的毛伊锋脸上才笑意初露，黝黑的面庞爬过一丝惬意的痕迹。

方法取得成功后，他并没有就此停止。为让脱水作业更加高效、便捷、安全、环保，他又在工艺改进方面动起了脑子。原先设计储罐脱水出来的污水直接通过埋地管道进入含油污水池，但库区外面就是大海，一旦埋地管道发生破损开裂，含油污水流入大海后果不堪设想。所以他在铺设大榭石化连接管道时提出：为避免在环保上留下隐患，大榭石化要新增单独污水线集中回收处理，原含油污水系统作为应急系统。在此基础上对储罐脱水槽进行技术改造，采取半固定式隔油回收入罐措施，确保脱水槽内污油不进入污水管道，大大降低了生产运行成本。

正是因为局部密闭压油清淤、脱水污油回收这两项改进，确保了大榭石化的正常生产。

爱迪生说过：有所成就是人生唯一的、真正的乐趣。毛伊锋始终都在用精益求精的劲儿对待工作，工艺设备就像是他的孩子，平稳运行就是他的成就，他享受的就是这种乐趣。像毛伊锋这样的一线海油人还有很多，他们兢兢业业，以实际行动带动新员工。在日复一日的工作中，你有你的执着，我有我的坚守，点亮青春的路灯，照亮更多人的路途。

作者：王亚丽

海油知识知多少

海油的船舶设施是怎么起名儿的

朱莉娅

海叔叔，我们海油除了星罗棋布的海上平台，还有好多穿梭四海的船舶呢。它们是怎么起名儿的呀？

按照海油现行标准，我们所有新建的船舶都有统一的命名规范。也就是“海洋石油”+三位数字+英文译名或者中文拼音。

那能从名字中看出这艘船是做什么的吗？

区分海油船舶功能的奥秘就在这三位数字里。第一位数字代表着船舶的类别，第二位数字代表着船舶的功能能力，第三位数字则代表这艘船在同类里的先后顺序。

可以举个例子吗？

就拿我们大名鼎鼎的“海洋石油 981”来说吧。“9”代表钻井船和钻井平台，“8”代表作业水深大于 1500 英尺的半潜式钻井平台，“1”则说明这是我们海油第 1 艘作业水深大于 1500 英尺的半潜式钻井平台。

我们海油有带“洋名儿”的船吗？

有的。2008 年，中海油服收购了挪威的 Awilco 钻井公司。该公司旗下的钻井平台和钻井船都归属于中海油服。这些钻井船沿用了原来的名字，但加上了统一的姓氏——COSL，比如 COSL Prospector（中海油服兴旺号）。

在统一命名以前，我们海油的船舶都是什么样的名字呀？

有的以主要作业海域来命名，透着“在哪里干哪里就是家”的朴实，比如“渤海四号”“南海八号”等。有的饱含海洋情怀，比如“蓝疆”和“蓝鲸”两个大力士。还有的则是文艺范儿，比如“东方明珠”“南鸥”等。

机械设备的“特殊诊所”

——记中海化学施时楷劳模创新工作室团队

他们平凡，因为他们都从一线而来；他们可爱，因为他们将脑海中的创意，都变成了现实；他们伟大，一次次的创新，使他们产生了蜕变。他们是中国特色能源深加工团队，是在跻身国际一流行动中的领头羊！

傍晚时分，海南五月的天空依旧亮堂，东方高坡岭水库微波荡漾的水面上金光闪闪，犹如披上了蝉翼般的金纱。

中海化学公司劳模创新工作室领衔人、全国劳模施时楷凝视着钓杆上的浮标，惬意地沉浸在这少有的闲暇时光中。“叮咚……”从口袋中传来的微信提示声打破了这份难得的宁静。施时楷放下鱼竿掏出手机，“转速快、振动大、声音异常”，甲醇二期鼓风机出现了险情！提杆收桶，施时楷来不及放下卷起的裤脚就马不停蹄地往厂区赶。

“百分之九十是透平横梁损坏造成的”“如果不赶紧停车，会威胁到装置的生产安全”……刚一推开甲醇会议室大门，各种各样的意见和建议扑面而来，没有丝毫停顿的意思，施时楷拿起听针直奔现场。

“应该是调速阀出现了问题，适当开大阀门开度，鼓风机完全可以维持现状监控运行。”再次返回会议室的施时楷胸有成竹地阐明了自己的观点。听完施时楷条理分明的分析，现场所有人一致认同他的观点。

“施工，你退休后是不是公司会出话费让您 24 小时不关机？要不装置闹起脾气来，可咋办呀？”听着同事们的调侃，施时楷展开手中刚接到的退休办理通知单，不禁寻思起来：近几年，通过劳模创新工作室有计划、有针对性的培养，在大机组的检修技艺方面，装置保运部的技术技能人才梯队已趋于成熟，唯一不足的就是故障判断经验欠缺，难道自己要带着这个遗憾离开奉献了 37 年的行当吗？

“大家跟我去甲醇二期听一听鼓风机的故障异响，这可是个千载难逢的机会，那直观、真实的故障现象可是研究室或教科书上无法模拟出来的。”施时楷不厌其烦地奔波在各个钳工班组中，催促大家前往甲醇现场聆听“缺陷单曲”。

一周后，一本用工整楷书编写而成的各种故障判断方法手册摆放在了劳模工作室内的资料柜里。施时楷满足地笑了，那布满了血丝的双眼让人看了心疼。瞅着这样的老施头，劳模创新工作室的“二当家”——海油集团技能专家、“海上大庆”一等功获得者朱杰已经习以为常。从施时楷那学来的一把螺丝刀解决透平转速波动的技巧，他正准备纳入劳模创新工作室的培训课件中，让其成为工作室攻坚克难必胜秘籍众多武器中的一件。

那是 2009 年富岛公司化肥一期一台高压锅炉给水泵蒸汽透平因到达使用年限返厂维护校准，在运输过程中，航空公司不允许其调速器内装有机油，必须倒空。当设备运至现场投用前，工艺人员按标准对调速器重新进行注油，但在运行过程中，透平却出现了转速大幅波动的现象。面对故障，工艺人员束手无策。接到求救电话后，细心的施时楷很快就发现了问题症结所在，仅用一把小小的螺丝刀对缓冲针阀进行调节就解决了问题。

当 2012 年化肥二期贫液泵再次出现同样问题时，朱杰采用同样的手法轻松搞定。面对工艺人员崇拜的目光，朱杰冲着一旁的施时楷会意地一笑。很快，这一技能成了劳模创新工作室的又一绝招。

而谈起 2018 年 5 月 10 日那一次惊心动魄的带压堵漏作业，朱杰依然激动不已。化肥二期尿素高压系统一个内有高温高压、腐蚀性极强介质的法兰密封面发生了泄漏险情，在公司做好停车抢修准备之时，劳模创新工作室小

组成员挺身而出，主动请缨尝试在不停车的情况下采用局部堵漏的新方式啃下这块硬骨头。

从夹具的设计、制作到 JAH 分析，直至顺利完成堵漏任务，攻关小组仅用了两天半时间，不仅有效消除了甲铵液泄漏问题，避免了碳钢螺栓受腐蚀，同时挽救了一次装置被迫停车。此次的带压堵漏创新技措，成为劳模创新工作室解决生产难题的又一法宝。

“这不，劳模创新工作室的科技创新成果展台上又多了一副新款堵漏夹具。”抚摸着展台上一副副亮铮铮钢材铸造而成的科技成果，劳模创新工作室“第三掌门人”，海南基地劳模罗伟雄思绪万千。作为一名在充满了机油味的大机组上摸爬滚打了 24 年的资深钳工，不论是肩扛手搬，还是测算绘画，那其中的苦和累，罗伟雄深有体会。每一次的机组检修，在空间狭小、人手紧张的情况下搬动和操作那重达 60 斤的液压扳手都有一种力不从心的无奈，如何提高检修质量、降低劳动强度、确保检修安全成为劳模创新工作室技改会议的主题。

周末，工作室里聚集了创新小组成员，一张张针对液压扳手使用特点而设计的图纸在成稿、修改、废弃、再重来的刻板操作中反复进行。那一双双熬红的眼睛、一张张疲倦的脸庞在看到扳手夹板吊具模型出炉时，化作了一声声激动的高呼和一次次的雀跃。此刻的场景，劳模创新工作室自成立的那一天起，已经上演了无数次。正因如此，工作室的展示柜里、荣誉墙上，才有了那一篇篇、一张张凝聚着他们心血的技术论文、荣誉奖状和专利证书。

2017 年 11 月，一项满载着劳模创新工作室成员心血和汗水的荣誉远道而来：由中华全国总工会组织评选、命名的全国 100 个“全国示范性劳模和工匠人才创新工作室”中，中海化学劳模创新工作室名列其中。“技术创新 238 项，创新成果 120 项、成果转化 80 项，为公司创造直接经济效益 8900 余万元。”施时楷代表劳模创新工作室做汇报时，如是说。

作者：吴美娟

海油知识知多少

海洋柔性管道

雷震名

什么是海洋柔性管道

连接海上结构物与水下设施的介质输送管道。适用水深0~3000米，常用作立管、输送管及漂浮软管。

优点：

1.铺设速度快，节约成本

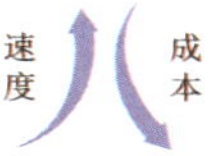

2.柔性好，适应不平整海床

3.防腐性能高，适用不同介质

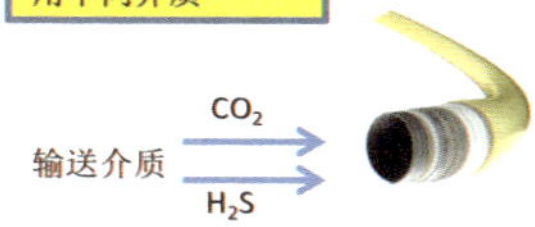

柔性管道结构组成

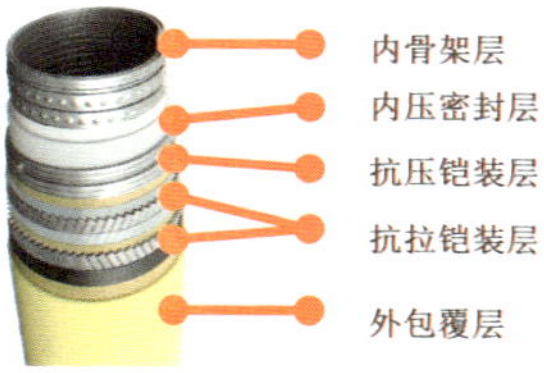

柔性立管典型布局

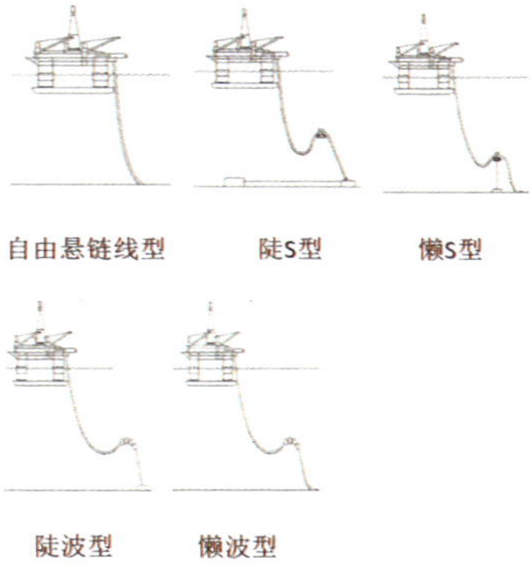

柔性软管工程应用分布

全世界深水立管约85%为柔性软管，主要分布于墨西哥湾、北海、西非、东南亚。国产软管在中国海油系统已有18条软管、超过100千米的工程应用。

时光深处岁月不老

——记渤海石油管理局研究院渤西勘探室团队

“你放心去忙你的，我来。”对于这群30岁左右的年轻人，勘探人的温情全在只言片语中。他们中的大多数才刚刚撑起一个家，就被同时赋予了一个大型油田的勘探重任。几乎在一夜之间他们成长成熟，静默着承载各种期许和依靠，疲惫和焦灼。但每个人都愿意，并选择在任何被需要的时刻顶上，成为并肩作战的手足兄弟。从他们眼中我们看到割舍，在那些不得不坚守的岁月里，我们看到他们的拼搏和悲壮。

2018 年 6 月，33 岁的纳达尔在熟悉的红土赛场将第 13 个法网冠军收入囊中，33 岁的克里斯蒂亚诺·罗纳尔多在对阵西班牙的世界杯比赛中上演了帽子戏法。2018 年 6 月，埕北油田刚刚庆祝完自己的 33 岁生日，不远处，渤西探区一个规模性含气区隆重谢礼。

人最怕的是面对一个光鲜亮丽的过去，却要背对着一个灰暗无光的未来。这样的煎熬和委屈，渤西勘探人忍受了十几年。

七年前接手渤西探区这样一个几代人都束手无策的地盘时，李慧勇并无多少信心。除了面临“没有可供钻探的优质井位”这一尴尬外，刚刚从合作矿区转为自营的渤西所拥有的仅有一沓沓老旧的日文、英文资料。彼时，李慧勇的心境就像一个饥肠辘辘的旅人面对冷锅破灶又无米下锅。

李慧勇是当时最年轻的管理人员，他不服输。他清楚，必须对探区进行系统石油地质条件摸底和区带成藏解剖，才能找到冷区捂不热的真正缘由。他和他的团队沉下心，从最基础的数据图表着手，从最原始的文件翻译开始，把第一手资料消化成脑袋里繁复错综的地下油藏地质数据。

对于科室工作的精细程度这一点，地质工程师胡安文感受最深。在曹妃甸 6-4 油田储量计算中，几十个单元、几十张图、几百个参数，李慧勇都一个个核对，几年来渤西的“三基”从

未出过纰漏。

真正的转机来自对复杂的如同碎格子一样的断裂体系的重新解析。通过区域应力解剖和断裂活动性分析落实了一批目标，尤其是断裂演化分析梳理后，一条宏伟的南北向构造脊让他们无比惊喜。在原来大家认为不可能的凹陷地区找到大圈闭，禁区终于解禁。而渤中 13-1 多口探井、开发井的老井资料挖潜也起到至关重要的作用，科研人员果然发现了油气运移至此的迹象，勘探前景陡然明朗。

2014 年 11 月的一天，塘沽的冬天已冰寒入骨。曹妃甸 6-4-1 井地下轰隆，钻机将喷薄而出的油流回馈给曾苦苦等待的人，十几年的苦闷和委屈随之烟消云散。但是如何开辟一片能保证储量持续增长、并能长期作战的战场？

南北长 30 公里、东西宽 17 公里的渤中 19-6 大型低潜山构造第一次亮相就成了聚光灯下的宠儿。早在 13 年前，渤西勘探人以东营组湖底扇和前缘为主要勘探层系入库了渤中 19-4 构造。但是由于远离物源区，对储层的担忧让人下不了决心钻探。在库里躺了九年的构造在 2015 年改头换面后终于重见光明。这一次，他们把目光锁定了位于深部的潜山并重新部署了井位。

2016 年除夕，爆竹声声，烟花烂漫。在中国人最期盼和享受的节日里，勘探人的年总是过得焦灼和难熬。这一年也不例外。

渤中 19-6-1 井快进入目的层时，钻时陡然断崖式下跌，400 米换了 4 个钻头，还见不到荧光显示。进没进山？有没有油气？太多问题需要证实，龟速的钻头却一点点消磨着所有人的耐心。

随钻小组迅速展开研究，在与渤海油田多口井比对和深入分析气测数据后，科研人员认为这套没有荧光显示的砂砾岩极有可能是气藏！作为传统的储集层，这对盖层要求极为严苛的天然气来说怎么会是好的盖层呢？几乎不可能！勘探人员不死心，他们从地层压力数据得知，砂砾岩地层压力异常，而潜山地层通常为常压，这也意味着潜山油气藏是独立的。还有希望！“我们要坚定信心，坚持往下打，把所有的可能性都考虑到！”有人说勘探人天生就是赌徒，渤海石油管理局总地质师薛永安这一次似乎有十足的把握。他们决定探山。

3900m，3950m，3998m……4044m，现场录井确定是否进山的重要依据之一——石英晶簇出现，终于等到了潜山面！起钻，测井，现场传回的最后一趟测井曲线传出喜讯，全井段合计374.1m的油气层打破了尘封20年之久的渤海海域单井油气层厚度纪录。

这一天他们期盼了太久太久。就像遭遇了许久进球荒的球队忽然正中球门后都忘记了怎么庆祝。这时的李慧勇只是摘掉眼镜，长长地舒了一口气。大家知道，对于他来说，之前的日子太难了。

难的不止是勘探发现没起色，梗在李慧勇心里、曾让他寝食难安的一个心结是，受长期低勘探发现影响，他的团队士气和影响力都很低。他想了很多办法来活跃气氛，培养新人。集体DIY巧克力、组团生日会、包饺子等节目让团队的凝聚力增强了。针对不同层次人才，他还实行“订单式”培养模式，为他们设立专人专题。地质工程师许鹏就是这一模式下成功的一个典型。精于断裂控藏研究的许鹏被小伙伴们戏称许断裂。2014年刚入职，李慧勇就让他负责断层运移和封堵性专题研究，相关成果在几个构造评价中发挥了非常大的作用。

高强度的油藏评价让每个人都转了起来。王明春的“熊猫眼”越来越明显，覃作鹏站着都能睡着。副主任姜利群说，每次看着这些小伙子拼命的时候都很心疼。平静的大海无法造就优秀的水手。历经了几个构造的跌宕起伏，团队的许多成员都已成长为专业领域的技术骨干。

从曾经的埕北一路走来，一代代渤海勘探人在渤西这一探区跌倒了又爬起来，闯过一个又一个难关。如今，自强不息、奋斗不止的渤西精神依然在我们身边闪耀，在这群朝气蓬勃的渤海勘探青年身上，独有的锐气和灵气扑面而来。

作者：张　藜

海油知识知多少

地质储量分三级

孙福亭

小明曾向海叔叔请教油气储量的相关知识，其中地质储量分三级，探明、控制和预测，小明并不是很明白，于是他又来向海叔叔请教了。

海叔叔，您上次说地质储量分为探明、控制、预测三级，它们是什么关系呢？

其实，探明、控制和预测就是为了更好体现资料基础差异和人们对地质储量认识程度差别，按照确定性由高到低对地质储量进行的分类，即地质储量是探明、控制和预测三级地质储量的总和。确定性高的地质储量（如探明地质储量）意味着开发风险小，反之则风险较大（如预测地质储量）。

达到什么样落实程度的地质储量才能算作探明地质储量呢？

探明地质储量是指在油气藏评价阶段，经评估钻探证实油气藏（田）可提供开采并能获得经济效益后，估算求得的、确定性很大的地质储量，其相对误差不超过 ±20%。这部分地质储量在开发方案中一般动用程度比较高，最高可达 80%~90%，是石油公司最关注的那部分地质储量。

控制和预测地质储量又是怎么定义的呢？

控制地质储量是指在圈闭预探阶段预探井获得工业油（气）流，并经过初步钻探认为可提供开采后，估算求得的、确定性较大的地质储量，其相对误差不超过 ±50%。由于这部分地质储量把握程度较探明地质储量低，其在开发方案中动用程度一般不大于 20%。

预测地质储量是指在圈闭预探阶段预探井获得了油气流或综合解释有油气层存在时，对有进一步勘探价值的、可能存在的油（气）藏（田）估算求得的、确定性很低的地质储量。这部分地质储量的可靠程度最低，在开发方案中一般不考虑动用。

突破禁区擒气龙

——记南海西部石油管理局高温高压钻完井项目组

北宋的王安石在《游褒禅山记》中曾说："世之奇伟、瑰怪，非常之观，常在于险远，而人之所罕至焉，故非有志者不能至也。"中国南海就是这样一片富含资源却充满危险的地方。这样一群人，他们在极限环境的禁区，克服重重困难，走出一条艰难坎坷的道路，创造出油气勘探开发史上的奇迹。

中国的南海，有一片富饶而危险的海域。海底5000米蕴藏着丰富的石油和天然气，然而最高温度超过240摄氏度，最高压力相当于每平方米承受1.41万吨的重物，这样的极限环境，是世界油气勘探开发的禁区。

有这样一群人，他们用20余年的青春，踏着豪迈响亮的步伐征战禁区，创下一个又一个奇迹。

顽强执着冲破难关

20世纪80年代，因自身技术和人才匮乏，我国引进国际石油公司前来南海“探宝”。他们耗费巨资钻探15口高温高压井，井漏、溢流、卡钻等复杂事故层出不穷，许多井甚至无法完钻就折戟沙场。南海高温高压区，由此成为外方石油公司的禁区。

外方的失利也让当时南海西部钻井团队清醒地认识到，依靠外方是无法解决南海高温高压钻完井难题的。于是，钻井团队决心自主攻关。

此时，我国高温高压钻井技术装备和人才可谓一穷二白。为了能尽快学习到高温高压钻井及测试技术，高温高压钻完井团队派遣技术骨干登上外籍钻井平台学习。

然而，外方对中方人员百般排斥，相关技术更是不让接近。

实在没有办法，只有自己研究。回到基地后，高温高压钻完井研究团队一边带领着青年骨干到处搜罗钻井报告，从中摸索高温高压钻完井技术要点，一边与企业和院校联合攻关。每个周六他们都会聚集在一起交流分享各自学习内容。

经过多年反复研究、实践，2010年，高温高压钻完井关键技术难点终于完全攻克，形成了异常压力预测及控制技术、多级屏障井筒完整性技术、多因素多节点测试技术及优质高效作业技术等创新技术，初步形成了高温高压钻完井技术体系。

大胆尝试打破禁区

2010 年，随着高温高压钻完井技术体系的建立以及天然气成藏理论的突破，中国海油决心钻探高温高压目标东方 13-1。

在钻井的一个多月里，负责高温高压钻井的李炎军和钻井工程师罗鸣都把心别在了裤腰带上，从下套管到固井，从压力预测到钻井泥浆配比，他俩丝毫不敢松懈。困了就在椅子上眯一会儿，任何风吹草动都能将他们惊醒，他们知道稍有不慎就危险重重。

“其实，当时大家压力都非常大。不过在压力中又有着一种小小的兴奋与期待。那是一种挑战自我、实现自身价值的期待。”李炎军回忆说。

11 月 12 日，东方 13-1 测试成功，当海底气龙喷出的那一刻，他俩激动得泪流满面，悬着的心终于放下。东方 13-1 的成功，打开了一扇通往高温高压禁区的大门。两年后，东方 13-2 再获成功，南海西部油田一下发现两个高温高压气田。

勘探虽获成功，可如何开发又让高温高压钻完井团队犯难了。当时国际上很多先进的石油公司都还无法开发高温高压气田。顾不上成功的喜悦，高温高压钻井团队又马不停蹄继续奋战，在已掌握的核心技术基础上，通过细化钻完井方案，将常温常压井段优快钻井与高温高压井段精细化钻井技术相结合，创新使用全井段封固。为提高开发效率，钻完井团队首创高温高压开发井表层作业模式。工程建设方面也实现了大口径高性能软管、超高压阀门等关键材料与设备创新。

2015 年，多项创新技术的攻关与应用，使得东方 13-1 气田 7 口高温高压开发井钻井工期较设计缩短 40%，东方 13-1 气田顺利投产，成为我国首个投产的海上高温高压气田。

勇往直前超越更高

随着南海勘探开发步伐的不断加快，钻井的温度越来越高，压力也越来越大。2015 年，南海西部油田在乐东 10 区钻探了两口超高温高压井，虽钻遇多套气层，但都遇到了复杂情况，不得不封井和弃井。

为了摸清该区的油气储量，南海西部决定钻探 3 井。乐东 10 区更深的地层、更高的压力、更窄的窗口给钻井带来极大的难度，此时负责高温高压钻井的罗鸣清醒地认识到作业的难度。快到目的层的那几天，由于地层压力认识不清、作业窗口极窄等原因，钻井现场发生了险情，蕴藏着巨大能量的高压“气龙”试图冲出地面吞噬整个平台。罗鸣在观察各项参数后，迅速安排作业人员重新求取压力，配制压井泥浆，并组织相关人员讨论分析下步工作进展，最终在大家共同努力下驯服了猛烈的“气龙”。

2C17 年 8 月 12 日，一条在地宫中沉睡万年的红色“巨龙”从燃烧臂喷薄而出，将钻井值班室所有人的面庞映得通红。该井温度近 200 摄氏度，达到井下工具耐温极限的 98%，压力超过 13000psi，达到了工具耐压等级的 87%，玉差也接近了工具的极限，是近年钻遇的温度、压力最高的一口井，在全球石油业也实属罕见。

看着一张张年轻、兴奋的脸庞，罗鸣也看到了超高温高压勘探开发的未来。

如今，这片美丽的海域，已安全顺利实施了56口高温高压井，并发现了5个大中型高温高压气田，建成了我国第一个海上高温高压气田群，使中国成为继美国之后第二个具备独立开发海上高温高压油气能力的国家。目前，中国海油的高温高压钻完井技术在墨西哥湾、英国北海以其显著成效，赢得了国际同行的赞誉。

作者：刘迎松

海油知识知多少

中国海油首个高温高压气田

张万栋

2015年2月，我国海上首个高温高压气田开发项目——中国海油东方13-1气田首批钻完井工作顺利完成。南海西部莺琼盆地是世界三大高温高压地区之一，压力系数超2.0，温度超200摄氏度，钻井稍不注意，就会井塌、井喷甚至船毁人亡。2015年投产的东方1-1气田F平台标志着中国海油已攻克该难题。在钻井方面，研发了3套高温高压钻完井技术；工程建设方面，实现了大口径高性能软管、超高压阀门等关键材料与设备的国产化；生产方面，向井底注入甲醇防止冰堵。多项创新使得该项目钻井工期较设计提前40%，平台、管线等工程建设安全、优质，总投资较计划降低10%。更为关键的是，气田顺利投产，天然气实际日产能超过配产62%。海油首个高温高压开发项目的成功，表明我国已形成一套完整的高温高压气田开发技术体系，拥有了一支素质过硬的团队。南海更多的高温高压气藏将得到解放。

十年梦筑深海楼

——记南海东部石油管理局深水工程技术中心深水钻井项目组

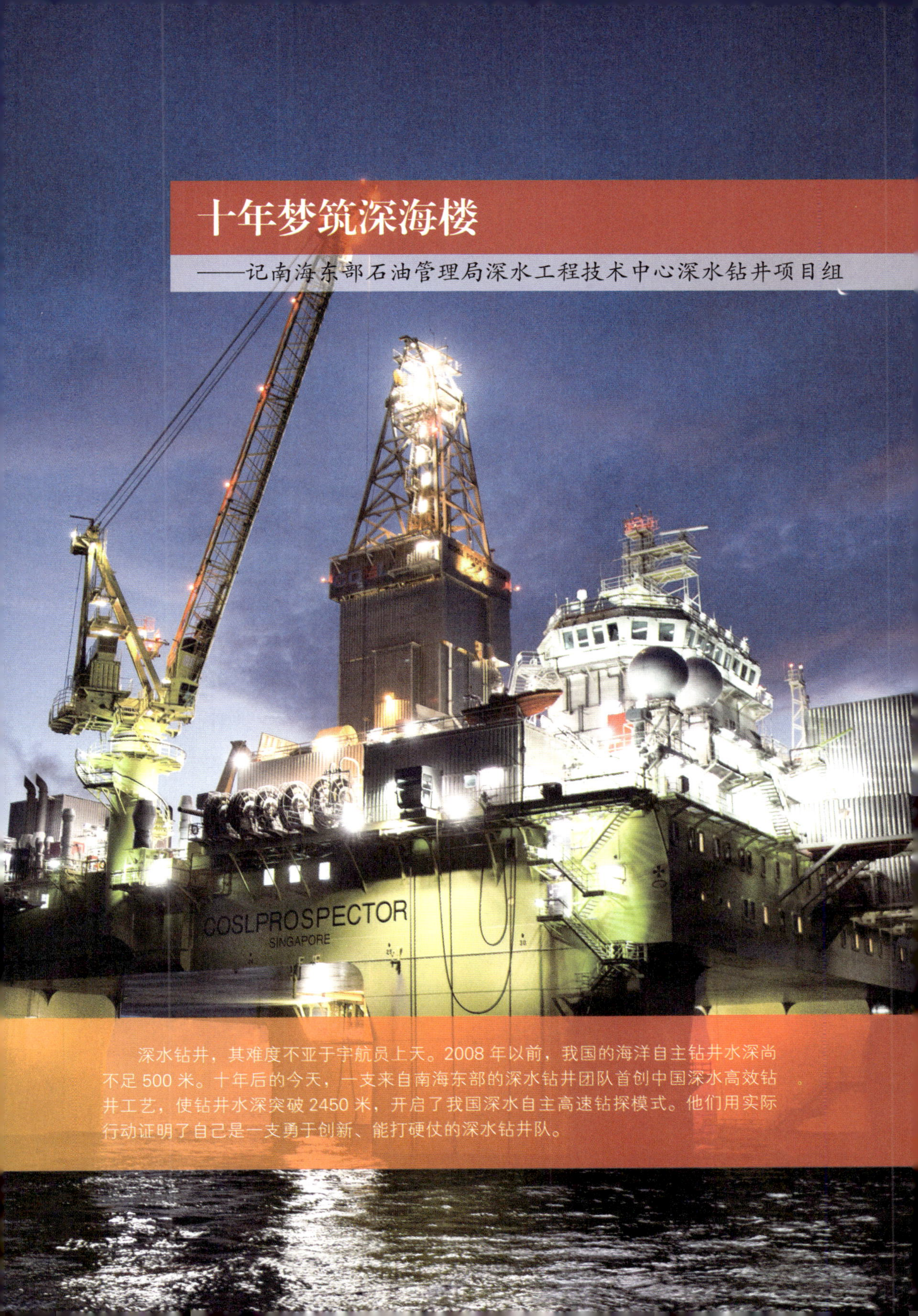

深水钻井，其难度不亚于宇航员上天。2008 年以前，我国的海洋自主钻井水深尚不足 500 米。十年后的今天，一支来自南海东部的深水钻井团队首创中国深水高效钻井工艺，使钻井水深突破 2450 米，开启了我国深水自主高速钻探模式。他们用实际行动证明了自己是一支勇于创新、能打硬仗的深水钻井队。

“咱们得金奖了！”

电话那头，传来深水钻井项目组从全国4209个央企项目中脱颖而出，获得“航天科工杯”第三届中央企业创新大赛金奖的消息。

放下电话，中国海油南海东部石油管理局深水工程技术中心常务副总经理刘正礼难掩激动。时间飞驰，不知不觉他和整个团队已为中国的深水钻井事业奋战了十年。

深水钻井作为当今石油工业工程技术的制高点，难度丝毫不亚于航天员上天。2008年之前，我国的海洋自主钻井水深最深不足500米，深水钻井几乎处于空白。

2006年，中国海油与赤道几内亚国家石油公司签署合作协议，共同开发水深达1100米的区块。因为没有深水装备，缺乏深水钻井技术和人才，眼看要到合同期，外方下达最后通告：“如果再不开展作业，就收回合同区块。”

为此，南海东部油田开始组建深水团队。长期在外学习深水技术的刘正礼临危受命，被委任为深水项目经理。

赤道几内亚是世界上最不发达国家之一，疾病肆虐，缺水少电。虽然团队积极性高，专业素养和英语水平拔尖，但面对全新事业，刘正礼明白，要实现深水钻井零的突破，还有很多困难需要克服。

起初，项目组打算按照国内成熟的钻井经验开展井身结构设计。然而一整套技术方案下来，刘正礼发现老经验很难完全满足深水钻探条件，更遑论是否适合西非海底的地质特点了。

刘正礼意识到，闭门造车一定是死胡同，要克服海外和深水双重难题，必须出门取经。为此，项目组先后与当地的石油公司、技术服务公司交流，与国内的院校和研究机构联合攻关，然后根据赤道几内亚地质状况重新建模，

参照邻井地层条件进行优化，对钻井过程中抽吸压力、循环压耗等关键参数进行模拟……

经过大量试验和摸索，项目组最终完成了首套深水钻井设计方案。此次实践中，项目组成员发现，如果井身结构再次优化，可以再减少一层套管，进一步降低钻井费用，提高作业效率。

从茫然到欣喜，通过几次技术审查和不断优化完善，整套钻井方案赢得专家组一致认可。最终，项目组提前 7 天完成全部钻井作业，节省钻井费用 4000 万美元。

这一役，实现了中国海油深水钻井技术从国内到国外、从浅水向深水的跨越，赢得了国际同行的认可。

2011 年，项目组接手了刚果深水项目。相比赤道几内亚项目，团队成员的作业和管理经验更为成熟。然而在项目中，团队又迎来了新的挑战：油稠、地层易出砂。

“国外知名公司在邻井都没测试成功，我们真的能行吗？”项目组部分成员产生了怀疑。

然而刘正礼并未丧失信心，带领团队开展技术攻关。

他们查阅国内外相关文献，发现开采稠油的常规做法是用电潜泵技术，然而由于水深热量传导低，电潜泵举升方式很难满足井位钻进要求，该如何是好呢？

唯有打开思路，在原有技术条件下进行创新改造。

为此，技术团队钻进了实验室，决定以热量传导改善流动性为主题开展研究。回忆起那段艰难的日子，时任钻井总监陈彬说：“每天睁开眼就是各种试验设备，女朋友都嫉妒！”

经过连续数月的攻关，技术团队最终对动力装置和散热设备完成了适应性改造，攻克了油稠开采难的问题。

然而出砂问题依然横亘在项目组面前。防砂方案的提出需要结合岩心、岩样进行分析。为此，经过大量分析后，项目组决定采用经济高效的宽幅挡

砂筛管工艺，并制订了世界首套动力定位平台深水稠油螺杆泵测试方案。

方案确定了，一颗定心丸终于下肚。可随之而来的问题更为头疼。当时油价达 120 美金 / 桶，中国海油向全球 11 家钻井承包商发出招标邀请，只有 1 家有意向。而且，该承包商的钻探队伍经验匮乏，平台人员文化背景十分复杂，120 人的队伍分别来自 30 多个国家。

时任钻井总监阳文学回忆：“在平台，如果哪天不出现点问题，我们反而觉得不正常了。”面对错综复杂的管理和技术难题，钻井专家罗俊丰、测试专家张俊斌均赶赴现场指导。最终，项目组成功完成此次测试任务。而深水钻井项目组这支年轻的技术团队也因此逐渐崭露头角，挺立潮头。

2012 年，我国的南海自营深水钻井事业正式起步。因受台风和季风轮番袭击，南海海况恶劣、浪大流急，强劲的内波流能瞬时将 2 万多吨的平台推出 100 多米。

为了应对这些作业风险，刘正礼和团队成员们持续探索、不断创新，首创的中国深水高效钻井工艺不断刷新深水井平均建井周期纪录，先后在南海自主完成深水井 24 口，钻探水深突破 2450 米，开启了我国深水自主高速钻探模式，大大降低了深水井的投资与技术门槛。

十年光阴弹指一挥间。一项项技术突破，一次次刷新深水钻井纪录，一遍遍向世界展示中国深水能力，这支队伍向中国海油、向整个行业展示着他们的成长与蜕变。

十年很短，在波澜壮阔的海洋石油事业中只是薄薄的一页。十年也很长，它足以令一群意气风发的深水钻井人成长为睿智成熟的深水专家，足以令中国海油的深水事业实现从零到世界先进水平的突破。

作者：叶吉华　李　彬　严　德

海油知识知多少

极地钻井知多少

谷　林

在“千里冰封，万里雪飘”的极地世界，会有油气资源吗？又是如何开采的呢？小明决定去问问海叔叔。

海叔叔，在环境恶劣的北极，会有油气资源吗？

在北极，海上的油气资源相当丰富。截至 2014 年 1 月，北极地区总计发现各类油气田 439 个，已发现可采储量为 3371.57 亿桶油当量。

北极环境与南极洲大陆不同，钻井方式应该类似于海上平台钻井吧？

是的，钻井方式包括深水抗冰浮式平台钻井、浅水抗冰固定式平台钻井、极浅水人工岛低温钻机钻井。其中海冰人工岛方式为北极特有方式，有效抵抗冰载荷及不均匀冻融沉降，提供稳定井场环境，直接在冰层上建井场及道路，节省大量井场基础建设的材料和时间。

极地环境和我国近海温暖的水域不同，所采用的钻机应该也有很大区别吧？

极地钻井多应用低温钻机。其井架、底座和天车等关键部件用耐低温钢材制造，钻机后台、固相控制等设备须配套保温防护措施，保温装置采用集中供热方式，井口人员工作区域须配套电加热系统。另外，低温钻机焊接须采用耐低温焊接工艺，橡胶及其他非金属部件也要达到耐低温要求。

未来极地钻井会向着什么方向发展呢？

未来将会发展为全封闭平台和钻井船、圆形半潜式自升降钻井平台和水下钻井。先进技术和装备的开发应用，将促进北极海上项目的开发，降低作业风险并提高经济效益。

心梦所向是蓝海

——记有限公司上海分公司研究院勘探项目组

“没有枯竭的油气，只有枯竭的勘探思维。”这是他们一以贯之的理念。于是，在勘探的道路上，他们不断追本溯源、颠覆自我、创新认识、拨开云雾，终令得一座座深藏于地下的“油龙”“气龙”显露真容、浮出水面。

“啥时候你们再多找几个油气田，我们就多打出几千方油来！”平台上的弟兄们经常对高伟中说。高伟中知道，这是来自海上一线的殷切嘱托，也是梦想的源头。

梦想照进现实

1999年，中国海油进军某区块。9年后，高伟中竞聘项目组经理。摆在他面前的是停滞多年的勘探凹陷。30年间，曾有多家石油公司打过几十口探井，均无发现。

“凹陷面积这么大，难道真是一片不毛之地？”高伟中心有不甘。上千份纸质报告和上万份分析化验资料塞满了他的办公室。他带领着年轻的团队，围绕“测试工艺本身对测试结果有多少影响”“测试结果能表征真实地层情况吗”“这里的干层到底是怎么回事”等问题，逐个去伪存真。通过深入的研讨和思想碰撞，高伟中和团队成员认为该凹陷潜力巨大。

2009年，经过对构造背景、断层分布和砂体发育进行精细研究，项目组选定其中一个构造作为突破口。井位论证期间，组里两位准爸爸，蒋一鸣和戴林因为不能按时下班，干脆把孕妈接到了办公室。

“他倒省心，大家小家一起顾了。”

“说不准在孩子出生前，他俩就先给这个气藏当了爸。”

两个孕妈的笑声柔得像窗外的月光。

几个月后，“先给气藏当爸”的戏言竟成了真，一口探井获得重大发现。

勘探的突破令高伟中松了一口气，但他心里依然沉甸甸的。这才掀开了气藏面纱的一角，大气田究竟在哪里？

“勘探突破需要创新地质认识。创新认识的过程就是颠覆自己的过程，虽然痛苦，但拨开云雾见真相的成就感也是无与伦比的。”高伟中说。新理论、新方法、再评估周而复始，高伟中脑海里的大气田也日趋清晰。

一路钻进，一如项目组所料，发现了油气资源。梦想终于照进了现实，高伟中脑海里的大气田终于浮出水面。

此时，同样实现梦想的还有高伟中的女儿——终于有更多的机会见着爸爸了。

一直在路上

2C15 年，油价“寒冬”。2016 年，勘探遇阻。

伴着石油价格的走低，凹陷内良好的构造圈闭也难觅其踪，勘探也失去了方向。

2016 年 6 月，梅雨裹来潮热。湿闷的空气压得人喘不过气来。再有两个月，就要在目标审查会上汇报井位，然而目标还没着落，新任项目组主任蒋一鸣急得像热锅上的蚂蚁。

数轮头脑风暴后，蒋一鸣和团队终于有了思路。打破思维桎梏、梳理新观点、寻找新领域、明确新方向，蒋一鸣带领团队确定了新的主攻方向。

在不到两个月的时间里，蒋一鸣带领团队反复核查资料，完善解释方案。当时，项目组成员刘建斌初为人父，蒋一鸣时常提醒他少加班，多陪陪孩子。“第一次做这样的研究，得做仔细。”刘建斌抬头笑笑说，“我立过军令状，忙完这个目标，看娃的夜班我全值。”

两个月的奋战，井位成功上钻。尽管圈闭面积小，但是基于认识突破，这口探井创下该海域气藏常规气层厚度最大、商业产能最大和单层测试最高产量三项纪录。

没有枯竭的油气，只有枯竭的勘探思维。这个研究理念，项目组一以贯之。如今，勘探项目组的主任李宁正带领团队迈向新的领域。

心之所向，梦在路上。

作者：俞伟哲　任　艳

中国海油实现“大满贯”的浮托安装法

乔　旭

浮托安装技术是一种超大型平台海上安装技术。该技术的内核是利用大海“性格特点”，让潮汐成为超级平台的“搬运工”，达到四两拨千斤的效果。在涨潮时，驳船托运平台进入导管架槽口，平台自然处于上位，落潮时，平台顺势从高位缓慢下行，平稳“坐”在导管架腿上。整体浮托成本低、安装时间短、起重量大，一次安装可达万吨甚至数万吨，被视为解决万吨级平台安装瓶颈的最佳方案。我国已成功攻克海上浮托的关键技术，是世界上第三个掌握3万吨级海洋石油平台浮托技术的国家，实现了浮托全系列、全海域、全天候。在掌握的浮托种类数量、作业难度和技术复杂性等方面均位居世界前列，熟练运用锚系浮托法、低位浮托法、动力定位浮托法等多种方式进行海上安装作业，实现了世界主流浮托方式的“大满贯”。

创新工作室的好家风

——记气电集团闫海波创新工作室团队

一人带动一股风气，这些平均年龄三十出头的青年创客们马不停蹄地奔走在各个班组和设备间。在数不清的研讨中，一个又一个“金点子”诞生。他们研发了电厂孤岛运行方案，据测算可增加效益 230 余万元；和上游板块的学员们提出涠洲油田模块钻机使用网电课题，预计可降低成本 1400 万元……这个年轻的创客突击队用自己的青春力量和创新思维，为公司的提质增效做出了贡献。

“咱们的燃气－蒸汽联合循环机组运行小指标考核系统研究与应用课题吸引了业内同行的注意，很多单位都想要我们这套系统。”刚刚参加完气电集团第二届青年课题验收答辩会，闫海波便召集创新工作室的成员开了一个临时会议。

创新工作室的电厂小指标系统课题填补了国内燃气电厂行业的空白，一旦投入使用，将对发电设备维护、生产操作指标分析和安全生产等具有十分可靠的参考意义。大家心里都跟明镜儿似的：好成绩的取得，除了创新工作室成员的共同努力之外，还有一个重要原因，那就是闫海波创新工作室的好家风。

优势互补　建立合作互助好家风

深夜，会议室里还聚着一群不回家的人。闫海波和几个青年员工围坐在一块小黑板前，一边写着复杂的公式，一边激烈地讨论。这种在业余时间几近通宵达旦的讨论，是闫海波创新工作室的家常便饭。

2016 年，闫海波创新工作室成立，这是气电集团首个创新工作室。曾获中央企业技术能手、中国海油青年先锋等荣誉的闫海波是工作室的“男一号”。工作室吸收了嘉明电力各领域的青年技术达人：擅长数学建模的“最强大脑”薛志敏、“IT 高手”温焱明、“电厂人形系统图”张冬爽、“设备达人”吴锦周。

由于成员散布在各个岗位，为确保工作室能正常运行，他们采用成员固定、工作时间不固定、定期小结和讨论的方式运转，在会议室里讨论研究创新课题，创造出一个又一个“金点子”。

以高玉给水泵节能课题为例，每年可节约电量 291 万千瓦时，降本近

200 万元，更能够节约用气 60 万立方米。“我从机务专业的角度提出了高压给水泵技术优化后可以节能的思路，但是整个课题需要温焱明从热工领域给予协助，调试实验需要薛志敏等人给予支持。”该课题主要负责人张冬爽介绍说。

创新工作室跨界组队的效果十分明显。2016 年 7 月，闫海波代表创新工作室参加了中国海油技师创新研修班。作为研修班小组长，他和上游板块的学员们提出了涠洲油田模块钻机使用网电这一课题。这次“跨界演出”成绩不俗，课题成功后预计可降低成本约 1400 万元。

不忘初心 坚定理想情怀好家风

薛志敏酷爱数学，他提出小指标课题，将电厂机组运行中百余项重要参数进行数学建模，使机组在不同负荷下自动生成分析报表，精准指导运行。2017 年 8 月，强台风“天鸽”“帕卡”连续 3 日正面直击珠三角地区，狂风骤雨，房倒树折，珠三角大部分电厂失守，嘉明电力依托小指标优势安全运行，为珠三角居民守护了光明。

“受台风‘天鸽’影响，永安电厂无法启机，中山北部片区用电紧张，请中山嘉明尽快开启 4 套发电机组！”电网中调发来紧急命令。可即使在平时，也没有同时开启 4 套机组的先例。面对同事们的疑问和担忧，薛志敏坚定地说：“电网中调的命令如同军令，必须执行！只要精准测算、精密操作，就可以保证安全启机，请大家高度集中精力，执行我的操作指令。”在薛志敏心里，真正的“定海神针”是小指标课题创新的智能化、数据化机组管理。经过 4 个小时的连续奋战，运行人员有条不紊地完成了数百项操作，每一步都精确到分钟，成功完成同时启动 4 套发电机组的任务。

“我们成功啦！”“我们又创造了一个燃机电厂新纪录！”嘉明电力用海油光明安定了万千人心，创造了“停课、停工、停市但不停电”的奇迹。而此刻，薛志敏又和温焱明讨论起了如何进一步进行小指标课题的优化。

砥砺前行 凝聚正能量好家风

2017 年，闫海波创新工作室由原来的 5 位核心成员扩展到 10 位，新增了 5 位“90 后”青年员工。他们大胆创新，与生产部门进行课题合作，做大平台，让工作室从引导者转变为孵化器。同年，创新工作室的燃机变频启动课题，实现了燃机启动的百发百中，获 QC 行业一等奖，入选国优课题。三期燃机压气机进行升级改造，可有效降低电量及天然气损耗，创造经济效益 1000 多万元。两项课题可推广到全国同类电厂，意义重大。

“我们希望可以把每一项课题都做到极致。”成员们达成了共识，现阶段最要追求的是如何在岗位上发挥最大价值，力所能及地创造更大效益。

“取得成绩、得到认可，既是光环，也是压力。”工作室的两名“90 后”成员说。他们认为现在需要学习的东西还有很多，未来将继续努力传承工作室的好家风。

闫海波创新工作室将 10 位心怀理想、积极向上、平均年龄 30 岁的青年技术骨干凝聚在一起。“创新工作室更像一个大家庭。”这是创新工作室的年轻人给它的定义。薛志敏笑着说：“自从进入这个大家庭，我们彼此学习、相互影响，现在，除了技术有提高，我还像闫海波一样热爱上了运动，感觉工作起来更加有效率了。”好家风为工作室带来了更多的正能量，在未来的日子里，“创客江湖”的创新故事未完，待续……

作者：陈　萌

海油知识知多少

解密无人平台

张锡楠

小明在新闻上了解到海上有一种先进的无人平台，他很好奇无人平台的运行原理，于是来请教海叔叔。

海叔叔，什么是无人平台呀？

在海洋石油开发过程中，简易无人平台已经成为一种较为常见的开发形式。无人平台正常作业时无人驻守，油气通过海底管线输送至相邻井口或中心平台进行处理，生产设施较少，工艺流程相对简单。

为什么要用无人平台呢？

无人平台可以降低建造和操作成本，能有效地实现油气田降本增效，也有助于边际油气田经济有效开发。

无人平台是怎么工作的？

无人平台采用集散控制系统，能将平台的生产、安全信息传送至中央控制系统，实现远程监测。此外平台也可接收并执行中央控制系统的控制指令，实现远程控制。

怎么保障无人平台的安全？

自动化测控系统有紧急连锁关断功能，可以在紧急情况下遥控启停油井。另外，海叔叔还会定期上平台进行检修维护，保障平台安全生产。

新客家的新奇迹

——记中海炼化惠州石化有限公司工程建设部团队

3万余名建设者，自天南地北而来成为新客家；1000多个日日夜夜，只为创造一个新奇迹。他们是建设者，更是筑梦家；他们远离故土，开天辟地；用双手托举起海油人的炼化梦。日月更替，数不尽他们付出的心血几许；诗词歌赋，颂不尽他们赢得的荣光无限。奋斗，是千百年间新老客家人的永恒主题；奇迹，是无数平凡点滴铸就的宏伟丰碑。

广东是一片充满传奇色彩的土地。

如果你十几年前来到大亚湾，这里还只是一片滩涂。如今，当你晚上乘车在北环路上飞驰，车窗外十里油城灯火辉煌，盏盏明灯灿若繁星，钢铁森林高耸挺拔，纵横管道无限延伸。这里是全国最大的炼化一体化基地，三万余名建设者会集于此，将蓝色足迹深印在这片土地上……

突破不可能

2016 年 2 月 21 日，拂晓，天边刚露出一抹鱼肚白，老何就已经躺不住了，他拉开窗帘，观察着今天的天气。

老何全名何海忠，是惠炼二期项目工程建设部的一名吊装工程师。今天，他和他的团队要完成一个大家伙的吊装。为了这次吊装，老何已准备了十个月，做过数十次方案讨论和推演。

这个大家伙就是惠炼二期项目 120 万吨 / 年乙烯装置的重要设备之一——丙烯精馏塔。它直径近 9 米，高 120 余米，重量超过 2500 吨，相当于 10 架“空中巨无霸”——空客 A380 的重量，是全球石化行业一次吊装的最高最重的设备。老何需要把“大家伙”准确无误地吊装到塔基上，误差精度不能超过 5 毫米。

这项巨无霸工程，堪称国内石化行业建设史上的代表作。在它身上凝聚着国内先进的工艺技术、设备材料，会聚了优秀的石化建设者和供应商。这是国内顶尖石化实力的一次集中展示。

老何匆匆吃了口早饭就赶到了现场，吊装即将开始。国内没有吊装如此大型设备的经验，世界上也没有一台吊车可以满足吊装需求。为此，老何和团队讨论决定采用一个大胆的方法，利用低拔杆来吊装高设备，用高仅 90 米的液压提升装置来吊装高达 120 米的丙烯精馏塔，并在两个桅杆之间设置一个 U 形梁，避免设备提升中碰到顶梁。曾有人提出异议，说这是天方夜谭。老何没有反驳，因为他要用事实说话。

眼前的这个大家伙已经完成了“穿衣戴帽”，附塔结构、保温材料和管道已经完成了安装。微凉的海风吹散了些许积云，银色的塔壁上映衬出蔚蓝的天空。“今天是个好天儿，天助我也。”老何微笑着对身旁的施工队长说道。也许没有人注意到，老何的脸上还流过了一丝担忧，虽然在心底已经无数次预演这一场景，但严苛的他还是不停绕着现场检查每一处要点。

9 年前，也是这样一个冬日，同样是由他作为负责人，惠炼一期项目重达 1328 吨的高压加氢反应器一次吊装成功。想到这里，老何布满血丝的眼里露出坚毅。他拿起对讲机，沉稳地说：“各单位注意，吊装正式开始。”吊装风险巨大，即使是 3 级的微风作用于丙烯塔上也会产生不小的影响，老何必须以厘米为单位进行调整，任何细微的失误都有可能导致前功尽弃。随着主液压提升装置的提升，履带起吊机还必须予以配合。

16小时后，丙烯精馏塔分毫不差地落在了塔基上，吊装成功了！老何的脸上终于露出了灿烂笑颜。

与时间赛跑

随着装置规模的日益增大，加热炉逐渐变成了超大型设备，这无疑给工程设计、制造和安装都带来了诸多困难。

以往，行业内普遍采用现场制造安装模式或分片式模块制造，可这无疑会大大增加现场施工量，也会严重制约装置整体施工进度。惠炼二期项目的加热炉多达39台，如何建造和运输？这是对国内石化工程建设技术的考验，前所未有的工程难度挑战着惠炼建设者。

“能否像搭积木一样，先将材料加工成整体化的模块，再运抵现场进行拼接呢？”一个大胆的想法被提出并付诸实施。惠炼建设者“逢山开道，遇水架桥”，独有的惠炼方案，创造了令行业瞩目的惠炼速度。

2016年2月，惠炼二期项目180万吨/年连续重整装置施工现场，高擎的塔吊挥舞着铁臂，闪烁的焊花连缀着管线，数百名施工者挥洒热情，绘就

一幅雄浑壮阔的现代工业画卷。而在1300公里外的浙江宁波的生产厂房里同样繁忙，桥式吊车往返南北，焊接流水作业接续推进，这套装置的核心设备——四合一加热炉正在此孕育而生。

“我们制造厂商拥有专业的技术团队和自动化的制造设备，发现问题也容易及时整改，质量可控，精度更高。模块制造完成整体交付物流，这个想法的确值得推荐！”四合一炉供应商技术人员小刘说。六个月后，这四个总重量超过670吨的大块头漂洋过海，到达大亚湾。

2016年8月，阴云密布，天色暗淡，闷热无风的空气里弥漫着紧张的气氛。卫星云图显示，4号强台风“妮妲”此刻正在数百公里外以20公里/小时的速度向粤东靠近。而就在几天前，四合一炉的四个模块刚刚运抵港口。设备工程师肖龙和施工单位需要在台风来临前将模块稳稳地固定在地基上。这是一场人与自然的赛跑。

距离台风来临还有不到12小时，原定两天的施工计划必须大幅缩短。肖龙和他的团队当即决定多点同时作业。雨滴纷纷而至，骤雨忽停忽落，预示着台风已近。这个30岁的年轻人的眉间凝成一道峰，他顾不上换雨鞋，深一脚浅一脚地踩进泥里，确认每一处作业点，穿梭在风雨里……

9小时后，四合一炉如愿安稳地落在了基座上，全体人员机械撤离。

12小时后，“妮妲”于50公里外的深圳大鹏登陆。

回到办公室，脱下已经湿透的工鞋，双脚已被浸泡得发白肿胀，肖龙用毛巾擦了把脸上的雨水，窗外狂风呼啸，他满意地在施工日志里写下：8月2日，四合一炉吊装就位……

“月光光，秀才郎；骑白马，过莲塘；莲塘背，种韭菜……”这首童谣《月光光》是萦绕在无数客家人心中的旋律。一轮明月，照耀着山山水水，日复一日、年复一年，联结起数百年间新老客家人艰苦奋斗的点点滴滴……

数百年前，客家人自中原千里迢迢来到南海之滨的这片土地，自强不息，开垦家园，对中华民族文化产生深远的影响。

数百年后，“新客家人”自五湖四海而来，实现海油人心怀数十年的炼化梦，用自己的双手将大亚湾畔的夜空永恒点亮。

作者：王英楠

海油知识知多少

中央企业在重大项目中引进社会资本示范项目
——惠州炼化二期项目

摘自《中国海洋石油报》

惠州炼化二期项目位于国内七大石化产业基地之一的惠州大亚湾石化区。项目总投资 466 亿元，主要新建 1000 万吨 / 年炼油工程和 120 万吨 / 年乙烯工程。全面投产后，

大亚湾石化区原油总加工能力达到 2200 万吨 / 年，乙烯生产能力达到 220 万吨 / 年，炼油乙烯规模将跃居国内石化区之首，成为世界级炼化一体化产业基地。

中国海油在惠州炼化二期项目 120 万吨 / 年乙烯工程中引入壳牌集团开展合资合作。该项目创新国际合作管理模式，直接引进外资 54.3 亿元，降低了运营成本和投资风险，有效放大了国有资本功能。炼油工程与乙烯项目由中国海油统一规划、统一建设，原料、产品和装置结构互补，物料隔墙供应，将形成炼化一体化新格局。

在深海中沉着飞行

——记海油工程深圳海油工程水下技术有限公司 ROV 作业部团队

十载耕耘蓝海梦，一心赤诚水下路。深水是他们的梦，盈满对海洋石油工程的情。有胆识，敢担当，60 余个水下工程项目，是他们在蓝色疆土留下的足迹。有梦想，敢追寻，作业水深从 9 米到 1500 米，是他们不断攀登的里程。他们在深海中沉着飞行，为蓝色国土执着守望。

2008 年 2 月 6 日，农历除夕，晚上 8 点的深圳赤湾，身穿一身油污工服的韩超正在给家里打电话，这是他离家在外的第一个春节。“爸，妈，今年过年我就不回去了。公司这边有工作需要留人来做，我主动申请留下来，作业部的兄弟们也都在，我们一起过年。爸妈多保重身体，等我这段时间忙完就回家看你们。”电话挂断以后，他便转身和其他留守的 ROV 班组兄弟们一起投入 ROV V5 设备的检修当中。

过了年就算 22 岁的韩超来自山东青岛，作业部里和他一样的还有 18 个人，他们是当时年轻的海油工程深圳公司水下机器人作业部的所有人员。岁月流转，十年之后，还在作业部里坚守的仅剩 6 人，这 6 人已经成长为中国海油 ROV 领域的精英专家。

为保证 ROV 能顺利投入到春节之后的首个海上施工项目中，整个除夕假期，班组的小伙伴不但没有休息，而且每天工作结束以后还会多用两个小时来翻阅学习设备图纸与说明书。在平凡的岗位上选择坚守并不断学习进步，在寂寞的坚守中把简单的工作做到极致。正是有了这份“一定要将 ROV 所有的核心操作与维保技术牢牢掌握在我们自己手中”的坚守，纵使每天都浑身油污、又脏又臭，每天都重复着 ROV 刷漆、打磨、维修、布线、调试等工作内容，韩超仍然坚持“天天看图纸、手册随身带、原理全熟透”。除了吃饭和睡觉以及和家人通电话时间，基本全天都泡在 ROV 工作之中。从参加工作到把 V5 ROV 系统及设备工作原理全部弄懂、熟透，这中间仅仅花了一年多的时间。

这份对自己事业的执念源自当时操控 ROV 的外国同行的轻视与不屑。“十年前 ROV 的操控以外国人为主。我们在一旁看着，受控于外国人，还受到排斥。加之外籍人员的水平与个人素质也是参差不齐，遇到有些蛮横不讲理的人，一起干起活儿来那种感觉真是不好受。”韩超说。

韩超清楚地记得在一次出海作业过程中，因为外籍人员的操作不当引发了一次 ROV 险情，但是在事后总结过程时，他非但不承认错误而且还无端指责中方人员，将自身责任推卸得一干二净，还摆出一副“你行你来”的嘲弄态度。从那时开始，韩超开始全力组建由中方员工组成的海油工程 Q13/Q14 以及 Q18/Q19 ROV 团队。也正是从那时起，韩超开始带领团队成员一边出海作业一边进行设备维护保养，并在出海作业期间主动承担起 ROV 的飞行作业任务，在一次次出海作业过程中逐渐掌握核心操作，逐步掌控作业过程，并渐渐摆脱对外籍人员的依赖。

2013 年，韩超带领海油工程 Q18/Q19 两台 3000 米级 ROV 参与荔湾 3-1 项目深水海管铺设水下支持任务。此次 ROV 水下作业包括海管着泥点监控、阀组 / 三通安装、弃管起管以及海管调查等多种不同作业内容。除了作业内容复杂多样以外，作业环境同样充满挑战，荔湾 3-1 海管铺设项目涉及水深跨度从 200 米直至水下 1500 米不等，这也是海油工程公司的 ROV 设备第一次挑战 1000 米以上的超深水作业。

这次出海作业，对韩超及 ROV 作业部的兄弟们来说是一次刻骨铭心的经历，至今记忆犹新。

“海管铺设的时候天气非常恶劣，海上风浪很大。我们的 ROV 设备装载在‘海洋石油 201’船上，当时有一台 ROV 在作业过程中出现故障，无法下水作业，整个项目都在等。”

因为首次面对千米以上的深水作业，同时高强度的作业任务让 ROV 的稳定性面临着巨大的挑战，在作业过程中由于深水压力以及长时间水下作业等原因，导致单台 ROV 多次出现电子舱进水、电气接头密封失效等问题。而一旦 ROV 出现故障无法工作，整个工程项目就必须停工待机来等待 ROV 恢复工作，这将会耗费巨大的海上时间成本与生产成本。

“超哥，你去休息一下吧，都 30 多个小时没有睡觉了。”

“没关系，我还行，这台有故障的 ROV 马上就修好了，我等到两台 ROV

都随时可用的时候再去歇会儿，现在还要盯着那台能下水的 ROV 水下作业呢。”

面对巨大的挑战与压力，韩超及时调整了班组成员及设备资源，采用一台 ROV 水下作业，一台 ROV 水上维修保养的轮换作业方式，充分发挥团队协作优势，用来满足每天 24 小时不间断作业。而他自己不但需要在控制间里操作 ROV 完成水下作业任务，还需要及时查看团队成员对故障设备的排查与维修，提出自己的建议，指导大家更换备件，完成甲板测试。

ROV Q18 在冷寂的深海里受控自如地飞行，船舱控制室里操控员如同飞行员冷静准确地给它下达指令；ROV Q19 在甲板上待机，整个作业部团队都在围着它进行悉心呵护维保。

正是这群年轻的 ROV 团队成员的出色表现，才成功使得 ROV 能在风口浪尖下执行作业任务。同时，荔湾 3-1 海管试铺项目也打破了中国海油多个第一：国产新船“海洋石油 201”第一次施工作业，海油工程第一次铺设深水海管（作业水深约 1400 米），ROV 第一次执行超深水作业等。

作者：庞宇佳　龚元龙

探秘水下作业机器人

黄　众

听说深海油气开发已经开始使用机器人了，小明非常好奇，迫不及待地找到海叔叔。

海叔叔，机器人真的能在海洋中进行油气资源开发吗？

水下作业机器人，又称“ROV”，并不能直接进行深水油气勘探开发，而是主要用于水下生产系统的安装、调试和维护等作业。过去，这些工作主要是由水下蛙人完成。然而无论蛙人配备何种装备，也无法长时间在深水完成重负荷复杂作业。此时ROV就可以代替他们进入深、冷、暗并且环境复杂多变的海底，完成人力所不及的水下作业。

深海水下作业机器人具体能做什么呢？

深海水下作业机器人一般最大可深潜3000米，可持续工作5~10小时。他们还可以在海洋油气钻探、开采作业中发挥实时监测、监控、检查、修复等作用。比如，安装较复杂的海底设备、监测控制井口的流量压力、检查海底管道等。

深海水下作业机器人自己就能完成作业吗？

并不能。相对陆上机器人来说，深水机器人在水下遭遇的复杂情况更多，其关键技术涉及能源、精确定位、零可见度导航等方方面面，需要专业的团队手动进行操作。

哪里的深海水下作业机器人最厉害呢？

在全世界范围内，绝大多数作业级深海水下作业机器人最大下潜深度为4500米。即使是美国、英国、俄罗斯、日本等深海装备强国，ROV在6000米深海进行作业的成功案例也十分少见。中国目前能够下潜到6000米水深等级的ROV有“蛟龙”号载人深潜科考设备。

"网红"班组诞生记

——记气电集团黄海波创新工作室团队

从运用互联网创新管理培养人才，到大数据分析挖出检修现场惊人宝藏，电气二次班在"上网"这条路上达到了创效新高度。这些穿梭在厂房里的年轻人，如电缆中极速奔跑的电流，点亮了珠江口西岸的万家灯火，也照亮着各自事业的明天。

在中海石油气电集团，有这么一个“网红”班组，他们把上网这件事玩出了新花样。他们是新时代的电力工人，靠着齐心协力，打造出了互联网班组实用化的“气电网红第一天团”——海波班组。

“网红”的“黑”历史

时间还得追溯到2014年，位于广东省珠海市高栏港国家级经济开发区内的珠海天然气发电项目，中国海油首个深水大气田荔湾3-1的配套工程，进入了安装调试的高峰期。而电气二次班除了班长都是刚毕业的大学生，调试强度大，人员经验少，让这些刚从象牙塔出来的年轻人一筹莫展。这时，有人开始闹情绪，队伍也出现了问题。

班组成员阿韬仗着脑子好使，接受能力强，索性不重视工作纪律，又迟到又早退，甚至不能按期转正。毕业于哈工大的郝玎玎，沉迷于电脑游戏，工作内外极少与人交流，集奥秘、古板和斯文于一身的他，被大伙称为“奥古斯玎”。

屋漏偏逢连阴雨，这时，原本带队的班长因为个人原因离职，而配合上游气田同步投产的截止日期却一天天逼近。一下子，班组重担全压在了新任班长黄海波身上。这个在互联网公司、电机厂从事电气检修工作十余年的老师傅心里也没了底。

有人调侃他说：“你胆儿可真大，1个人带8个新兵蛋子，电厂多少关键设备，你以为这是过家家呀？”

黄海波也着急，他把大家聚到一起：“班组现在面临的难题大家都清楚，别人说我们不行，我们就真的不行么？我们不能在电厂还没有投产的时候就被扫地出门呀。”他满嘴的水泡，透着说不出的焦虑。

打造“网红第一天团”

“既然咱们班组都爱好网络，不如索性发挥我们的特长，创建一个网站吧。”黄海波说出了一个酝酿已久的计划。

几轮头脑风暴下来，网站七大功能模块的设计方案出炉了，班组每个人都领到了“责任田”。考勤系统、周计划、设备台账、考核激励……实用性很强。

一边学写代码建设网站，一边对症下药解决小伙子们的思想问题，那段时间，黄海波没睡几天囫囵觉。

“那会儿我们一边要完成调试消缺任务，一边还要学习网站设计和编程，每天凌晨 2 点睡觉，早上 6 点起床，平均每天只有 4 个小时的睡眠。”班员刘宏强回忆说，“虽然辛苦，但我们既激动又亢奋，反而不觉得有多累。”

难得的是，在这样的重压之下，他们对自己的岗位工作没有半点松懈。班员潘清华负责跟踪的变压器调试工作都在户外。七月的广东，地表温度接近 50 摄氏度。20 天下来，调试工况分毫不差，潘清华的体重从 120 斤直接掉到了 108 斤。一身湿透的工衣搭在身上，领口也因长期被汗水浸湿而磨碎了，谁见了都心疼。也就是这样，漂亮的女同事唐艳霖跟他确定了恋爱关系。为什么选择潘清华？小唐说出了心里话：“一个对设备都那么负责的人，对我也一定不差。”

一个多月后，珠海电力第一个完全由班组人员自主设计、自己搭建的网站诞生了。40000 多条源代码，18 个功能模块，2000 余份电子文档，1460 余条工作记录，6280 多条心得体会，1000 余张设备图片……一组沉甸甸的数据凝聚了电气二次班所有人的心血。大家给网站起了一个响亮而亲切的名字——用心改变未来。

2014 年 9 月 6 日，首期项目的 II 套机组“168 小时”试运行成功当天，曾韬和郝玎玎坐在电气工程师站激动万分。正是凭借着这两位精通网络知识的技术达人在班组网站建设中起到的关键作用，机组投运当天，一组组关键数据在办公室就能看直播。两人也实现了从“散养户”到“正规军”的转变。

“电气二次班以前像一盘散沙，现在像一支特种部队，太神奇了！”有人惊叹道。

“网红班组”创效显锋芒

借助班组网站这一便捷平台，电气二次班的工作走上了正轨，班组成员也一个个快速成长起来。在每天的早班车上，这群小伙子总会紧盯着手机屏幕，登录班组网站、浏览班组日志，从那一刻起，开始一天的工作安排。

从运用互联网创新管理培养人才，到大数据分析挖出检修现场惊人宝藏，电气二次班在“上网”这条路上达到了创效新高度。

短短 4 年时间，当初班组遇到的技术壁垒和队伍问题早已不复存在。他们更是快马加鞭，啃下一块块硬骨头：成功分析出 1 号发电机匝间保护动作原因，避免发电机大型检修，节省检修及发电成本 4400 万元；改造高压给水泵稀油站，节省出 20 辆奥迪 A6 的费用；他们执行缺陷不过夜，平均一年消除缺陷 854 条，消缺率和及时率双料百分之百。

借助互联网深度定制班组管理，电气二次班的成功案例让前来观摩的一线班组络绎不绝。2017 年，中国海油授予电气二次班“红旗班组”称号，他们创新创效的典型经验获得了广泛认可，成为了名副其实的“网红班组”。

2018 年 1 月，气电集团成立了“黄海波创新工作室”，带动公司的技术能手、业务骨干继续挖掘创新潜力。他们知道，创新永无止境。

作者：马臣飞

海油知识知多少

LNG 接收站

摘自《中国海洋石油报》

LNG 接收站是指储存液化天然气并往外输送天然气的装置。LNG 接收站是对船运液化天然气进行接收、储存、气化和外输等作业的场站。接收站是由众多相关设备、设施总成的一个有机整体，通过这些设备的相互协作，将海上运输来的 LNG 通过一定的工艺流程存储在 LNG 储罐中并外输至用户。这些设备包括卸料臂、储罐、低压输送泵、高压输送泵、汽化器、BOG压缩机、火炬塔等。

作为我国LNG产业的先驱和领军者，中国海油于2006年投产运营我国第一座LNG接收站，至今已先后在广东、福建、浙江、上海、天津、海南等地建成投产了9座接收站，年处理能力达3380万吨，LNG接收站运营数量和处理能力均位居全国第一。这些LNG接收站犹如一颗颗璀璨的明珠，镶嵌在我国海岸线上，持续输送着清洁能源。

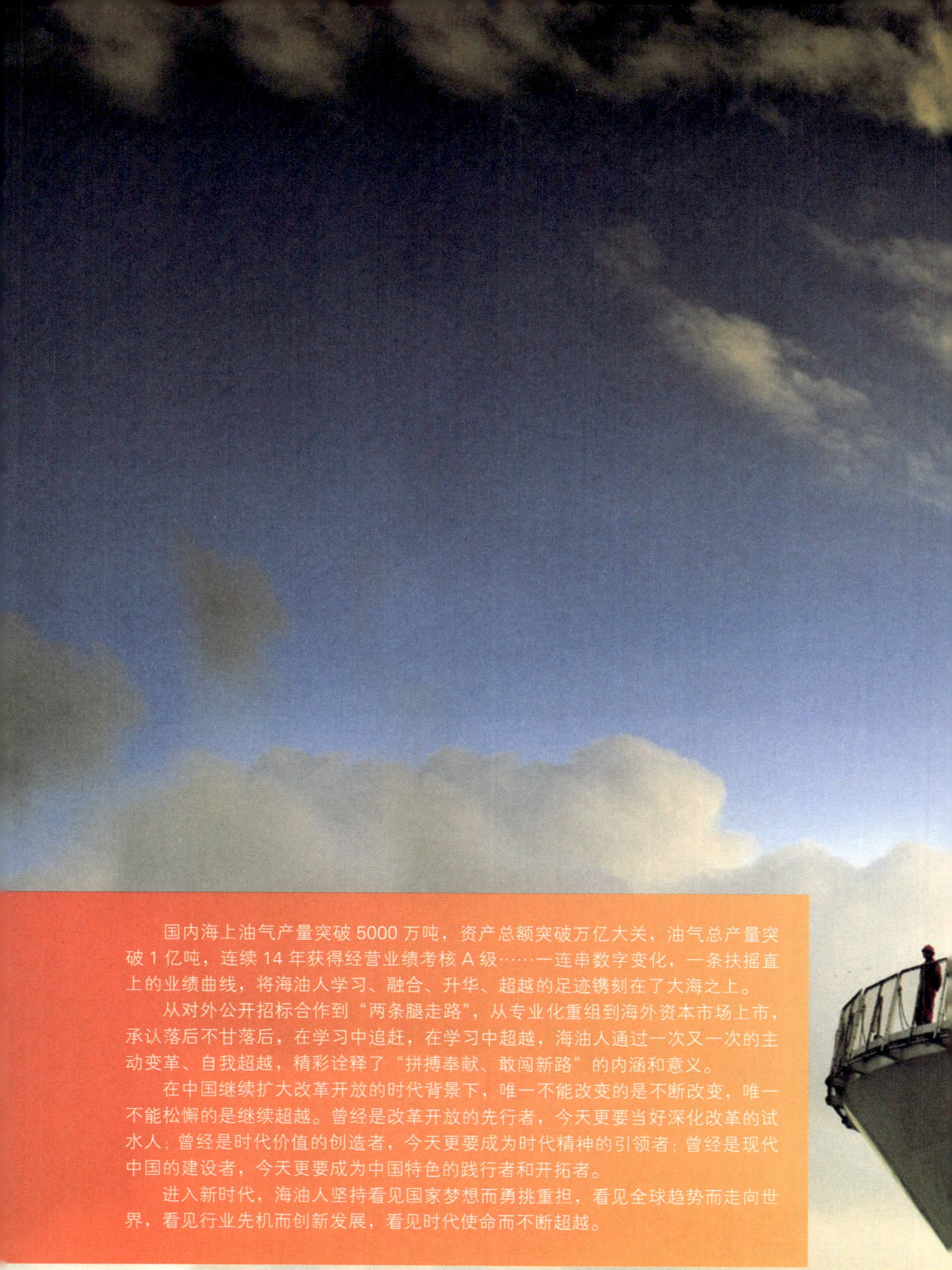

国内海上油气产量突破 5000 万吨，资产总额突破万亿大关，油气总产量突破 1 亿吨，连续 14 年获得经营业绩考核 A 级……一连串数字变化，一条扶摇直上的业绩曲线，将海油人学习、融合、升华、超越的足迹镌刻在了大海之上。

从对外公开招标合作到“两条腿走路”，从专业化重组到海外资本市场上市，承认落后不甘落后，在学习中追赶，在学习中超越，海油人通过一次又一次的主动变革、自我超越，精彩诠释了“拼搏奉献、敢闯新路”的内涵和意义。

在中国继续扩大改革开放的时代背景下，唯一不能改变的是不断改变，唯一不能松懈的是继续超越。曾经是改革开放的先行者，今天更要当好深化改革的试水人；曾经是时代价值的创造者，今天更要成为时代精神的引领者；曾经是现代中国的建设者，今天更要成为中国特色的践行者和开拓者。

进入新时代，海油人坚持看见国家梦想而勇挑重担，看见全球趋势而走向世界，看见行业先机而创新发展，看见时代使命而不断超越。

超越篇

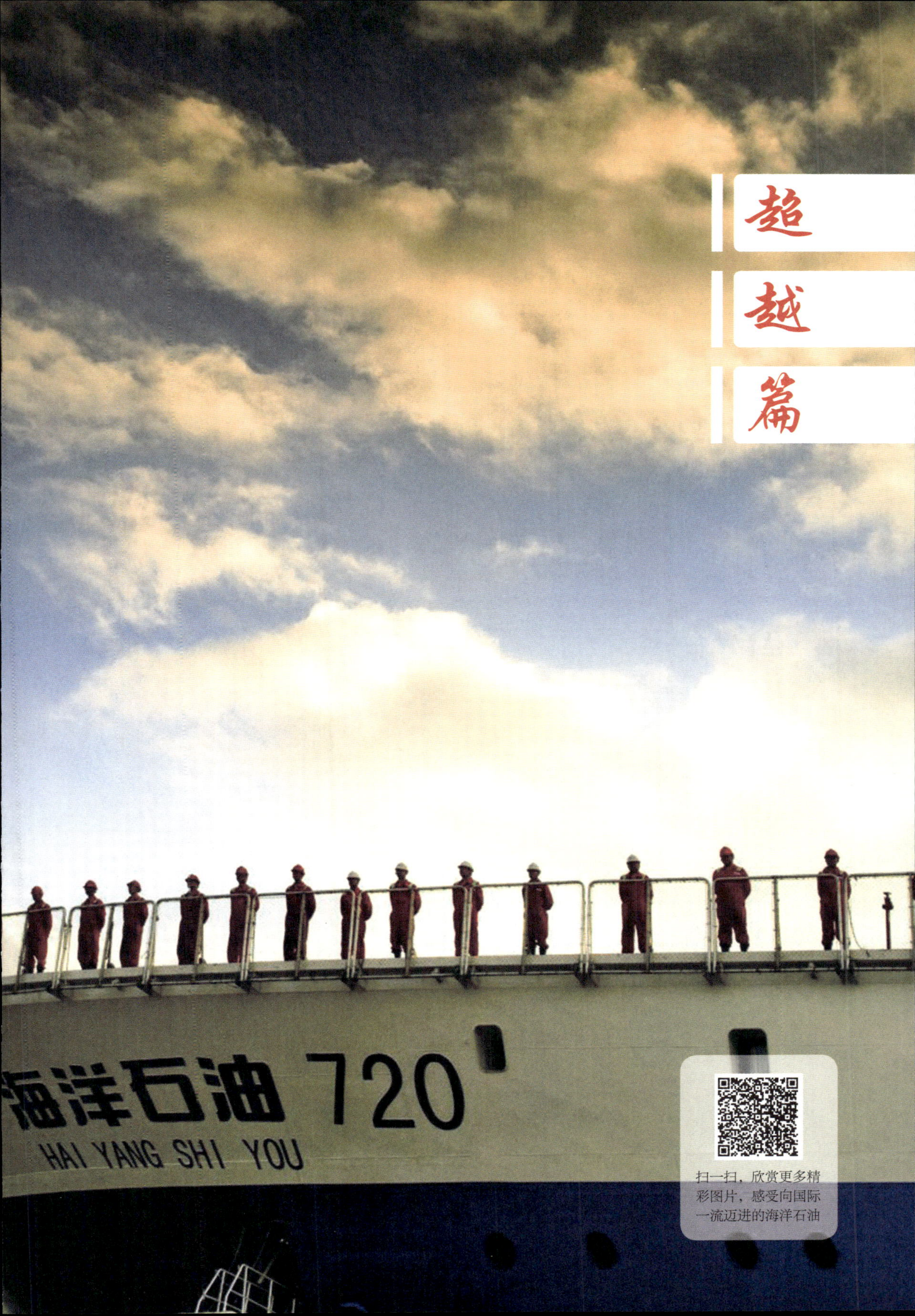

扫一扫，欣赏更多精彩图片，感受向国际一流迈进的海洋石油

“海上铁人”铸铁军

——记中海油服钻井事业部深圳作业公司经理郝振山

“战天斗地，与海共舞”是郝振山最爱说的一句话，也是他扎根海上平台21年的真实写照。在郝振山看来，这句话的深意在于：“战天斗地”是对石油工业优良传统的继承，“与海共舞”则彰显着和谐共赢的海油文化。“我要做传承者，也要做开拓者，因为这是新时代的海洋石油人义不容辞的责任。”

从钻井平台上最初级的工种甲板工，到首个操作半潜式钻井平台刹把的中国人，再到8个海上钻井平台的管理者，“海上铁人”郝振山在钻井平台工作了20余载，无处不闪耀着信念的力量。

勇“夺”刹把，顶替外方第一人

在20世纪80年代，“南海六号”是国家引进的最先进的半潜式钻井平台，司钻等30多个关键岗位都是花重金请外国人，中方员工只能打下手。也是在此时，郝振山加入中国海油，来到了“南海六号”。

郝振山的第一份工作是甲板工，是平台上最低的岗位。苦和累，郝振山不怕，但他受不了外国人那种瞧不起人的傲慢眼神。一天，他干完活儿跑到司钻室外面，踮着脚看外方司钻莫里斯操控刹把。莫里斯发现后面露不悦，大手向外一摆，意思是：“快走开！你看得懂吗？”郝振山的自尊心被深深刺痛，在心里大声回了句：“牛什么牛，你手中的刹把早晚是我的！”

然而，真要顶替外国人，而且还是司钻岗，谈何容易。在干好本职工作的同时，郝振山瞄准关键技术刻苦钻研，认真揣摩。一次次观察、记录、总结、验证，他着了魔似地琢磨设备功能和技术要领。凭着这股钻劲，他很快就掌握了1600多个专业英文单词，并逐步熟悉了大大小小300多台设备，掌握了海上钻井的关键技术。

功夫不负有心人。4年后，郝振山被提升为副司钻，成了莫里斯的助手。虽然岗位升了，但他还是能感受到莫里斯投来的怀疑眼神。一次作业中，数据显示泥浆泵泵压不稳，却不知问题出在哪里。莫里斯赶紧派外方副司钻查找原因，但两三个小时过去了，一无所获。一筹莫展之际，莫里斯抱着试试看的想法找到了郝振山。郝振山根据泵压不稳的数值，结合这些年记录的泵压数值进行对比分析，判断是泥浆循环系统出了问题。通过检查，果然如此。立即进行处理，整个过程仅用了半个小时。莫里斯不由得对郝振山竖起了大拇指，从此越来越信任他，两人还交上了朋友。莫里斯离开“南海六号”时，特意把自己的“秘笈”——《钻井工具手册》送给了郝振山。就这样，1994年10月，郝振山从外国人手中“夺”过了刹把，成为半潜式钻井平台上顶替外方司钻的第一个中国人。

进军海外，钻井铁军创佳绩

2005年，郝振山到“南海二号”担任经理。这是一座运行了30多年的老平台，郝振山暗下决心，一定要把“南海二号”打造成一支战无不胜的钻井铁军。

他组织实施了员工积极性刺激计划，总结提炼了人才培养模式和新颖实用的学习方法。为强化团队执行力，郝振山将平台员工中的退伍老兵集中起来成立军旅雄鹰班，将军人吃苦耐劳、听从指挥的优良作风充分融入平时的工作和生活中。在郝振山的精心锤炼下，“南海二号”逐渐成长为一支特别能吃苦、特别守纪律、特别能战斗的海上钻井队伍。

2005年底，郝振山受命率领“南海二号”远赴缅甸，开拓东南亚海上油田服务市场。这是中国半潜式钻井平台第一次在国外亮相。孟加拉湾的作业海域紧靠赤道，气温常年在35摄氏度以上，工作条件十分艰苦，开钻后又遇到了地层松软易垮塌、高温气井风险大等困难。

一天，甲方聘请的作业经理比尔把一份作业方案交给郝振山执行。郝振山看后发现有问题。于是，他找到比尔商量调整方案。这位60多岁的加拿大监督看着和自己儿子同龄的郝振山，就说了一个字——“No”。几番沟通，他都拒绝采纳郝振山的建议，坚持按原方案执行。钻机轰鸣，进行到一半时，果然出现了郝振山所说的问题，作业被迫中断，比尔一下慌了手脚。而此时，郝振山把早已写好的问题处理方案送到了比尔眼前。按照郝振山的办法，他们迅速将问题解决，把损失降到了最低。“Chinese，good job(中国人，好样的)！”事后，比尔由衷地说。

“南海二号”提前10多天高质量完成钻井计划，打出了缅甸第一口海上高产气井，紧接着打的两口井也获得高产油气流，改写了缅甸油气工业的历史。“南海二号”的图片和简介因此被收藏进缅甸国家历史博物馆，租金也从每天7万美元涨到了20万美元，极大地提升了中国海油专业技术服务队伍的国际声誉和价值。

敢拼敢闯，完成不可能完成的任务

2012年9月14日，“南海八号”落户中国。“南海八号”回国之后，公司集结了各方面专家及坞修好手，即刻展开恢复及修理改造工程。但对于时任坞修项目经理的郝振山来说，这是一个熟悉而又陌生的项目，极富挑战性。

平台接船之时，到处都是成堆的腐臭垃圾和一层层的厚重锈斑。由于缺乏保养，685个随船设备都有不同程度损坏。同样棘手的是，整座平台没有一份文件资料可供查阅，设备铭牌也被冲刷得认不出字迹，项目组唯一能够作为参考的只是几张冷冰冰的A4纸——设备清单。让“南海八号”恢复动力和作业能力，有经验的团队也至少需要半年时间，更何况是没有任何经验的郝振山团队。

困难再大，也要按照时间节点完成任务。紧要关头，郝振山和项目组成员一道制订了详细的方案，从早到晚坚守在现场。在五个月的时间里，郝振山带领项目组的主要干将们每天工作15个小时以上，“南海八号”全体将士更是把“平台不离港、人员不下岛”作为自己的励志言，在深圳蛇口孖洲岛上日夜奋战。2012年12月5日，在大家的齐心协力下，仅仅用了68天就安全、优质、高效地完成了“南海八号”一期功能性恢复任务，顺利投入生产之中，完成了一件国际同行认为不可能完成的任务。

二十余年风雨兼程！作为石油人的后代，郝振山既传承了老一辈石油人“宁肯少活20年，拼命也要拿下大油田”的豪迈气概，又展现了新时期海洋石油人敢闯新路、勇担责任的精神风貌。回顾过往，郝振山说他在不停地筑梦、追梦、圆梦。

二十余载砥砺奋进！自1989年加入中国海油以来，郝振山获得荣誉无数，被中国海油党组命名为“海上铁人”。展望明天，郝振山誓言与中国海油一起，苦干实干，砥砺前行！

作者：段晓威

海油知识知多少

深水重器

摘自《中国海洋石油报》

大型深水舰队是建设海洋强国、发展海洋经济的战略利器。中国海油不断壮大大型深水舰队，新增具有国际先进水平的物探、钻井、工程服务等大型装备 20 余座。

物探装备

物探装备具备了中国自营勘探开发深海油气的能力。

海洋石油701

采用世界最先进的DP3全球动力定位系统，定位精度可以达到0.5米。

海洋石油702

标志着我国深海水下施工装备能力达到世界一流水平。

海洋石油760

目前国际上最先进的二维物探船。

海洋石油721

具有世界先进水平的深水12缆物探船。

海洋石油771

可进行复杂海域踏勘、恶劣天气下护航。

钻井平台

中国海油新投产多座钻井平台。其中，深水半潜式钻井平台覆盖从750 米到3000 米的水深，具备从南海到极地的全方位作业能力。

南海八号 7620米

第三代深水半潜式钻井平台，设计作业水深范围为150~4600英尺，最大钻井深度为7620米。

南海九号 7620米

第四代深水半潜式钻井平台，设计作业水深1524米，最大钻井深度7620米，入籍中国船级社和挪威船级社双船级。

海洋石油982 9144米

第六代深水半潜式钻井平台，最大作业水深1500米，最大钻井深度9144米。

海洋石油981 10000米

我国首座自主设计、建造的第六代深水半潜式钻井平台，使中国成为首个以一己之力开发南海深水的先行者。最大作业水深3000米，最大钻深10000米。

工程船

在工程建设领域，过去五年新增数艘工程船，其中“海洋石油286”等多功能工程船舶不仅能完成最尖端的深水水下工程建设，还搭载了3000米水深水下机器人和自航器。

海洋石油286

我国自主建造的首艘深水多功能工程船，综合作业能力在国际同类船舶中处于领先地位。

海洋石油291

现代化的大型犁式挖沟和深水锚系作业海洋工程船，具有中国船级社和挪威船级社认可的双船级。

海洋石油295

我国首艘自主设计、建造的动力定位挖沟专业船舶，也是我国首艘采用直排达到IMO TIER3的船舶。

海洋石油289

施工作业范围能在除北极外的全球无限航区作业。

海洋石油228

我国第二、世界第四艘“T”形下水驳，也是我国第一艘自主设计的“T”形下水驳。

从“青铜”到“金子”的“锻造者”

——记中海炼化中沥公司副总经理张东春

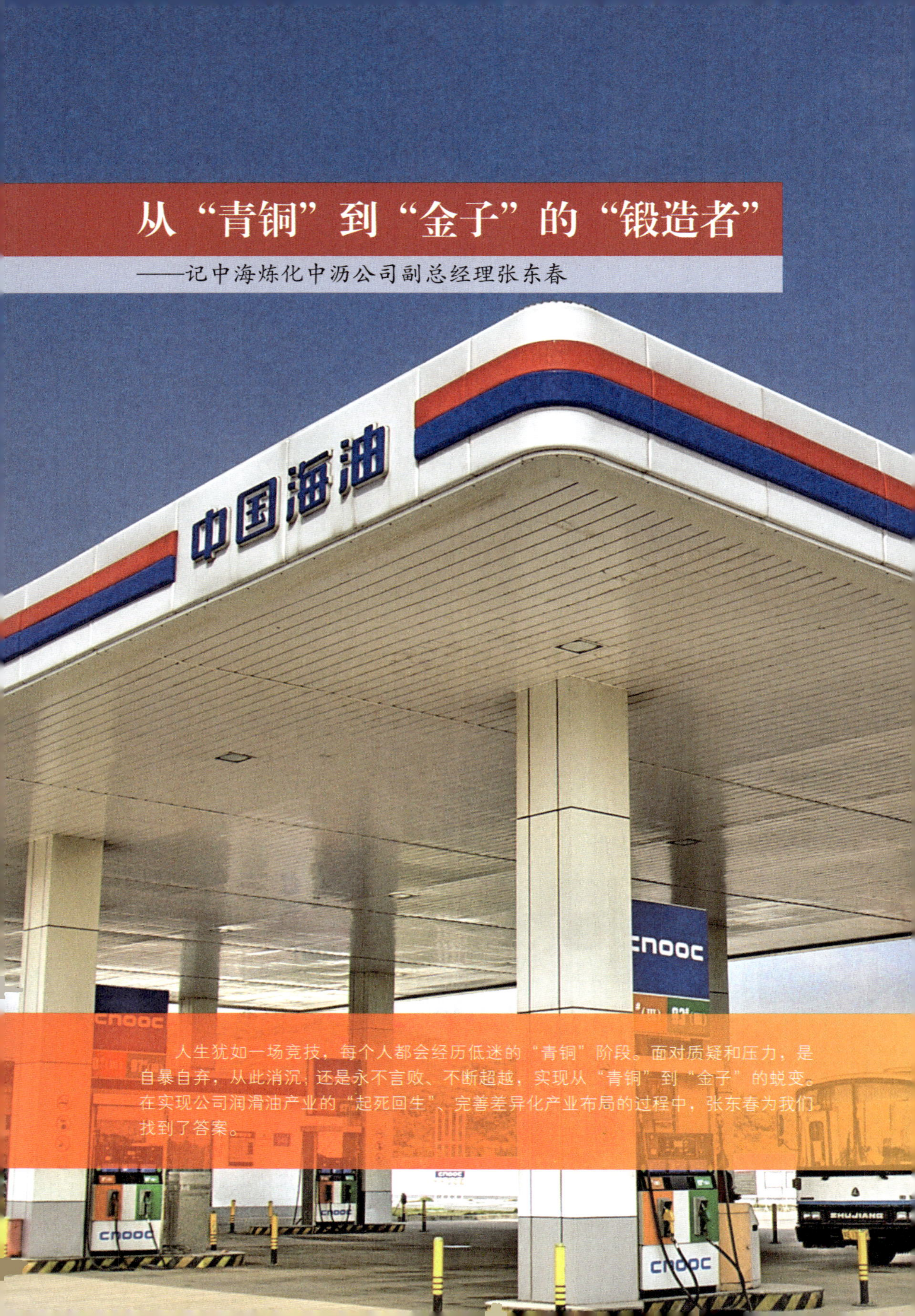

人生犹如一场竞技，每个人都会经历低迷的“青铜”阶段。面对质疑和压力，是自暴自弃，从此消沉，还是永不言败、不断超越，实现从“青铜”到“金子”的蜕变。在实现公司润滑油产业的“起死回生”、完善差异化产业布局的过程中，张东春为我们找到了答案。

“张总，产品鉴定会刚刚结束，公司‘海疆’环烷基‘I－20摄氏度’、‘I－30摄氏度’变压器油顺利通过产品鉴定……”会场人员第一时间与张东春分享这一喜讯。

由中国电力企业联合会主办的变压器油产品鉴定会是进入国家电网市场的敲门砖。继“海疆”变压器油产品通过中电联产品技术鉴定和美国道波工程公司（Doble）权威认证后，中沥公司在变压器油产品上取得又一重要突破。

“鉴定指标要求异常严格，这对公司的产品来说是极大肯定啊。”一向不露声色的张东春也掩饰不住内心的激动和欣喜。从“海疆”产业发展之初一路走来，作为公司生产领域的幕后操作师，张东春坚定地带领团队过关斩将，这其中的艰难，他最有感触。产品质量获得肯定，就是对他工作成果的认证。

从“包袱”到“金饭碗”

中沥公司的经营重心一直是沥青产业，经过多年发展，稳坐国内沥青市场“头把交椅”。近年来，沥青整体需求下滑，“海疆”润滑油品牌推出，公司决定以润滑油产业为新的利润增长点，并以当时市场前景良好的变压器油作为拳头产品实现突围。其实，早在2012-2013年，中沥公司就相继投产了润滑油加氢脱酸装置、润滑油糠醛装置和白土装置，具备了完整的变压器油生产线。但与成熟的沥青产业相比，变压器油产业发展滞后，在“量、价、质”上与国内一线厂家存在很大差距，还一直处于亏损状态，2012-2013年变压器油系列产品亏损近1.5亿元。

“‘海疆’品牌，没听说过，是杂牌子吧。”“你们的样品指标距离我们的要求差远了，随便一个产品就想跟我们合作吗？”市场上一个个怀疑的眼神，一句句质疑的话语，张东春觉得那就像一个个巴掌打在自己的脸上。润滑油产业何去何从？就这样成为公司的“包袱”吗？

客户的认可离不开高质量的产品。见贤思齐，张东春决定对标国内一流厂家，寻找答案。都是生产高端变压器油的优质原料，为何生产出的产品质量差距这么大？他一头扎进研究中，多方查找资料，进行现场调研，与专家深入研讨，与装置人员分析讨论，针对生产装置和工艺流程，制订优化整改方案。

常言道：“工欲善其事，必先利其器。”张东春带领团队一边继续完善方案，一边增设装置。就拿油品色泽来说，一直是困扰众多变压器油生产商的大难题。为此，他们在传统白土装置流程基础上增设白土脱氧塔，塔顶抽真空，将油中的氧气脱除，有效避免了油品氧化，使变压器油产品从原来的啤酒色逐步变为水白色。还增设静态混合器、超精密过滤脱水装置、油品调和装置等 10 套设备，配合装置提量、调整加工顺序、优化剂油比等工艺措施，公司变压器油的气味、色度、闪点、糠醛含量等指标大幅优化，部分指标优于国家标准 1 个数量级。“市场就像是一个战场，要想取得胜利，武器装备、战略思路、团队合作、拼搏作风都很重要。”在这场提升产品质量的攻坚战中，他为最终胜利打下了坚实的装备基础。

生产装置和工艺大幅优化，产品质量迅速提升，配合技术研发，产品系

列也不断丰富完善。公司营销团队频传捷报，“海疆”变压器油顺利进入了国家电网、特变电工等国内知名厂家，并在变压器厂装油后销往乌兹别克斯坦、哈萨克斯坦等国，助力“一带一路”建设。产品年销量10万吨，多次出现供不应求的局面，年利润在1亿元左右，公司稳居国内第二大变压器油供应商地位。“海疆”变压器油也从最初的“包袱”华丽转身为“金饭碗”。

端着“金饭碗”寻“新饭碗”

在发展润滑油产业的过程中，张东春意识到，多条腿走路、完善产业结构、差异化发展是公司转型突破口。

他充分借鉴沥青、润滑油产业发展经验，利用现有生产装置，深化产品研发层次，推出橡胶增塑剂系列产品，做强化工产业。2016年，“海之润”橡胶增塑剂品牌推出，产品凭借出色的环保性能，成功供货全球轮胎十大品牌中的四家，公司也跃升为国内最大的环保橡胶增塑剂生产商。

2016年，公司投资18亿元的含酸重质油综合利用装置开工过程中，张东春守在第一线，全面掌握装置情况，带领生产人员消灭了一个又一个“拦路虎”，实现了装置顺利投产，延伸了公司产业链条。2017年，公司升级国VI标准车用柴油，全面供货华北地区，实现清洁油品再升级，为京津冀大气污染防治做出了积极贡献。

从年加工能力60万吨到500万吨，从短流程到较长生产流程，从单纯依赖沥青产业到“沥青－特种润滑油－化工－清洁燃料油”四大产业并驾齐驱，中沥公司实现了跨越式发展，在细分市场将特色产品做到了国内第一。“海疆”润滑油、“海之润”橡胶增塑剂等实现了从无到有、从劣到优的华丽蜕变。在一张又一张的市场订单中，记录着张东春永不言败、不断超越的坚定信念。张东春的人生竞技场，也逐渐实现了从“青铜”到“金子”的完美转变。

作者：田申申　曹　睿

海油知识知多少

你不了解的沥青

李海滨

小明最近了解到“中海油 36-1”沥青又成功打破国外品牌的垄断，着实兴奋了一把。但沥青只能用来铺路吗？小明跑去请教海叔叔。

海叔叔，沥青都有什么用途啊？

沥青的用途非常广泛，主要分为三个方面，一是重要工业原料，是制造碳纤维、电池、高温润滑材料、绝缘材料等的重要来源；二是作为基础建设材料，大量用于道路工程铺设和土木工程防水、防腐处理；三是用作燃料，加工成的石油焦是炼钢的主要燃料和碳源。

沥青来源有哪些呢？

沥青有三个来源，一是天然沥青，即自然界天然形成的沥青矿，如南美洲特立尼达湖沥青；二是石油沥青，是石油精制加工所残余的渣油经过适当的工艺处理所形成的；三是焦油沥青，是煤炭炼焦的副产品，即焦油蒸馏后的残留物。

天然沥青是怎么形成的呢？

天然沥青与地下原油有密切关系。一般是地下原油通过裂缝渗透到地表后经过长期暴露蒸发和风化而形成的，是野外找油的重要标志。如我国新疆克拉玛依油田就是通过地表沥青的指引发现的。

沥青是怎么开采的呢？

由于沥青一般呈固态，因此其开发与煤炭等固体矿的开发方式类似，但由于沥青是易燃物，其开发难度和危险性更大。

“贪吃蛇”的驭“蛇”者

——记中海油服油田技术研究院院长尚捷

“过程是最好的回报。”在尚捷看来，“贪吃蛇”获得成功的最大收获是得到了市场的认可。他带领团队自主研制“贪吃蛇”系统在“十二五”期间投产应用，成功打破国外技术垄断。作为项目带头人，他用自己的担当、执着带领大家迎难而上，一路披荆斩棘。

从浩淼湛蓝的南海到波澜缓荡的渤海湾，纵贯 30 个纬度，写不尽“贪吃蛇”难以倾诉的故事，却在时间坐标上记录下一个清晰的身影——尚捷，中海油服油田技术研究院“贪吃蛇”这个明星产品的“领路人”。

“贪吃蛇”是尚捷最得意的作品。他给国内首屈一指的“大玩具”装了一双深入地层的“眼睛”，面对复杂的勘探环境，让仪器实现“指哪打哪儿”，帮着钻具直捣油藏。

工作中，他是“贪吃蛇”技术的发明人，思维敏捷，酷爱钻研。

生活中，他是一个技术控，谦谦有礼，幽默健谈，喜欢研究各种新奇的数码产品、无人机、风火轮……他并不安分，总能折腾着将他的新奇玩意儿倒手转卖，是个总有新玩具的大男孩。

可能和传统印象中中规中矩的科研人略有不同，没有呆板的黑框眼镜，衬衫长裤双肩包是他的日常标配，工作时他自信严谨，思路清晰，阳光干练。

清华博士不是他仅有的光环，如今的他，还多了一个新的身份——油田技术研究院院长。我们经常可以看见他背着双肩包在办公区、实验区来回跑。除了日常会议、交流和研讨，他见缝插针，坚持定期前往一线了解技术需求和应用情况。

一直跟着他干活的兄弟们永远都不会忘记只属于他们的故事——那段最艰难的车库创业期。2008 年，他们的办公室由一间车库改造而成，只有 7 名工程师、6 台电脑和 4 间屋子。随钻测井和旋转导向钻井技术是令所有钻完井企业垂涎的技术，当时中海油服只能花高价购买，因缺少此技术而分包出去的工程数以亿计。

尚捷不甘心我们只是“打酱油”的。中海油服决定立项自主研发后，他带领几名研发工程师一点一点去啃每一项高难度技术，不眠不休地钻研手上的资料，生生从对只字片言的条分缕析中“杀”出一条阳关道。善于学习的他，在半年时间内悟透设计思路和技术细节，并整理编制出 20 多万字的技术文档和上百张图纸，奠定了随钻测井技术的研发基础，技术发展路线逐渐成型。

2009 年 7 月，“贪吃蛇”系统第一版样机出炉，这相当于是原理验证通过了，但这个“大玩具”能不能玩好还需要进一步验证。尚捷和团队成员拧成一股绳，助力“贪吃蛇”的研发进入良性有序的快车道。2010 年，第一版随钻测井系统研制成功。2011 年，旋转导向系统研制成功。

这时，尚捷又有了新的冲劲和干劲，他是个现实的行动派。“研发不能闭门造车，我们研发的产品最终要能稳定应用于市场才算是成功。”尚捷多次前往作业一线进行技术调研，着眼于实际应用，创造性地搭建起了国内第一家随钻工具 / 仪器综合测试系统，包含 3000 米循环管线试验系统、水泥靶实钻和综合震动冲击环境，突破了科研技术与实际生产力间的壁垒。

2012 年，他和团队入驻了新的燕郊科技园。告别老车库，拥有了自己的科研基地。仪器在这里经过反复模拟、实钻试验，完成近百个系统改进点后，他开始带领研发人员奔赴作业一线进行试作业。

然而，现实并没有期待中的美好。这“九九八十一难”才刚刚开始。现

场实验条件艰苦是次要的，由于缺少实钻经验，仪器在现场作业时暴露出各种问题，把大家折腾得都没精神了。现场试验的那几年，尚捷消瘦了许多，经常是满脸胡子、眼睛通红。

2013 年，尚捷带着他们新改进的仪器“卷土重来”。作业开局又是不顺，几天的时间反反复复下了 5 趟钻，第 6 次仪器刚到井下又“失联”了。现场争分夺秒，尚捷丝毫不停歇，带着大家全面分析仪器故障问题。从仪器通信设计到现场工况泥浆参数，不放过每个细节，他们有针对性地连夜准备备用工具，井口组合，对出井故障仪器进行维修测试……经过连续 20 多个小时的奋战，仪器第 7 次顺利入井。

这一次，特别成功。那也是旋转导向第一次完成陆地实钻作业。从那之后，过往的一切不顺利似乎都被抛之脑后。仪器现场作业越干越顺利，2014 年，随钻测井和旋转导向钻井系统在渤海湾一趟钻一钻到底，海试成功。

仪器的稳定性问题是制约“贪吃蛇”占领市场的“绊脚石”。尚捷率先建立起闭环的故障关闭管理机制，从故障出发，从作业公司的需求出发，全面升级完善“贪吃蛇”基础型的技术及功能。

自仪器应用以来，关闭故障近百个，这成为“贪吃蛇”在四海站稳脚跟、占据一席之地的关键。在每一个作业技术支持群里，都有尚捷的身影。很多次深夜现场出现技术问题，尚捷都及时地给出有效的解决方案。“贪吃蛇”创造数十亿元经济价值的背后，是他真刀真枪搞科研的坚持。

“过程是最好的回报。”在尚捷看来，“贪吃蛇”获得成功的最大收获不是获得多少荣誉，而是“贪吃蛇”技术得到了市场的认可。实现测井技术的系列化、产业化，让研发形成技术体系，是他新的目标。

受命披甲，砺就锋锷。在尚捷心底，信念一直未变：碧波壮阔的大海蕴含着海油人的梦想，科研长跑是没有终点的翱翔！

作者：张　瑛

一张图读懂贪吃蛇

张 瑛

贪吃蛇包括中海油服自主研发的**随钻测井系统和旋转导向钻井系统**。

俗话说“上天容易入地难”,配备了旋转导向系统的钻头，就如同3D版贪吃蛇，在地下错综复杂的“路况”下，可以自由并线、绕行，准确定位到目的地。

随钻测井，如同钻头上的眼睛，一边钻井一边获取地层信息，紧盯着目的储层，实时调整前进轨迹。

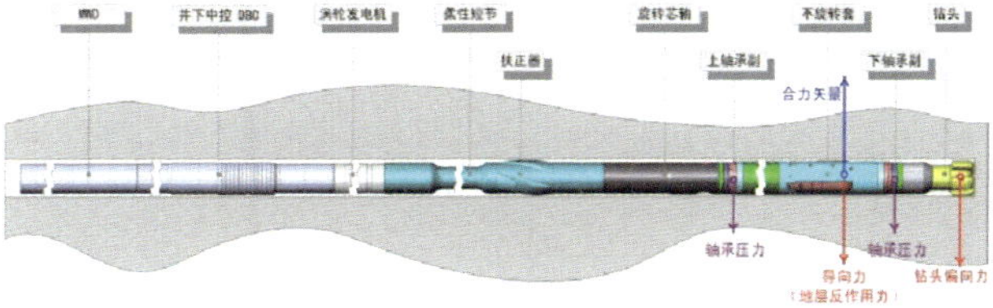

随钻测井和旋转导向系统研制难度极高，被誉为钻井技术“皇冠上的明珠”。系统技术构成包括力学、机械工程、仪器科学等10多个一级学科，仅井下电路控制模块就达近百个，测控程序代码数百万行。同时，系统还面临在地下数千米的高温、高压、高腐蚀环境中，在钻头破裂岩石的强烈振动冲击条件下，单次作业时间数百小时的挑战。

定向钻井技术：

定义：采用人为可控的技术方法，实现井眼轨迹控制，钻进到预定地层目标的钻井技术，即“指哪打哪的钻井方式”。配合随钻测井技术可进一步实现地质导向功能。

优势：井眼轨迹控制精度更高，可高效实现复杂三维定向井作业。全井段旋转作业，钻井时效高，井下风险小。

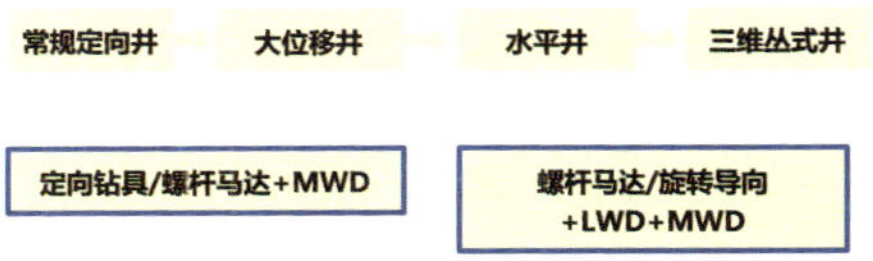

随钻测井技术：

定义：是在钻井的同时完成测量和测井作业，并将数据实时传送至地面进行处理和应用的技术。

优势：具有泥浆地层侵入影响小，地层评价的准确性高；建井周期短，勘探开发综合成本低等优势，降低了大斜度井和水平井的作业风险。

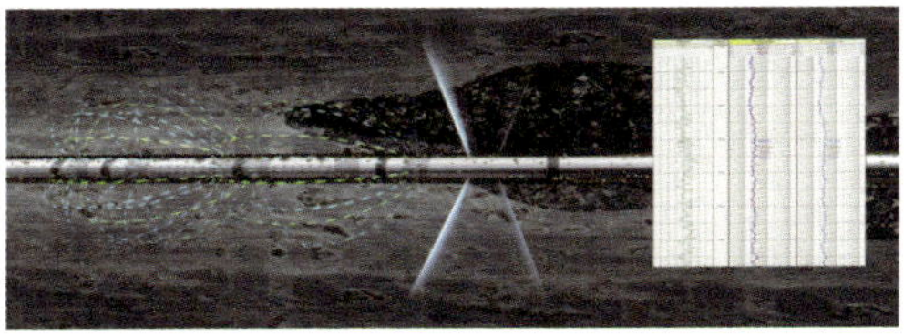

重新定义“不可能”的海上巾帼

——记海油发展工程技术公司采油工艺首席工程师刘敏

敏而好学，肩扛掘黑金之重任；学无止境，志在万里蔚蓝战场。谁说女子不如男？二十载日日夜夜，一步步踏踏实实，一次次自我超越，是海油人望向远方的万丈豪情！

她是一个在蜀地长大，北方工作，从事机械设计事业的海油川妹子。从她的谈吐中，那种属于川妹子的泼辣偏偏难寻踪迹。不过，与她相处久了，你会发现这种四川女人的典型性格，在她从事海油事业的25年里，已深深地刻在骨子里。她把这个形容为“固执”。

她叫刘敏，1993年加入中国海油，从事海上油田采油工艺及配套工具的开发研究及技术管理工作。

和很多年少励志的故事不同，刘敏是在走上工作岗位以后才开始慢慢喜欢上机械设计和采油工艺的。刘敏入职的那几年，正值我国海洋石油开发的发展期。在技术导师李奎元的带领下，刘敏所在的小团队从海上注水井分层配注工艺技术着手，开始进行配套工艺和工具的研发。刘敏和所有的男性设计师一样，在没有空调的办公室，在宽大笨重的木板上用笔和丁字尺在硫酸纸上作图。画一张图，不仅需要花费很多时间和精力，还有体力。几年后，他们研发的那套一投三分分层配注及分层测试工艺技术，实现了海上油田防砂完井注水井的分层配注和测试。该系列成果为海上油田高效注水开发提供了不可或缺的保障。

2008年开始，刘敏开始主持国家863子课题《海上平台聚合物在线溶解装置研制及现场应用》。工作初期，技术层面的要求之一是将整个连续配注工艺配注时间缩短到30分钟。“当时我一听，头都大了。聚合物驱在陆地油田已经用了20多年，常规认识上，配注时间需要两个小时左右。所以当我听到这个要求的时候，第一个反应就是‘不可能’。”刘敏回忆道。

“不可能”往往是机遇狡猾的外衣。当时，中国海油正发力“十一五”重大专项攻关。由于这个课题是新技术，同时要跟上绥中36-1油田调整工程项目组的工作步伐，时间非常紧迫。在完成工程项目研究的同时，又要做好各路协调和管理工作，这对刘敏来说是一个巨大的挑战。

“比如说一个压力容器，怎么满足海上注聚要求？它应该是怎么样的 S 型流向？怎么样保证母液在 40 分钟完成进出？对这些问题，我们必须动用、协调很多资源。”刘敏回忆道，“那段时间是完全不能放弃。因为那些工作很大程度上决定了这件事情能否成功。”

于是，刘敏和她的团队开始从全世界范围内找寻相关的新技术，同时着力自主研发。她请来了多名老专家为团队上课，老专家在上面讲，他们就在下面边记录边思考，课后讨论、画图、再讨论修正、再重新画图。在她的感染下，团队中的年轻人超常发挥，“拦路虎”被一个个消灭。早先被自己认为不可能的 30 分钟，现在不仅已经做到，其效果还在不断优化，最终实现了流程自动化。

也就是在这段时间里，刘敏对岗位工作有了新的认识：“我慢慢觉得，作为技术人员，一定要敢想。敢想了以后，才能去想困难和问题怎么解决、怎么去做。”

最终，不仅项目圆满完成，刘敏和团队还在规定时间内建造了一套完整

的样机。先前的不可能变成了刘敏的自我超越。

在设计研发和项目管理的过程中，刘敏的女性特质起到了关键作用。不同于男性的粗犷豪放，刘敏在采油工艺设计中将女性对细节的把握淋漓尽致地发挥了出来。在她的眼中，海洋石油并不仅仅是男性的天下。“在同一个领域里面，男性和女性的特点都有用武之地。”刘敏如是说。

花汗终见硕果累累。刘敏组织研发的海上油田同井注采一井多用技术系列，有效突破了油井数量对油田增产的制约，大幅节省油田钻井和平台建设的开发成本。“十二五”期间，6 台套连续混配系统为公司创造直接经济效益 3.4 亿元左右，更为中国海上油田的零递减、产量快速增长和节能减排等做出巨大贡献。2010 年以来，在多年技术攻关和沉淀的基础上，刘敏站在技术发展体系建设的角度，致力于公司产业和技术规划，形成了海上油田驱油高效开发的技术体系。

20 多年来，刘敏从一个女工程师，成长为一名工艺总师，曾经的稚嫩早已不见踪迹。随着时间的推移，更多了岁月打磨后玉石一般的温润和坚毅。“我原来遇到困难的时候，当别人提出问题，我会直接说‘不可能’。但是现在，我觉得很多时候是可以把‘不可能’变成‘可能’的。所谓‘不可能’，只是一块屋顶，往前走几步，抬头就是一片广阔的天空。”谈起这 25 年的历练，语调平静，刘敏的眼中却满是坚定。

作为一个柔弱女子，她不让须眉；作为一名技术人员，她在这个内敛到有些孤寂的岗位上不断实现着自我突破。蝴蝶破茧，梅花历寒，精钢百炼，破浪巾帼！

作者：陈　海

海油知识知多少

油田也需要“喝水”

乔　萍

小明最近对油田注水很感兴趣，这天遇到了海叔叔，小明迫不及待地向他请教了一大堆问题。

海叔叔，油田为什么要注水啊？

为了补充地层能量。油田投入开发后如果没有能量补充，油层压力将随着开发时间增长逐步下降，气油比上升，造成地层原油黏度增大，流动困难，最终导致油井停喷。因此需对油田进行注水，保持油层压力，以达到油井高产、稳产，提高最终采收率的目的。

海上油田注水的水源主要来自哪儿？

海上油田注水的主要来源是原油脱出水（也叫油田采出水）、水源井水、钻修井水等。当然，这些水需要经过净化、处理，达到一定标准后才能注入地层。

油田注水的水质如何算达标呢？

注水水质指标主要包括含油量、悬浮物含量、粒径中值等参数。企标《海上碎屑岩油藏注水水质指标及分析方法》对注水水质作了明确要求，依据注水层渗透率从低到高，对应的注水水质要求分为 A~E 五个等级，地层渗透率越低，注水水质指标越严格。

那如果注水水质不达标会有什么影响呢？

如果水质不达标，可能会导致地层污染。有些注水井近井地带被水中悬浮物堵塞，可能会造成注水流动阻力增加、油层渗透率降低、油井产量下降。所以中国海油的每一个油田都对注水水质有着严格的把关。

不服老的“老兵”

——记南海东部石油管理局西江油田惠州 25–8 平台机械操作中级张青林

从陆地到大海，从钳工学徒到技能专家，从机修工人到专利“达人”，他从未停下奋进的脚步。为了学习新技术，他肯自费去学校进修；为了维修进口设备，他愿花几个月时间研究施工图纸；临近退休，他也不忘为平台培养后备力量。老骥伏枥，志在千里。“老兵”虽老，但他不断向前，勇于超越自我的精神永不凋零。

第一次踏上南海这片蓝色的沃土，张青林 29 岁。那时，茫茫的大海对他而言是个无比广阔的世界，令他心生向往。转眼 25 年过去了，54 岁的张青林，从当初的热血青年，成了一名不折不扣的平台“老兵”。

“老兵”张青林常说，他是工人队伍里最后一代真正传统意义上的学徒。张青林没上过一天大学，18 岁中专毕业后就独自出外谋生。他的第一份工作是在四川宜宾七九九厂的机修车间里做学徒。“那时候师傅很严厉。犯了错，被打骂也不稀奇。”正是在这样的环境里，张青林开始了他的钳工生涯。

1992 年，张青林成为厂里的技术骨干。一次，去广州参加钳工比赛时看到外面广阔的世界，他产生了离开四川的念头。

“年轻的时候不出去闯一闯，后悔一辈子。”回到四川，张青林就把自己的想法告诉了师傅。面对最喜欢的徒弟，虽然舍不得，但师傅还是放他去追逐梦想。

初到深圳，本以为会有很多企业抢着要他这样的人才，可现实却给了他重重一击。因为没有学历，张青林处处碰壁。

为了补齐自己的短板，1993 年，他在深圳大学找了一份机械实操员的工作，白天指导学生实操，晚上自费上理论补习班。当时他每月的工资才 800 多元，却肯花 3000 多元给自己“充电”；为了适应新技术、新工艺，他还自费在深圳技术学院进修，取得了深圳市劳动局颁发的技师资格证书。

1994 年，南海东部海域进入了对外合作的大开发时期，张青林通过面试加入中国海油，开启了 20 多年的出海生涯。

在大海这个广阔的舞台上，张青林很快就有了施展拳脚的机会。2006 年，流花油田遭遇台风袭击，风吹浪涌，船体摇晃得厉害，人站都站不稳，ROV 支持船正在进行的龙门架安全作业停滞不前。当时，在平台工作的各国专家均束手无策，唯有张青林，艺高人胆大，利用老钳工技术中的“钢丝对中法”，一次性完成了龙门架的安装。

当时的外国机械主管大吃一惊，一手竖起大拇指，一手给张青林递来一杯刚冲好的咖啡，嘴里不住地说着：“ZHANG，GREAT（张，真厉害。）。”这一次的经历让他特别自豪。

那以后，因为技术出色，张青林几乎参与了大半南海合作平台的安装及验收工作。在和外方的不断接触中，他的英语水平也有了长足的进步。

2007年，一大批自营平台在南海建立。因为技术过硬，张青林被抽调参与中国海油自主设计建造的FPSO（海上浮式生产储卸油装置）——“海洋石油115”的筹运工作。

当时，“海洋石油115”刚投入运营，由于缺少管理经验，经常会遇到设备坏了没有备件更换的尴尬。那时候船上的大部分设备都是进口设备，价格昂贵不说，购买周期还特别长。张青林一咬牙，把以往施工的设计图纸拿出来，从零开始，重新进行计算、复核，用了几个月时间，逐步建立起一整套设备技术台账。经过这番梳理，再后来，油轮遇到需要更换的备件时，张青

林基本上都可以在车床上手动加工完成。

“老了，没有冲劲了。”看到平台上年轻人越来越多，张青林总说自己该退休了，可他依然坚持学习。在考高级技师时，因为理论知识体系不完善，他曾连续三年被拒之门外。但张青林没有放弃，他针对考试中的难点，自费到深圳宝安机场学习汽轮机知识，去赤湾码头学习内燃机技术……2011 年，年近半百的他成了南海东部第一位钳工高级技师。

“家有一老，如有一宝，有了老张，维修部门就有了底气。”平台机械主操刘军这样评价张青林。

2017 年，张青林发明改造的钢丝绳加油器、压井阀门气动扳手和水力旋流器取管等几种工具，获得了四项国家专利。50 岁之后，他完成技术革新、设备改造、合理化建议达上百项，各种荣誉也随之而来，优秀员工、东部好人、中国海洋石油工业劳动模范……

如今，出海 20 多年的张青林快退休了。想想自己出海多年，唯一愧对的就是家人。母亲突发脑溢血，手术抢救的时候他在海上加班；年近九十的老父亲大肠穿孔的时候，他也无法照料……每每想起这些，张青林总是揪心不已。“退休后，我总算能好好弥补一下对父母、妻儿的亏欠了。”他说。

临近退休，张青林反而更加珍惜在平台坚守的每一天。他将工作的重点

放在了带徒弟上。他辅导过的学生，大都成了各个平台的技术骨干。

“老兵”虽老，但他改造过的设备仍然在高效地运转着。他不断向前，勇于超越自我的精神永不凋零。

作者：肖　凯

海油知识知多少

荔湾 3-1 深水天然气采气平台

刘　鹏

荔湾 3-1 气田于 2014 年投产，是中国开发的第一个探明储量超过 1000 亿立方米的深水气田。荔湾 3-1 平台是现今亚洲最大的天然气集输平台，水深 190 多米，上部组块重 3 万多吨，甲板面积达 16500 平方米，是亚洲最大导管架平台，通过海底管线和水下井口开采水深 1500 米的荔湾 3-1 和流花 34-2 深水气田，具备 66 亿立方米天然气年处理能力和 86 亿立方米天然气外输能力。自 2014 年投产以来，荔湾 3-1 生产的南海深水天然气在珠海高栏终端精细处理后，通过天然气管网输送到广东省的燃气电厂、工业企业和居民家中，贯穿了粤港澳大湾区的大半个地区。截至 2018 年 7 月，荔湾 3-1 气田累计生产天然气超 120 亿立方米，已成为国家粤港澳大湾区建设当之无愧的“深水发动机”。

停不下来的“百炼书生”

——记中海炼化宁波大榭石化生产技术部副经理黄应禧

浓浓的书生气息中散发着一股灵气，干起工作来却有着拼命三郎的精神。从业14年来，他一直保持着停不下来的积极性、勤思善钻的探索精神，逐渐成长为炼油复合型技术人才。面对重大生产瓶颈，他反复奔走于现场收集数据，埋头于满屋子的设计资料中，最终攻克难题并额外增效2000多万元。

他说话轻声慢语外加一点点腼腆，戴着一副黑框眼镜，浓浓的书生气息中散发着一股灵气，干起工作来却有着拼命三郎的精神、老黄牛的倔强劲儿。他就是黄应禧。

37 岁的黄应禧，是大榭石化生产技术部副经理，近年来先后参与 20 多个技术改造和生产优化项目，并收获了宁波市劳动模范、中国海油青年岗位能手、大榭开发区立功竞赛建设功臣、大榭舟山石化公司劳动模范等诸多荣誉。

从业 14 年来，黄应禧一直保持着停不下来的高度积极性、勤思善钻的探索精神、吃苦耐劳的实干作风，在时间的催化下实现了由一介书生、最基层操作人员到炼油复合型技术人才的完美转身。

没有假日概念，只想工作尽快走上正轨

2011 年，三期馏分油项目正式启动，黄应禧被抽调参与项目筹建及设计管理工作。面对全新的领域，他迎难而上边学边干。在他上衣口袋里总是装着一个笔记本，上面密密麻麻地记满了各类塔器的工艺资料和数据。

黄应禧的笔记本，也可以说是他个人学习的“数据库”，是他个人学习的轨迹。至今，他的笔记本上还在不断新增着各类塔器、工艺参数的情况。“那段时间根本没有节假日及作息规律的概念，只想尽快让自己在新的工作中走上正轨。”这是他回忆起那段经历时最深的感受。

经过艰苦努力，黄应禧先后完成了馏分油系列项目 3 个可研报告和 4 个核准申请报告的编制工作，累计上百万字的工作量，合计节省 4 个多月的报告编制时间，也为单位节省了上百万元的前期费用。“那几个月，常常到夜里一两点钟才睡觉。时间长了，眼圈熬成‘熊猫眼’，至今留有痕迹。”回忆往

事，黄应禧轻松地笑谈道。

无非就是多干点，到啥时候都不后悔

2016 年 1 月末，浙江遇到罕见强寒潮天气来袭，并伴有严重雨雪冰冻，对装置设备安全产生了巨大的威胁。时任装置技术负责人的黄应禧紧急布置抗寒任务："试车过程中很多设备内部存水无法排净，一旦冻凝成冰，将有可能把设备管线胀裂。我们很多设备制造周期都在六个月以上，一旦损坏将严重影响项目开车进程。""可现在都快过春节了，很多施工人员和单位培训生都回老家了，我们人手严重不足啊。"班长低声嘀咕。黄应禧怔了一下，将已到嘴边的加油鼓劲的话给吞了下去，拿起工具坚毅地走出操作室："走，我和你们一起干。"

就这样，黄应禧和班组人员一同顶着寒风冷雨，接胶管、吹设备、扫管线，操作人员换了一班又一班，但他依然不知疲倦地忙碌在第一线。两天两夜，终于在寒潮来临前将上百台设备、近万米管线全部吹扫干净。那一刻虽然寒风呼啸，但他的心却是暖洋洋的。

晚上回到家，看到鼻尖冻得通红的黄应禧，妻子埋怨道："你这人啊，最大的优点是认真，最大的缺点还是认真。"黄应禧却说："做人做事认真了，无

非就是多干点，但不管到啥时候都不后悔，心里都很踏实。”

哪里有需要，哪里就有他的足迹

2016年是馏分油项目投产之年，已是生产技术部副经理的黄应禧担负起项目试车的组织指挥工作。面对施工尾项多、大工业用水延迟进岛、蒸气供应不稳定等一个又一个困难，他没有丝毫退缩，哪里有困难哪里就有他的身影，哪里有需要哪里就有他的足迹。

晴天一身汗，雨天一身泥。大家看在眼中疼在心里，劝他多休息，注意身体，黄应禧总是说：“我年轻，扛得住。”投产筹备最紧张的时候，也正是高温天气，他十几个小时守在现场，连续十几天没穿过一件干衣服，连施工单位的人都心疼地对他说：“小伙子，总是一身湿衣服会得皮肤病呀。”他却说：“一会儿我的体热就把它烤干了。”

在投料试车阶段，他更是全身心投入。一次凌晨归家时，妻子看着这位“胡子拉碴”的书生嗔怪道：“4岁的女儿为了和爸爸见上一面，最近每天都是熬到11点多才睡觉，可惜还是没等到你回来，她已经有一个多月没能见上你一面了。”对工作严细认真、精益求精的黄应禧，觉得亏欠最多的是妻子和孩子。

馏分油项目投产过程中，由于DCC装置碳五产品收率大幅高于预期，严重影响全厂的物料平衡和储罐平衡，甚至有可能引发全厂停工。面对困难，黄应禧反复奔走于各关键工段现场收集数据，埋头于满屋子的设计资料中研究解决方案。

面对质疑，黄应禧用自己钻牛角尖般的倔强、多年的技术积淀及对全厂工艺流程的精通，创造性地提出并组织实施了一系列短平快改造方案，确保装置运行时效，较好地解决了全厂生产瓶颈问题，也创造了高达2000多万元的经济效益。

成为“技术大拿”后，不断有企业向黄应禧伸出“橄榄枝”，有的开出数倍于他工资的条件，都被他拒绝了。他说：“人要懂得感恩，是企业一手培养了我、成就了我，我舍不得离开这个温暖的家。”

入职 14 年来，有人问他：“总没发现你有闲着的时候，如此拼命工作，有必要吗？”黄应禧总是报以轻轻一笑，给出了最肯定的答复。

作者：袁臻颖

海油知识知多少

如何拧去原油里的水和盐

刘　超　李　华

小明最近听说，从地层开采上来的原油要经过脱水脱盐处理才能外输。为什么要脱水脱盐呢？又有哪些好办法呢？小明很好奇，于是又来找海叔叔请教。

海叔叔，原油为什么要脱水呢？

你试想，如果原油含水量较高，用户肯定不愿意，这样就会降低原油的价格，甚至会失去市场竞争力。另外，含水量较高会增加原油在生产、储存和运输过程中的设备容量，损害原油加工设备，增加开发过程中的成本。

那我们是如何进行脱水的呢？

常见的原油脱水方法主要有重力沉降、加热沉降、药剂破乳脱水、电场破乳脱水与聚结脱水等。这几种脱水方法在海上油田开发中均被采用，大多数的情况下是两种或两种以上的方法组合使用。

哦，脱水我明白了，脱盐又是为什么呢？

原油含盐量过高会加速设备和管道的腐蚀。下游炼厂更重视原油中的盐分，盐分在加工过程中能与水形成盐酸，会加速设备的腐蚀。同时，含盐量过高还会形成盐垢，导致传热效率降低、流动阻力增大等。因此，含盐量过高不能进入炼厂直接加工炼制。

那脱盐的方法呢？

脱盐工艺主要利用原油中的有机盐易溶解于淡水的原理，采用淡水“冲洗”含盐原油的方法。由于原油中盐溶于水中，在脱水的同时也脱除了大部分的盐。

“羊头”与设备的“恋爱”史

——记中海化学八所港第一装卸区技术监督羊圣良

他扎根一线37年，参与设备抢修、应急抢险37年，与码头设备相恋37年。因为有爱，才能相守；因为相守，才想共度余生，他用实际行动诠释了海油人爱岗敬业和求实创新的精神，谱写了一部轰轰烈烈的“设备恋爱史”。

"羊头，天都黑了，你还蹲在这里研究啊？"

"没得办法啊，修不好设备，我回家也睡不着觉……"

"羊头，又来拖轮上免费蒸桑拿？"

"没得办法啊，明天需要拖轮协助大船作业……"

……

这样的对话，在中海化学八所港的角落会经常听到。对话的主人公就是中海化学八所港和设备谈了37年"恋爱"的码头怪人羊圣良。虽说他工作在办公室，但你很少在办公室看到他。虽说他徒弟众多，但关于设备故障却总要事事亲力亲为。按同事们的话说，"羊头不是在和设备'约会'，就是在去'约会'的路上"。码头怪人，从一见钟情到钟爱一生，从一名设备"小白"到名副其实的设备"情感专家"。

"羊头"与设备"相知相熟"

"第一次触碰到正在运转的内燃机，它的震动频率仿佛和我的心跳产生了共鸣。"

1981年，刚从技校毕业的羊圣良被分配到八所港修配厂，看到因故障不能动弹的叉车，内心顿生怜惜之情，便立下了一定要好好照顾它们的誓言。

作为刚进修配厂的"小白"，为了和设备"相知相熟"，羊圣良脏活累活抢着干，钻车底、爬门机、入船舱，哪里有活他就出现在哪里。为了能掌握更多的机械设备知识，羊圣良总是逮到人就学，从不怕别人笑话。一年后羊圣良的技术突飞猛进，对设备有了全面了解，慢慢地读懂了设备。

“羊头”与设备“相依相恋”

“别人都说和设备打交道很枯燥，但我却特别依恋机器轰鸣的美妙。”

一天凌晨，电话铃声唤醒了睡梦中的羊圣良。“拖六轮”在助泊作业途中，因为浪大导致抽空高温报警，停在航道上，浪花中夹着东方泛白的晨光，船长焦急地等待着。

羊圣良来不及洗漱，骑着他的“小电驴”奔赴码头，随着“拖四轮”前往事发地点。此时“拖六轮”连续作业几个小时，机舱像烤炉般，羊圣良一头钻入机舱，几分钟的时间，就已经大汗淋漓。“应该是冷却器末端集聚了大量空气致使冷却效果骤降而高温报警停机。”绕着被热浪笼罩的主机走了几圈儿，羊圣良胸有成竹地阐明了自己的观点。不到半小时，“拖六轮”主机再次启动。船员们露出了钦佩的神情。

“恋人”抽空报警的“顽疾”依然存在，不仅影响生产，遇到恶劣天气随时可能出现船毁人亡。

为了了解因风浪引起的吸空导致高温报警现象，羊圣良犹如对待“恋人”

般，总是一个人悄悄下入机舱和“拖六轮”主机进行秘密“约会”。他总是一个人静静地研究，一坐就是半天。机舱有限的位置变成了他无限的遐想空间，“恋人”美妙的轰鸣声变成了他思考的乐符。

“羊头，这几个月，让你赚到了，天天到船上免费蒸桑拿。”同事们打趣道。是啊，要是不彻底解决，危险不就一直存在么？测绘、试验、推倒重来，羊圣良思索着……几个月和“拖六轮”的“相依相恋”，他终于想到了解决抽空高温报警的办法：在海水泵的吸入口附近（反复试验得出的最佳位置）和冷却器的末端新割1寸孔，焊上“特制”的斜弯钢管，再用一寸胶管把两个孔连起来，利用海水泵吸空时冷却器与海水泵吸空处的压力差，水位自动回流补差。就这样，羊圣良用几块钱的材料费，彻底解决了困扰“拖六轮”多年的吸空高温报警顽疾。

不仅如此，对待设备故障，“羊头”还有自己的一套绝活儿——听声辨位。他能在机器轰鸣的机舱里只凭借一点点杂音就能马上判断何处发生故障，最是让人拍案叫绝。

2016年5月1日，“拖六轮”卡特彼勒主机无法启动，船员和技术员里里外外地把所有主机系统都检查了一遍，仍然没有发现问题。“故障是死的，人是活的，主机先行点动。”羊圣良说完便走到了主机旁，闭上了眼睛。5分钟过去了，正当船员和技术人员一筹莫展时，“羊头”睁开了眼睛：“这个问题不是看出来的，得用听，细心听设备的‘心跳声’。”说完便招呼船员们围拢过来：“你们仔细听，主机点动时，里面有很轻微的敲击和卡堵声，我怀疑是排烟管漏水至缸盖引起的。”将信将疑的船员和技术员一起拆开了气缸盖，一个多小时的折腾证实了羊圣良的想法。如不是多年对设备的喜爱，对码头设备的“相依相恋”，技术绝对不会如此炉火纯青。

“羊头”与设备“相守共余生”

因为有爱，才能相守；因为相守，才想共度余生。羊圣良与港口设备从相识相知，到相恋相守，衣带渐宽终不悔！

他总说，最开心的，就是船头划出犹似火焰的金斑，船尾犁出似若飞雪的浪花，美景和晨曦或是晚霞浑然一色的时刻；最快乐的，就是码头泊位满满船舶，机械设备来来往往，码头繁华忙碌的时刻。

在羊圣良的脸庞上，你总会看到一丝笑意和认真严肃的表情，挺拔的身姿，眼神坚定地看着蔚蓝的远方，魅力十足！

作者：符玉超

海油知识知多少

解密稠油

刘 晨

海叔叔，什么是稠油？

顾名思义，稠油是一种比较黏稠的石油。因为黏度高、密度大，我们习惯称之为稠油，这是相对稀油而命名的。

稠油的开采方法都有哪些呢？

为提高稠油油藏产量，科研人员通过对储层加热或注入药剂、稀油、气体等方法让地下的稠油“动”起来。目前主要技术有注蒸汽热采、火烧油层、热水－化学吞吐、携砂冷采、注多元热流体、电加热等。

那稠油开采有什么难题呢？

稠油具有特殊的高黏度和高凝固点特性，胶质、沥青质和长链石蜡造成原油在储层和井筒中难以流动，需要实施高投入的采油工艺方法。稠油的输送必须采用更大功率的泵送设备，为了达到合理的泵送排量，要求对输送系统进行加热处理，或者对原油进行稀释处理。

我们的海上稠油开采怎么样呢？

目前已在旅大 27-2 油田、南堡 35-2 油田开展了注蒸气热采、多元热流体等技术的现场试验，取得了良好效果。

金融“油田”的开采工

——记中海信托信托事务管理总部副总经理王国淼

知易行难，王国淼用11年的坚持，践行着海油精神。在平凡而又特殊的岗位上，他勤勤恳恳、无私奉献，以包容和奉献不断开采着金融“油田”，为中国海油建设中国特色国际一流能源公司贡献着力量。

他说话轻声细语，待人平易谦和，举手投足间有一股子书卷气，使人不由得产生亲近之情。

他是出类拔萃的部门经理，更是踏实可靠的公司员工，他的工作总能让同事放心、领导安心。

从应届毕业生到岗位能手，到部门经理，再到海油劳模和上海市劳模，他 11 年如一日，用包容和奉献诠释了海油“80 后”的青春风采。他就是中海信托信托事务管理总部副总经理王国淼。

王国淼与海油的不解之缘始于 2006 年。那一年实习面试，他对公司“只有风险可控的发展才是可持续发展”的发展理念印象深刻。那时在信托行业，风险控制并不十分受重视，而海油规范稳健、强调内控的企业文化使他产生了强烈的认同感。踏实做事、诚信稳健的处事风格，让他和中海信托喜结连理、携手同行。

走进王国淼的办公室，桌上一堆堆的报表和文件仿佛让人立刻就能进入工作状态。多年来他累计管理信托项目账套 2000 个，核算信托资产规模超过 20000 亿元，制作凭证 300 万张，报表超过 80000 份。回忆起这 11 年来走过的道路，他坦言公司包容、奉献和诚信的文化使其受益良多。

记得 2007 年到 2008 年初，公司成立一项打新股的产品，产品结构对资金效率的要求非常高。刚刚毕业进入公司的他就面临着高强度和高时效性的工作。“那段时间每天都要加班到很晚，经常要到凌晨 1 点到 2 点，甚至 3 点多才回家。但同事们都没有任何怨言，部门经理张悦就算晚上 10 点出差归来，下飞机就会马上赶回公司带领同事们一起工作。”正是这样忘我工作、无私奉献的工作作风深深感染了他。

2008 年受到金融危机的影响，公司的业绩出现波动。为更好地监控信托报酬各项数据，他发挥主观能动性，设计专用表格。正是这些表格发挥了重要作用，直至今日依然在使用。他表示："一份耕耘、一份收获。你怎么对待工作，工作怎么对待你。除了认真勤奋以外，还要善于用脑，多与同事沟通交流，在工作的同时勤于总结经验和技巧，从而提高工作效率。"

不积跬步无以至千里，不积小流无以成江河。有新同事向他求教："那么多年来，一直保持财务会计不出差错的秘诀在哪？"他语重心长道："万事都要从小事做起，细节决定成败。"而他的专业正是由无数个细节堆砌而成的。

熟悉他的人都对他的包容和奉献赞不绝口，而他总是低调地将功劳归结为公司的培养。

他说："包容，就是愿意体谅对方，愿意站在对方的角度思考问题。公司的包容文化不止体现在同事与同事、领导与下属间，还体现在公司与交易对手、合作伙伴、委托人的工作过程中。"公司的包容文化形成了友好融洽的工作氛围，而他也将这种包容运用到部门日常工作中。加班虽然劳累，但他总是以身作则，通过主动与员工谈心谈话、合理分配工作任务、耐心解决工作难题，使部门员工在繁忙工作的同时，拥有友好、高效、乐观的工作环境。

"你都快把单位当成家了。"有时也会有人这样和他开玩笑。但他总是坚持任劳任怨、精益求精。他说："奉献，就是当公司需要时，愿意为工作牺牲一些个人时间和利益。加班是对待工作的一种态度，当工作需要时必须能够站出来，这是一名合格的海油人理应做到的。不计较个人得失，把眼光放长远，反而能有更大的收获。当然我们也应该尽可能通过改进工作方式来减少加班的次数。"

时至今日，走上信托事务管理总部副总经理岗位的他正不断为公司转型发展出谋划策。在他的带领下，项目管理部正在努力转型为项目牵头部门，从信托业务第二环节走到第一环节，提高项目运行效率，为公司前台业务提供更有力的支撑。

知易行难，王国淼用 11 年的坚持和坚守践行着海油精神。在平凡而又特

殊的岗位上，他和他的同事们将继续勤勤恳恳、无私奉献，以包容和奉献的精神开采新的金融“油田”，为中海信托打造国内一流信托公司，为中国海油建设中国特色国际一流能源公司贡献新的力量。

作者：刘　啸

海油知识知多少

走近原油期货

徐恒利　于海涛

小明之前从新闻上了解到中国版原油期货上市，带着疑问来向海叔叔请教。

海叔叔，什么是原油期货？

在传统的交易中，我们会一手交钱，一手交货，这叫现货交易；期货则是现在签订交易合约，在将来进行交易，石油期货则是以远期石油价格为标的物品的期货。

我国原油期货的上市对国内石油企业有什么影响呢？

石油期货的推出，促进了石油企业生产经营的稳定、成本的削减和风险的降低。原油期货市场基本运作方式即套期保值、对冲风险，提供比现货市场更加平稳的价格环境，通过套期保值，油企可以提前锁定成本和未来收益，能够最大限度避免价格波动给生产经营带来的不确定性。同时，我国石油企业在自己的交易主场以人民币进行交易结算，可以有效降低汇率风险，降低参与成本。

石油期货具有哪些基本功能？

目前石油期货市场具有三大基本功能：一是价格发现，在公开竞争和竞价过程中形成的期货价格，具有重要的价格导向功能，能够引导企业生产经营更加市场化，提高社会资源的配置效率；二是规避风险，套期保值是石油期货市场基本运作方式之一，企业通过套期保值实现风险采购，能够使生产经营成本或预期利润保持相对稳定，从而增强企业抵御市场价格风险的能力；三是规范投机，资本具有天然的投机需求，利用石油期货市场可以吸引大量资金，从而为石油产业发展提供推动力。

美丽中国的行动者

——记大同煤制气项目组职业健康岗位经理成学礼

他善于学习、吃苦耐劳，在风寒中带领同事们完成国内首个鲁奇碎煤加压气化工艺浓盐水分质结晶中试；他勇担重任，不辱使命，完成了项目环评报批。他在平凡的岗位上，做出了不平凡的业绩。他始终践行一个环保理念：美丽中国，我是行动者。

云起云落，静待花开。有这样一座美丽的县城——左云，位于山西与内蒙古交界处，隶属于被誉为“塞外明珠”的历史文化名城——大同。这里有一个煤炭深加工项目，肩负着国家“十三五”规划示范项目的重任——大同煤制气项目。这里有一群可爱的海油人，他们为煤化工行业辛勤付出，为中国的能源事业奔波奉献。在这群人中，有一位美丽中国行动的践行者，他就是大同煤制气项目组职业健康岗位经理成学礼。

为环保而战

外面飘着大雪，就像那高贵的白天鹅轻轻抖动着翅膀，身上的羽毛一片片地、飘飘悠悠地落下来，大地披上了厚厚的银装，室外温度零下 30 摄氏度。此时，成学礼正带着研究院、安全环保公司的几名同事，踏着厚厚积雪，顶着凛冽寒风，努力地推着三轮车。车上载满了刚从大唐克旗煤制气厂拉回的鲁奇碎煤加压气化工艺浓盐水，他们似乎在通过卖力的劳动，换取一点点温暖。

这是 2016 年春节前夕的一天，中国西北部的宁夏宁东正经历一场极端低温天气。当人们正欢天喜地迎接春节到来的时候，成学礼他们正做着一个光荣的任务：国内首个鲁奇碎煤加压气化工艺浓盐水分质结晶中试，他们为环保而战！

来自南方的成学礼，人生第一次见这么大的雪。他一边推车、一边感叹：“多美呀！”那朵朵雪花在天地之间翩翩起舞，旋转着、跳跃着，如朵朵棉絮、如缕缕烟云。那洁白、晶莹的雪花，寄托着人们对新年的无限憧憬和美好向往。此时此刻，他既兴奋，又忧心。这么恶劣的天气条件，怎么才能完成项目组交代的任务呢？

时间紧迫，容不得成学礼多加思索。他必须拼尽全力、协调妥当，与同事精诚合作、凝心聚力，才可能完成任务。他带领同事们来回搬运试验用的污水，时刻关注着各项试验指标，似乎忘却了寒冷。

不知不觉到了中午，外面的大雪依然没有减弱的迹象。合作方一名同事说：“成经理，你们该回去吃饭了，这么冷的天，下午迟点过来吧。”成学礼皱了皱眉头说：“不行啊，再过几天就春节了，无论如何要在春节前完成任务。”为了赶时间，他带领同事争分夺秒地工作，累了就在现场休息，饿了就边吃盒饭边讨论工作。刺骨的寒风把脸吹得生疼，他们时不时原地运动取暖。就这样，他们仅仅用了十多天时间，就完成了 30 吨浓盐水的配水，完成了各项试验及设备的调试，在春节前 3 天完成了试验任务，成功分离出工业级的硫酸钠和氯化钠结晶盐，验证了鲁奇碎煤加压气化工艺浓盐水分质结晶技术的可行性，为煤化工废水全部综合利用方案和项目环评审批提供了有力支撑。

破解行业难题

2016 年 3 月 4 日是个难忘的日子，平时安静的项目组热闹起来，大家脸

上洋溢着笑容，充满着希望，似乎都在说着同一件事，那就是项目环评获得国家环保部批复。成功的背后，几多艰辛几多付出。此时的成学礼站在办公桌前，望着外面蔚蓝的天空，深吸了口气，仿佛心中的一块石头落了地。在开展项目环评期间，他辗转内蒙古、宁夏、江苏、湖北、广东……唯独没回过家。

近年来，国家对环保要求越来越严格，对煤化工项目的环评审批也越来越谨慎，环评审批在煤化工项目建设中号称“生死关”。由于煤化工项目环评面临知识涉及面广、技术难度大、协调复杂等问题，他和同事们经常通宵达旦地工作。针对专家提出的 80 多个问题逐项进行落实。为准确掌握非正常工况下的排放情况，他协调各方力量，联系已运行的煤制气项目，了解实际排放数据和状况，提出改进措施，经常加班到凌晨。

针对煤化工行业的“三废”排放问题，成学礼及团队创新思维，开创性地提出解决问题的思路，开展技术攻关，破解行业难题，环评方案创多个行业第一。他们的效率和能力让同行佩服，成果最终得到了专家的认可。

在成学礼和同事们的不懈努力下，该项目在已获路条的 16 个煤制气项目中第一个获得环评批复，环评中多项创新措施，被同期报审的煤化工项目学习和借鉴。

绿色发展永无止境

2018 年 3 月 27 日，在中国海油京直地区第四届青年科技与管理创新研究课题终审验收会上，专家们对成学礼作的课题汇报给予了热烈掌声，一致认为课题意义重大。针对目前煤化工零排放存在的关键问题，成学礼带领课题组 3 名青年员工，开展了碎煤气化工艺废水处理分盐提质及资源化利用研究课题攻关。课题组首次提出煤化工废水结晶盐应用的优化途径，首次提出煤化工废水结晶盐标准控制指标。该课题荣获中国海油直属团委第四届青年科技与管理创新研究课题二等奖。

绿色发展永无止境。为践行绿色发展理念，建设和谐美丽工厂，成学礼付出了无数艰辛，创造了一个又一个感人事迹。他在平凡的岗位上做出了不平凡的业绩，以实际行动践行了许下的诺言。

作者：黄新德

海油知识知多少

“小蜜蜂”采油

宋　瑞

小明在新闻里看到海上使用“小蜜蜂”采油，感到十分新奇，于是带着疑问去请教海叔叔。

海上采油的“小蜜蜂”指的是什么呢？

“小蜜蜂”是海上移动式采油平台，它在完成一个油田的试采任务后，可以通过升降系统降至海面，再用拖轮拖至新的作业地点继续作业，因此被形象地称为“小蜜蜂”。

“小蜜蜂”都有哪些本领呢？

别看“小蜜蜂”体积不大，但有井口支持、油气处理、生产生活支持、储油及外输等多种功能，能够进行试采、修井、弃井、热采辅助等作业，“小蜜蜂”造价低、租金低，可以在海上油田反复利用。

“小蜜蜂”能发挥哪些作用呢？

“小蜜蜂”是边际油田开发的“先遣兵”，对于地质结构复杂、风险较大的油田，“小蜜蜂”试采作业可为油田开发前的产量和经济评估提供服务，从而更加精准地确认油田的商业价值，有效规避工程投资风险。

“涅槃”重生新埕北

——记渤海石油管理局埕北油田作业团队

埕北油田对中国海油意义非凡，它是中国海上油田开发的第一艘“对外开放号”，是中国改革开放馈赠给中国海油的第一份厚礼，可以说中国海油的现代化之路始自埕北。这些都离不开埕北人的奋进和担当、拼搏和勇气、毅力和执着、牺牲与坚持。

2017 年盛夏，倒班船摇摇晃晃，伴随着一声高呼“埕北 B 到了”，刚刚通过竞聘拿到顶岗资格的吴健冲破热浪，跑到甲板上兴奋地看到了埕北油田 32 岁时的容颜。吴健并没有感受到眼前就是我国第一个对外合作开发的油田，再造后的埕北油田在外貌上几乎没有留下太多历史的斑驳。

顶岗前，埕北 B 平台时任总监张增良找他谈话时，向他介绍：“1985 年建成投产的埕北油田是我国海域第一个完全按照国际规范建设的现代化油田，也是目前中国海上最老的在产油田。在经过升级大改造后，新埕北油田可延寿 20 年。”

困难重重：六个“最”

2016 年 7 月，渤海石油管理局渤西作业公司启动了埕北油田设备设施整体升级改造项目。改造项目启动时，正值石油行业严冬，国际原油价格低位徘徊。此时，经过 31 年的开发利用，埕北油田设备设施老化、平台处理能力受限、油田高含水等一系列问题日益突出。

一旦启动这个项目，就意味着要在生产了 31 年的老油田上，投资 8 亿多元，动用拖轮、浮吊等大型资源 7 艘，拆除 63 台套、利旧 32 台套、新增 233 台套设备，拆除 20 万米、新铺 19 万米电缆，停产改造时间长达 5 个月。

原渤西作业公司总经理许建军参与并见证了这项海上油田改造史上的罕见工程，“当时，摆在项目面前的重重困难几乎是前所未有的。可以说，改造项目所在油田之老，投资之大，项目之复杂，工作量之大，施工人数之多，停产改造时间之长，均堪称为‘之最’。”

“海上施工作业全部由平台值守人员与其他单位施工人员共同完成。在陆地组块建造方面，埕北油田倒休骨干员工全程参与组块建造，配合和跟踪各项设备调试。那段时间，所有埕北人没有一人退缩，大家只有一个想法，赶紧安全高效地完成项目。”孙延宁回忆，“如今，那段奋斗的历程成了埕北人永久的记忆。”

迎难而上：五个“一”

“在152天停产改造期间，来自十几家单位的施工人员需要同台作业。现场每天平均作业点超过40个，涉及埕北A区和B区共5个平台几乎从内到外各个专业的改造。”现任渤西作业公司主任工程师赵德喜是当时的生产准备项目组组长。回忆时，他说，“如何管理好这么多的人和作业点，是当时急需思考的问题。”

经过认真分析、反复论证，赵德喜清晰地认识到了项目难度“六个‘最’”，并率先提出项目管理“五个‘一’”，即：打造一个团队，信仰一个理念，完成一个目标，传承一种精神，积累一份经验。

在流程和容器水压试验期间，需要大量的淡水，项目组发现原油储罐维修完成后的充水试验，先于新组块流程水压试验。经与各相关方沟通协调后，决定将原油储罐充水试验回收的水，转移至新流程容器存储进行循环再利用，缩短水压试验加水时间约5天，同时节约水1000立方米。

“在安全管控方面，针对项目点多、线长、面广的管理难点，我们积极探索能够切实管控风险的大型资本化改造项目的安全管理模式，始终坚持安全

第一。渤西作业公司与工程建设中心成立安全环保联合管理小组，二者必须为各自所管辖作业的安全负责，落实‘谁主管，谁负责’的原则。另一方面，我们及时成立项目联合党支部，把所有党员凝聚在一起，以点带面突破一项项难关。”赵德喜自豪地说，“升级改造完工后，埕北油田 35 口老油井按期实现一次性开井生产，实现零故障。整个项目施工期间实现零事故。”

排除万难：破“双千”

2016 年 12 月 23 日，埕北油田顺利开井试生产，31 岁的埕北油田凤凰涅槃再现新生！

然而，在项目即将“收官”阶段，恰临近西方圣诞节，急于回国的外方技术人员仅授权单台燃气主机运转，造成主机无法并车，而再调试要等到 2017 年以后。单台机组不稳定，极易出现突发情况，特别是无法满足外输原油时的电力负荷要求。

“困难不可避免，但方法总比困难多。是男人就要对自己‘狠’一点，就要做打不死的‘小强’。”埕北 B 平台维修监督顾建伟边擦汗边打趣道。终于在奋战了两天两夜后，顾建伟通过制订和论证多套方案后拿出了临时电网解决方案。

“埕北项目敢为人先，在复杂电站组网调试、薄壁储罐大尺度维修、利旧设备综合评估、大型资源集约共享等方面的一系列创新，推动了渤海湾‘三新三化’技术的有效落地。”渤西作业公司装备管理部经理冯胜自豪地说道。

2017 年 10 月 27 日，埕北油田在升级改造后，日产量重上千吨，累计产量达千万吨油当量，重振雄风。

而这只是一个起点。渤海石油研究院提供的资料显示，2018 年埕北油田产量将达到新的高峰。经过不断挖潜，预计该油田标定采收率将提高一倍以上。

“伴随着许多油气田进入开发后期，一些老油气田也将采取埕北模式。埕北油田的这次升级改造将成为一本活生生的教材，为今后海上大规模平台改造升级工程提供宝贵经验。”时任渤西作业公司副总经理池树根说。

作者：郭朝建　占有明

海油知识知多少

油田里的“共享单车”

张倩萍　杨志成

小明认为共享单车很方便，他想油田会不会也进行类似的资源共享呢？于是去向海叔叔请教。

海叔叔，油田也有“共享单车”吗？

你指的是资源共享吧，当然有啦。油田资源共享能大大降低成本，提升整体经济效益。如陆地终端共享，旅大10-1油田位于绥中36-1油田西南方向22公里处，它生产的原油经平台初步处理后，通过海底管线送入绥中36-1油田的陆地终端处理厂。还有电力共享，以绥中电网为例，在二期组网之后，绥中36-1油田只需要2台机组就能达到正常电力需求，这在以前可得要4台呢。

资源共享真是一种省钱的好办法。

还不止于此呢！资源共享还能避免能源浪费，合理地使用资源。如渤海油田渤南作业区气量充足，在保证自用和供气的同时，还有大量富余。他们将富余天然气输送给贫气区的渤西作业区，助其供气，还为埕北油田自发电供气，实现了节能减排。

除了物资共享，油田还有其他方面的共享吗？

除此之外，还有人员和管理的共享。人员共享可以提升平台间的协作能力，如绥中36-1油田群组建了维修联队，减轻了各平台对外委维修的依赖，能大幅节约维修成本。管理共享则是探索油田群管理创新，确保各平台可以充分进行工具、经验和人员的共享，例如油田群会议制度、人员优化方案等。

南海“愚公”舞气龙

——记南海西部石油管理局崖城 13-1 气田作业团队

位于海南岛西南方向的莺歌海海域上，崖城 13-1 气田正在满负荷运转，向远在 700 多公里外的香港源源不断地输送着天然气。1996 年 1 月 1 日，它第一次燃起熊熊火炬，点亮万家灯火。这个气田，雄霸“中国海上最大气田”宝座长达 8 年，也是中国第一个与外方合作开发的海上气田。这些辉煌成绩的取得离不开崖城 13-1 气田团队的辛勤付出和对石油精神的薪火相传。

这天，当南海迎来第一道曙光，25 岁的章海鹏乘坐直升机来到了心之向往的崖城 13-1 气田。他极力远眺海天接壤的地方，“那是师傅王光旭和伙伴们坚守的城”。

章海鹏刚入职时，王光旭就骄傲地介绍：“崖城 13-1 气田是我国海上首个千亿方大气田，累计向香港、海南供气超过 500 亿立方米，有力地促进了两地经济社会的繁荣稳定。”

每每想起，现已成为中央企业技术能手的章海鹏依然浑身充满力量，竭力循其足迹、驱己前行。

未曾想脱下蓝工衣

1996 年 1 月 1 日气田投产，王光旭从研究院转岗来当维修电工。作为气田独特的人才孵化模式下走出去的首批人员，他在美国墨西哥湾生产设施上接受了一系列的岗位培训，看到了差距，也明确了使命。于是，他扎根一线，一干就是 22 年，日复一日、年复一年地整理每一条导线、每一块元件，就像整理气田的“脉络”一样，一笔一笔地记下平常无法处理的“病症”。每逢停产维修，总能见到他的身影，他说：“电力就像油气田的经脉、血管一样，哪一点都不能出问题。平常做不了的，停产维修就要一并解决，心里才踏实。”

2018 年，60 岁的王光旭两手各拖着一个大行李箱，肩上背着大行李包，从宿舍到终端大门短短几百米，他走了很久很久。前来送别的同事从未见过他带这么多行李，上前帮忙都被婉拒了，他说：“箱里的、包里的，满满都是二十几年的老物件了。以前上班就像回家，自然轻装上阵。现在退休了，这个家恐怕很少有机会再回来，满满的回忆放不下半点，总得全部背上。”

放不下这个家的还有机械工陈忠伟，同样见证气田投产至今的他被称为

“机哥”，依然如桩腿般支撑着平台。20 多年的现场工作让他落下了“唠叨”的毛病：“习惯了，多唠叨几句，技术涨一分，安全多一分，这唠叨也值了。”凡有设备维修，他都要不厌其烦地多次确认每个细节，现场也总能听到他的喊声：“手不能放在夹缝里面”“不能站在吊起的重物下面”……技术和安全标准早已烂熟于心的他，期盼用唠叨的方式继续言传身教下去。

钢铁之城飘扬五星红旗

2004 年 1 月 1 日，中方顺利接替外方成为作业者。现任生产监督江陵是当时急招的新员工。他回忆，面对随即而来的人员真空，前辈们只来得及在工作中示范一次，新人要靠自己快速担起班组的重任。有一次，中控室内警报声骤然响起，控制系统界面刷刷跳出一页又一页的警报，从未见过这般阵仗的江陵只觉得两耳嗡嗡响，不知所措。事后，深感无力的江陵一头扎进了资料室，捧着厚厚的生产资料一学就到大半夜。午饭后，他继续学习生涩的英文资料，甚至主动申请多上班，直到把问题学通学透。时至今日，他还常常把那段赶鸭子上架的学习经历挂在嘴边：“那时经常梦到关停抢修，会猛然惊醒，但是技术打下了很好的基础。”

现任总监欧世兴则对 2007 年气田首个重大项目——湿气压缩机的成功投

用有着深刻的印象。他打趣道："湿气压缩机投用初期，系统尚未稳定，半夜抢修几乎成了常态。"一天半夜两点，睡梦中的欧世兴又被同事拍醒，被告知湿气压缩机停机，三甘醇再沸炉点火失败。他一下子就跳下床，捧一洼冷水搓了搓脸就赶往现场。迎面而来是透骨的夜风和寒雨，他浑身打着哆嗦，披上雨衣就冲到风雨中。再沸炉的炉头及附属设施距离地面很近，欧世兴只能趴在坚硬、冰冷、潮湿的格栅板上调试和观察，这一趴就是两个小时，雨水顺着安全帽沿不断滴落，模糊了双眼，也腾不出手去擦拭。

千方百计壮气龙

随着开发的深入，气田产量自然衰减。面对如此情况，崖城 13-1 气田主动求变，全力保障香港和海南供气。

2011 年，气田创新性进行降压生产，海油系统内首次压缩机换芯最为关键。厂家工程师前来主刀，藏藏掖掖，每逢关键技术节点总以找工具为借口把动力工程师张锦支开，这让人又气又无奈。"为了学技术，我宁愿做块牛皮膏药。"凭着这股犟劲，张锦挎着沉甸甸的工具百宝箱，窝在狭窄闷热的橇块里，任工服湿透也寸步不离，厂家工程师的借口再也没有奏效。直到换芯完成，厂家工程师由衷地竖起了大拇指。

2012 年，气田尝试开发崖城 13-4 自营边际气田，向香港同一用户供气，但极为复杂的商务关系成了"拦路虎"。商务代表涂少勇深知责任重大，年近五旬、双鬓斑白的他不停奔走于香港、北京、深圳、湛江、海口等地，多方沟通协调、突破技术壁垒，力促成功开发自营与合作气田间的计量与分配技术，实现计量分配计算自动化、报表模板化，走出一条自营依托合作、共享管输与市场的创新开发之路。当年 7 月，崖城 13-4 气田成功投产，与崖城 13-1 气田在南海"双城并立"。

作者：刘建波

一张图读懂拖航

刘承成　崔璐璐

拖航：用拖轮牵引非自航移动式钻井平台及其他勘探装置在海上航行的作业。

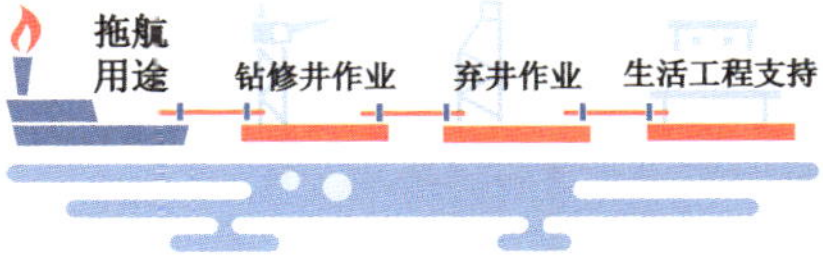

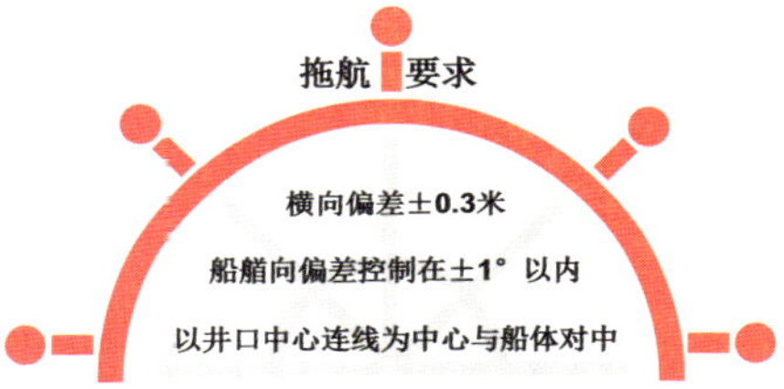

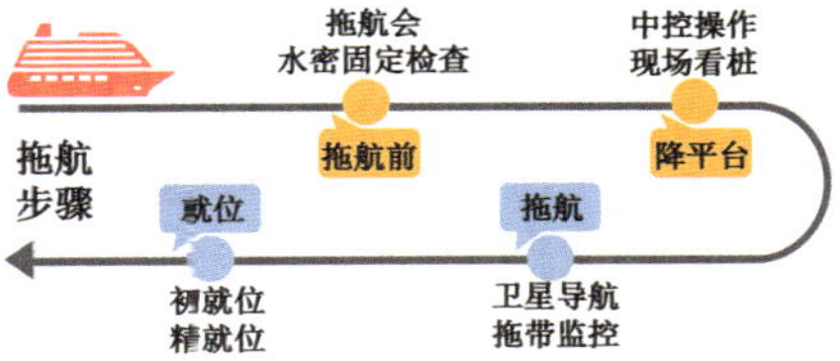

拖航就位

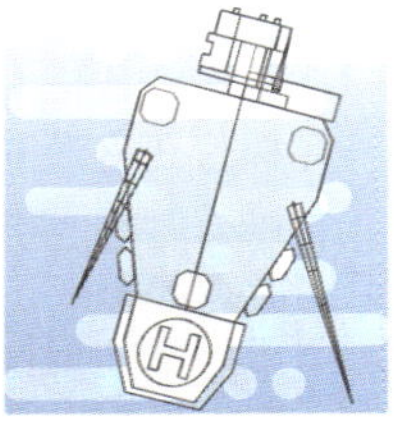

知识拓展

自升式钻井平台无自航能力，工作时桩腿下放插入海底，平台能沿桩腿升降。

“海洋石油982”平台是目前国内最先进的第六代钻井平台之一，采用“定船神针”——中国最高级别的DP3船舶动力定位系统。

破岩立根筑梦人

——记气电集团研发中心 LNG 全容储罐工程技术团队

怀揣着建造海油储罐的梦想，平均年龄不到 30 岁的几个年轻人踏上了解锁 LNG 全容储罐技术的艰难征程。当外国专家第一次见到这个年轻团队开发的软件时，说了一句“impossible（不可能）”。但当他们看完演示后，又一起惊呼“unbelievable（不可思议）”。那一刻，一切的辛苦和努力都有了价值——拥有了一套最贴近中国实际的有限元三维模型，走在了世界有限元技术的前端。

2015年12月31日，福建莆田秀屿港，福建LNG项目5#6#储罐建设工地上，伴随着打桩机的轰鸣声，一根长78米、桩径1.4米的钻孔灌注桩被缓缓打入地下，中国海油首个自主技术、自主设计、自主建设和自主管理的LNG（液化天然气）储罐项目正式开工。

打桩，是施工周期36个月的储罐建设的第一步。此时，在穿着不同制服的施工队伍中间，有一支年轻的队伍显得与众不同——他们戴着眼镜的双眼聚精会神地盯着打桩机，有人若有所思地摸了摸制服上的CGTank标志。

CGTank，意为CNOOC-Gas Tank，是业界认可的中国海油自主LNG全容储罐技术品牌标志。这些年轻人来自CGTank技术团队，平均年龄不到30岁。在团队负责人张超的带领下，一群怀揣梦想的年轻人，经历了破岩、立根，将中国人自己的储罐矗立在了神州大地上。

破岩："三年后课题不能按期结题，无法实现工程化，我就辞职"

2008年，刚刚结束了一年实习生活的张超回到了位于北京的研发中心，初生牛犊不怕虎的他带着"储罐中国造"的梦想，开始了LNG全容储罐技术自主化研究。

在张超实习的福建项目储罐建设现场，他每天的心思都是围绕着那两座储罐转，琢磨着如何才能把储罐这项技术拿下。在每天上上下下爬罐的过程中，他数清了储罐上212级台阶中的每一阶，也为自己制订了详细的大型LNG储罐核心技术攻关研究前期准备工作实施计划。

"那个时候，看到现场储罐的每一个细节，脑中欧洲、美国、日本的储罐标准都能图像化地与现实中的储罐重叠。"张超这样描述自己痴迷于储罐标准研究时的状态。

LNG 储罐技术涉及专业较多，除了自身专业之外，其他专业也都需要有所涉猎。对于这个看似不可能完成的任务，张超沉下心来，铆足了劲要做研究。

课题立项会上，有专家问："一个储罐四五亿元的投资，需要考虑风险，你们自己捣鼓出来的技术能有人家国外现成的技术保险吗？再说，就靠你们这么几个年轻人，能行吗？"

面对质疑，一向儒雅的张超做出了让所有人意想不到的回应："今天我在这里给各位专家立一个军令状，如果三年后课题不能按期结题，无法实现工程化，我就辞职！"

接下来，张超似乎并没有因为军令状而急躁，他和团队仍一如既往沉稳、踏实地按照自己的思路一步步开展课题研究，攻克一个个难题。两年半后，课题经历了专家组最严苛的审核，顺利提前结题。

立根："用我们的技术把储罐造出来，自主储罐技术才算生了根"

2012 年，刚刚结题不久的储罐技术迎来了首次工程化应用的机会，中国海油在长江以北布局的首个 LNG 项目——天津 LNG 项目亟待建设。"用我

们的技术把储罐造出来，自主储罐技术才算是生了根。”张超用这样的话鞭策团队。

在面对国外承包商“世界上的大牌设计公司都听我们的，我们才是权威”的傲慢态度时，团队中体重排名第一、总是一脸憨笑的保冷工程师扬帆把自己关在现场临建的小屋子里，翻遍了国内外 20 多本规范，经历了 48 个小时不眠不休，拿出了 100 多页的技术报告，让国外承包商心服口服。

最喜欢“泡”工地的博士段品佳，对项目现场的每根桩、每块九镍钢、每段管道，都如数家珍。有一次阀门数据怎么都对不上，为了防止设计出错，平时做事总是风风火火的陈锐莹趴在桌上翻了 60 多张图纸，把 2000 多个阀门数了 3 遍。团队年纪最小的张博超，因为经常加班总是错过最后一班地铁，家人为了支持他的工作，把家搬到了单位边上。身高 180 厘米的山东大汉彭延建，从来没有耽误过一份文件的进度，但答应孩子送她上学的承诺却迟迟没有兑现。戴着黑框眼镜、沉稳内敛的博士肖立，总是在项目需要的时候第一时间赶赴现场，却没有赶得上在妻子分娩的时候陪在她的身边……

筑梦：“我们都是筑梦师”

储罐团队最年轻的女工程师姜夏雪，总喜欢用电影《盗梦空间》来向人们解释什么是储罐核心技术之一的有限元分析技术。“有限元技术就像是造梦一样，在一个虚拟的世界里模拟真实储罐可能承受的所有考验，而我们都像是筑梦师。”一个 16 万立方米的 LNG 储罐，包含上百万个有限元网格，160 多种工况，只要其中有一个参数要进行调整，即相当于重新计算，就意味着要经历一至两天的不眠不休。因为难，所以是核心，所以必须拿下！

博士陈团海是有限元小组的灵魂人物，出了名的有限元痴汉，模型不对就不吃不喝地调，结果不对就一点点地查，不管走到哪儿，他的脑子都围着有限元转，跟谁聊个天，三句话准得绕到有限元上。一次大家赶飞机去现场，下飞机的时候才发现不见了陈团海，赶紧打手机找人，才知道陈团海舍不得浪费机场候机的时间，拿出电脑算模型，连播三遍的登机呼叫完全没听见，误了飞机。陈团海改签了下一班的飞机，又打开电脑接着运行模型，这次他坐在了离登机口最近的位置。

有了陈团海和有限元小组的造梦之手，才有了外国专家第一次见到自主开发的有限元软件时的"impossible（不可能）"，变成了看完演示后"unbelievable（不可思议）"的惊叹，才有了一套最能贴近储罐实际的有限元三维模型，才有了三维全模型有限元计算和新型自支撑式内罐的两项全球首创。

作者：张　丹

海油知识知多少

LNG储罐及中国海油CGTank技术简介

张　丹

LNG储罐是LNG接收站重要的储存设备，也是LNG接收站投资最大的单体设施。LNG储罐按结构类型划分主要分为单容罐、双容罐和全容罐三种型式。当前中国的LNG接收站普遍采用全容储罐型式，已建接收站中大多采用16万立方米的罐容。一座16

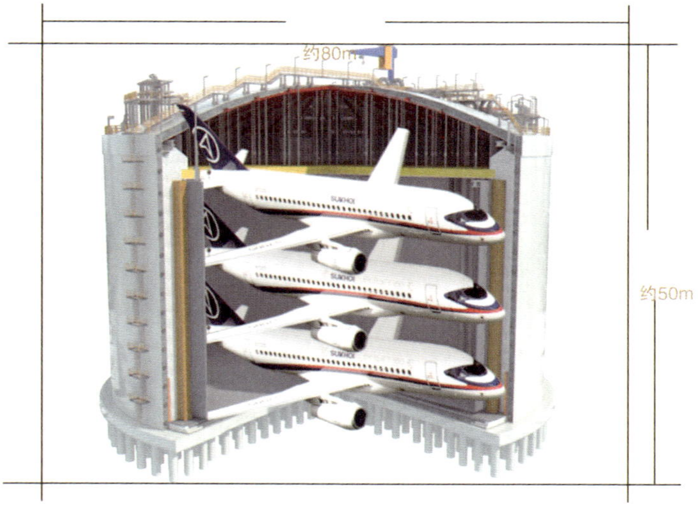

万立方米储罐直径约 82 米，高约 50 米，体积之大可容纳三架波音 777 飞机，可储存 8 万吨 LNG，相当于 2300 万上海市民 1 个月的用气量。LNG 要求在零下 162 摄氏度的低温中储存，因此对储罐结构和技术提出了更为严格的要求。

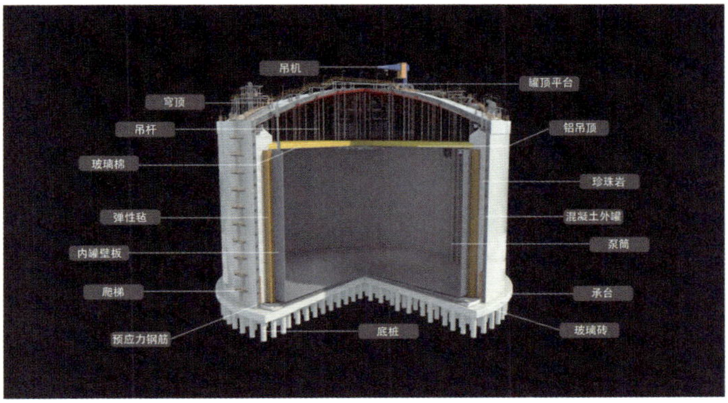

中海石油气电集团技术研发中心是中国海油唯一一家 LNG 产业核心技术专业研发机构，经过多年潜心研究，创造了 50 多项专利、十多套软件、30 余种特殊算法和解决方案，攻克了 -162 摄氏度 LNG 存储的技术难题，构建了储罐技术基础理论体系、储罐建模计算体系和储罐模拟设计体系，从而形成了拥有自主知识产权国内首创、国际一流的大型 LNG 全容储罐核心技术品牌—CGTank®。目前，中国海油自主 CGTank 储罐核心技术已在福建、上海、天津、陕西多个 LNG 接收站项目中应用。

青春无限闯海外

——记研究总院海外深水开发项目组

“张开手，起飞，让年轻无极限，挑战一切，不害怕改变。”他们是一群有着无数可能的年轻人，也是一支充满干劲儿的团队。他们在中国海油不断迈向海外、迈向深水的步伐中尽情地汲取养分，飞速成长。他们，描绘着中国海油海外发展的未来。

时针已经指向晚上 8 点，会议室内传来激烈的讨论声。研究总院 OML130 项目组正在与作业者道达尔进行视频会议。研究总院深水开发技术团队一直致力于为中国海油海外项目资产保驾护航，通过越洋视频会议的方式与作业者交流，是他们为海外项目提供技术意见、规避作业风险的方式之一。

目前，在世界上最热门三大深水开发热点区——尼日利亚、巴西、墨西哥湾正活跃着这群年轻人的身影。

年轻也是资本

2009 年，尼日利亚 OML130 区块 AKPO 深水油田投产在即。当时，项目组成员杨宝泉还是个入职不到一年的新手。摆在他面前的，是一个投资近百亿美元、年产量可达千万方级别的超大型深水油田。而我方的合作伙伴是在尼日尔盆地拥有数十个油田、数十年开发历史的世界一流能源公司道达尔。我方作为新进股东，工作应如何开展，如何保持油田高产稳产、保障公司效益和权益？

看着眼前这群倍感焦虑的年轻人，主管该项目的开发研究院油藏总师杨莉给大伙鼓劲儿："比起这些国外一流公司的研究人员，我们唯一缺的就是经验。但好在我们够年轻，有钻劲儿，技术功底扎实，只要熟悉了项目关键点，一定能找到突破口。"

这番话令杨宝泉印象十分深刻。他记得，当时整个项目组的年轻人都充满了干劲儿。地球物理工程师张会来用近半年时间攻克了深水时移地震研究方法，地质工程师卜范青成功实现深水储层的精细表征，油藏工程师苑志旺、顾文欢联合攻克高产油井生产优化方法……

一个个基于扎实研究的优化方案，很快得到作业者的认可。方案实施后，油田增产近百万立方米。最终，凭借该系列方案，研究总院尼日利亚OML130区块开发项目组这支年轻的队伍获得了2015年海外技术支持最佳奖和2017年公司超产贡献奖。这令杨宝泉和同事们倍感振奋。

如今，AKPO油田已成为中国海油海外生产的明星油田。而杨宝泉也在实践中不断蜕变，从一名新兵成长为整个项目的经理。因为有了之前的经历，每次在遇到新的难题时，杨宝泉给年轻人出思路、提要求，并报以极高的期待。他还总提示要多给年轻人机会，多传授他们经验。因为他知道，起步尽管艰难，但年轻人的创新潜力是无限的。

唯有放手一搏

数年前，开发研究院院长胡光义大胆起用了“80后”的杨宝泉，并将这个由十余个专业、数十人组成的大型联合团队交给了时年30岁的他。今天，这个决策已经见到了显著成效。杨宝泉这个年轻的项目经理和团队成员已向人们证明，他们有能力应对海外的种种挑战。

2016年，OML130区块的EGINA油田进入钻井高峰期。油田内部密集发育着百余条断层，一旦储层判断失误，将有可能造成数千万美元的损失。眼看油田有一口井开钻在即，最优井位的位置还没有确定。项目组认为，道达尔井位方案存在较大的开发风险，需要紧急优化。留给项目组的研究时间

还剩不到一周。

接到任务的那个晚上，杨宝泉失眠了。巨大的压力笼罩着他，令他有些喘不过气来。他又想到了初入职时杨莉的那番话。“对，此时决不能退缩，唯有大胆思考、小心求证。”杨宝泉在心里给自己鼓劲儿。

一周之内，杨宝泉迅速梳理可行方案，并与道达尔公司的技术负责人召开越洋视频会议，商定可行方案；“断层能手”乐靖对断层进行了再次的研究；“建模强人”陈国宁和“油藏数模高手”张昕相互配合，迅速测算可行方案……一周后，方案出炉，作业者同意中方方案并成功实施。三年下来，扎实的技术研究确保了 24 口井全部成功完钻。杨宝泉和团队成员漂亮地赢下了这一仗。

如今，已在海外项目奋战多年的杨宝泉又有了新的心得：要想进一步提升资产的价值，唯有担当领航员，力争成为提质增效的引领者。

2017 年，在巴西 Libra 项目中，杨宝泉将 OML130 项目组的成功经验推广至该油田，在不增加投资、不影响产能的情况下，通过技术优化，成功将作业者原计划的两口采集数据井变为三口，实现信息价值最大化，有效降低了未来投产可能面临的风险。

一路走来，从非作业者到作业者，从浅水油田到深水油田，杨宝泉和他所带领的海外深水开发技术团队时刻冲锋在前线，不断学习、积累，不断拼搏、向前，就是为了令中国海油的海外深水开发道路能走得更快、更稳健。

作者：李晨曦

海油知识知多少

给海管“听诊把脉”

徐恒利　杨　阳

小明知道油气依靠深埋于大海的海底管道输送，可是海管“生病”不可避免，他带着疑问向海叔叔请教。

小明：海叔叔，海底管道一直处于运营状态，怎么知道它“生病”了？

海叔叔：我们会采取有效的“听诊把脉”方法，然后对症下药，不让小病转成大疾。

小明：听诊把脉？能具体给我讲讲吗？

海叔叔：为海底管道“听诊把脉”是贯穿其全寿命周期的，也就是在设计规划、施工和运行的各个阶段都需要进行规范检测，从时间维度对管道检测分类为投产前检测、运行中检测。投产前检测主要是对管道的生产质量以及施工是否达标进行检测，而管道投入正常运行后为了消除隐患，保证管道安全运行状态，也要根据相关规范对管道进行定期检测，提高管道的运行寿命。另外，特殊检测是针对性的检测，如海底地震发生后对管道进行安全检测，确定其位置等状态是否受到影响。

小明：哇，原来我们这么重视管道的健康，可是管道服役期间，如何进行有效检测呢？

海叔叔：服役期间，管道所处位置确实具有特殊性，增加了检测难度，必须借助相关专业设备，一类设备可以在管道内部进行检测，另一类设备是沿着管线在管道外面对其进行检测，据此，可以将对管道的检测分为管道内检测和管道外检测。

管道内检测是指将检测设备放在管道内得出信息并分析，从而了解管道的状况，发现管内隐患和缺陷等；管道外检测主要通过探测管道的埋深、跨越、位置状态和所处环境的介质组成来分析管道的健康状况。